mtb

Alle handelnden Personen in dieser Ausgabe sind frei erfunden.
Ähnlichkeiten mit lebenden oder verstorbenen Personen wären rein zufällig.

Der Preis dieses Bandes versteht sich einschließlich
der gesetzlichen Mehrwertsteuer.

Umwelthinweis:
Dieses Buch wurde auf chlor- und säurefreiem Papier gedruckt.

Pia Engström

Die Schärenärztin

Roman

mtb

MIRA® TASCHENBUCH
Band 25846
1. Auflage: Juli 2015

MIRA® TASCHENBÜCHER
erscheinen in der HarperCollins Germany GmbH,
Valentinskamp 24, 20354 Hamburg
Geschäftsführer: Thomas Beckmann

Originalausgabe

Konzeption/Reihengestaltung: fredebold&partner GmbH, Köln
Umschlaggestaltung: pecher und soiron, Köln
Redaktion: Daniela Peter
Titelabbildung: Thinkstock; Getty Images, München
Satz: GGP Media GmbH, Pößneck
Druck und Bindearbeiten: CPI books GmbH, Leck – Germany
Printed in Germany
Dieses Buch wurde auf FSC®-zertifiziertem Papier gedruckt.
ISBN 978-3-95649-192-4

www.mira-taschenbuch.de

1. KAPITEL

Und du bist wirklich fest entschlossen, Göteborg zu verlassen?", fragte Louisa Viggoson, und in ihrem Blick lag eine Mischung aus Besorgnis und Enttäuschung. „Von jetzt auf gleich?" Sie schüttelte den Kopf. „Ich meine, ich verstehe ja, dass du deinem Vater helfen willst, aber wie soll das gehen? Du hast doch hier dein eigenes Leben, deinen Job und …" Sie kniff die Augen zusammen. „Was sagt überhaupt dein Verlobter dazu?"

„Fast-Verlobter", korrigierte Hanna Winterberg wie aus der Pistole geschossen und senkte den Blick, als ihr bewusst wurde, dass ihre Erwiderung eine Spur zu schnell gekommen war und dass dies mit Sicherheit weitere Fragen ihrer Kollegin und Freundin nach sich ziehen würde. „Aber ja, du hast natürlich recht. Im Grunde sind wir praktisch verlobt. Zwar hat Jan-Fredrik mir noch keinen richtigen Antrag gemacht, aber er redet oft über Hochzeit. Na, wie dem auch sei – er wird sich mit meinem Entschluss abfinden müssen, ebenso wie das Krankenhaus. Ich habe unbezahlten und unbefristeten Urlaub beantragt und kann gleich morgen früh los. Und wie schon gesagt: Ich werde ja nicht für ewig fort sein. Nur so lange, bis es meinem Vater besser geht."

Zweifelnd schüttelte Louisa den Kopf. „Komm schon, da steckt doch mehr dahinter. Ist es wegen Jan-Fredrik? Ihr habt Probleme, oder?"

„Unsinn, es ist alles in Ordnung", log sie, weil sie keine Lust hatte, mit ihrer Freundin über dieses Thema zu diskutieren. „Aber *Pappa* braucht mich nun mal. Ich habe dir doch erzählt, dass er sich vor ein paar Tagen das Bein gebrochen hat, als er auf eine Leiter gestiegen ist, um in der Küche eine Glühbirne auszuwechseln."

„Ja, ich weiß.“ Louisa nickte. „Ist natürlich ziemlich ungünstig. Er als Schärenarzt ist schließlich immer unterwegs und trägt eine ziemlich große Verantwortung.“

„Eben“, stimmte Hanna zu, erleichtert darüber, dass sich das Gespräch nun um ihren Vater und nicht länger um Jan-Fredrik drehte. „Die Bewohner der Schäreninseln sind praktisch auf ihn angewiesen, bloß kann er im Moment so gut wie gar nicht aus dem Haus. Und deshalb werde ich nach Vaxholm fahren und ihn unterstützen. So lange, bis er wieder ganz auf dem Damm ist.“

Gedankenverloren nahm sie einen Schluck von ihrem Kaffee, der viel zu stark und inzwischen fast kalt war. Die zwei Frauen standen im Aufenthaltsraum von Station acht der Pilgatan-Klinik am Fenster. Wie so oft in den vergangenen zweieinhalb Jahren, seit Hanna hier arbeitete. Immer wenn sie ein paar Minuten Pause hatten, versuchten sie, sich hier zu treffen, um ein paar Worte miteinander zu wechseln. Während der Arbeit hatten sie beide ja kaum Gelegenheit dazu, so eingespannt, wie sie waren. In all der Zeit war Louisa, die schon ihre Lehre zur Krankenschwester hier gemacht hatte, zu einer Art Freundin für Hanna geworden, als sie nach dem Studium als Assistenzärztin in der Klinik angefangen hatte.

Ist das wirklich das richtige Wort dafür? Freundinnen erzählen sich doch schließlich alles, oder etwa nicht?

Hanna atmete tief durch. Ja, sie betrachtete Louisa durchaus als Freundin. Aber sie gehörte nun einmal nicht zu den Frauen, die in der Lage waren, sich jemandem wirklich anzuvertrauen. Vor allem dann nicht, wenn es um wirklich persönliche Dinge ging.

Sie blickte aus dem Fenster. Der Himmel über Göteborg war wolkenverhangen. Vermutlich würde es gleich anfangen zu regnen, so wie ständig in den vergangenen Tagen. Unten auf der Hauptstraße vor der Klinik schoben sich Wagenkolonnen in beide Richtungen. Es ging kaum vorwärts. Typischer Feierabendverkehr in der Großstadt.

„Weißt du, was das Verrückte an der Sache ist?", fragte sie leise. „Ich bin irgendwie richtig froh, nach Hause zu kommen."

Louisa goss sich Kaffee aus der großen Kanne nach. „Das wundert mich allerdings. Hast du nicht immer gesagt, dass du damals fort bist, weil du das Leben in der Einöde nicht mehr ausgehalten hast? Dass die Langeweile dich erdrückt hat?"

„Das stimmt auch", erwiderte Hanna und sah ihre Freundin an. „Und trotzdem ist es genau das, wonach ich mich jetzt sehne: Ruhe und Abgeschiedenheit. Ich glaube, ich brauche wirklich ein bisschen Abstand von all dem hier."

Besorgt sah Louisa sie an. „Bist du sicher, dass mit dir alles in Ordnung ist? Ich meine, mir ist ja schon länger aufgefallen, dass du ein bisschen gestresst warst. Und das hast du ja auch zugegeben. Aber deshalb läuft man doch nicht gleich weg."

„Ich laufe nicht weg!", stellte Hanna erneut eine Spur zu hastig klar. Und der Gesichtsausdruck ihrer Freundin verdeutlichte, dass sie ihr noch immer kein Wort glaubte.

Womit sie auch recht hatte. Denn Hanna lief tatsächlich davon.

Vor ihrem Leben in Göteborg.

Vor ihrem Leben mit dem Mann, der sie heiraten wollte.

Und vor dem schrecklichen Fehler, der sie seit fast einem Jahr keine Nacht mehr ruhig schlafen ließ.

„Aber du weißt schon, dass dein Vater auch anderweitig Hilfe bekommen könnte? Es gibt Vertretungen, er müsste sie nur beantragen."

„Schon klar." Hanna nickte. Als sie drei Tage zuvor den Anruf ihres Vaters erhielt und er sie bat, ihm in den kommenden Wochen zu helfen, war ihr erster Impuls gewesen, ihn genau darauf hinzuweisen. Doch dann hatte sie gezögert und sich gefragt, ob eine Reise nach Vaxholm nicht auch eine Chance für sie sein könnte.

Eine Chance, ihr Leben aus der emotionalen Sackgasse zu befreien, in der es momentan steckte.

„Du kennst meinen Vater nicht", fuhr sie fort. „Er ist ein alter Sturkopf und lässt sich von niemandem außer der Familie helfen. Und da ich nun mal ebenfalls Ärztin bin, verlässt er sich natürlich auf mich. Außerdem …"

„Ja?"

Hanna seufzte. „Ich brauche wirklich mal ein bisschen Ruhe, weißt du? Ein bisschen Zeit zum Nachdenken und einen Tapetenwechsel."

„Also ist bei dir und Jan-Fredrik doch der Wurm drin?", hakte Louisa nach.

In dem Moment wurde die Tür aufgerissen, und zwei junge Kolleginnen stürmten aufgeregt in die Küche. Marit und Greta waren fleißig und engagiert, liebten es aber auch, über alles und jeden zu tratschen.

„Habt ihr schon das Neueste gehört?", fragte Marit die beiden anderen Frauen. „Stellt euch vor, Dr. Svensson hat Schwester Annika für heute Abend ins Kino eingeladen." Sie kicherte. „Ich glaube, da geht was."

„Und ob da was geht!", stimmte Greta sofort zu. „Ich habe doch selbst gehört, wie …"

Den Rest bekam Hanna nicht mehr mit. Bei Klatsch dieser Art hatte sie immer schon abgeschaltet, und so hörte sie auch jetzt nicht mehr zu. Außerdem – von jetzt an ging sie das alles sowieso nichts mehr an.

Verwirrt über diesen Gedanken, rümpfte sie die Nase. Sie tat ja fast so, als sei ihr Fortgang ein Abschied für immer. Doch das war es nicht – oder?

Sie atmete tief durch. Nein, das war es auf keinen Fall. Sie wollte nur nach Vaxholm, um ihrem Vater zu helfen. Und vielleicht auch ein kleines bisschen, um den Kopf freizukommen. Aber ihr Zuhause war hier in Göteborg, und das schon seit vielen Jahren.

Und daran würde sich auch ganz bestimmt nichts ändern.

„Wenn man einfach so weggeht, kann man sich nicht blind darauf verlassen, dass der Partner auf einen wartet, bis man wiederkommt."

Das hatte Jan-Fredrik am Vorabend zu ihr gesagt, als sie gemeinsam im Bett gelegen hatten. Abschiedsworte, die wie ein Schlag ins Gesicht für Hanna gewesen waren. Sie hatte versucht, noch einmal mit ihm zu reden, ihm zum x-ten Mal alles zu erklären, doch er hatte keinerlei Interesse an einem Gespräch gezeigt. Stattdessen hatte er sich umgedreht und war einfach eingeschlafen. Hanna war entsetzt und enttäuscht zugleich gewesen. *Wieso verhält Jan-Fredrik sich so? Warum kann er nicht verstehen, dass ich meinem Vater helfen will?*

Weil er genau weiß, dass es nicht nur darum geht, beantwortete Hanna sich ihre Frage selbst. Und weil es ihm nicht passt, dass diese Geschichte von vor einem Jahr noch immer ein Thema für dich ist.

Aber was sollte sie denn bitte schön machen? Sie war schließlich keine Maschine, bei der man einfach nur auf einen Knopf drücken musste, um den Datenspeicher zu löschen. Im Gegensatz zu ihr schien Jan-Fredrik keine Schwierigkeiten damit zu haben. Ebenso wenig wie es ihm Mühe bereitete, sie einfach so abzufertigen und dann seelenruhig einzuschlummern.

Noch eine ganze Weile hatte sie wach neben ihm gelegen und sich dann leise in den Schlaf geweint.

Als ihr Wecker dann früh um halb sieben an diesem Morgen geklingelt hatte, war sie allein und ihr Verlobter schon auf dem Weg in die Klinik gewesen.

Erst hatte sie gezögert. Sollte sie wirklich fahren? So konnte man doch unmöglich auseinandergehen! Doch dann hatte sich ein neues Gefühl eingestellt: Wut. Hanna war verärgert über Jan-Fredriks Verhalten. Immerhin war er es, der ohne ein weiteres Wort zur Arbeit gegangen war. Und was bildete er sich eigentlich ein, ihr solche Dinge an den Kopf zu werfen? Er war verletzt, dass sie ging, ja. Das konnte sie auch noch irgendwie verstehen oder zumindest nachvollziehen. Aber auch sie war enttäuscht. Traurig, dass er von Anfang an kein Verständnis gezeigt hatte. Nicht nur wegen der Sache mit ihrem Vater, sondern auch wegen des Vorfalls damals.

Wenn er doch nur versucht hätte, sie zu verstehen … Wenn er hinter ihr gestanden hätte und nicht auf der Seite ihres gemeinsamen Chefs …

Wie jedes Mal, wenn sie an den tragischen Vorfall von vor einem Jahr zurückdachte, war es, als würde sie mit einem Schlag in die Vergangenheit katapultiert, und sie sah alles wieder vor sich. Befand sich wieder im OP und durchlebte die schlimmsten Minuten ihres Lebens. Wieder und wieder …

Damals …

„Ich finde die verdammte Arterie nicht", beschwerte sich Jan-Fredrik und wischte sich mit dem Ärmel seines Kittels zum x-ten Mal den Schweiß von der Stirn. „Würde wohl mal jemand die Freundlichkeit besitzen, das ganze Blut abzusaugen?“ Er klang jetzt ungehalten – ein eindeutiges Zeichen dafür, wie nervös er war. Die anderen Mitglieder des Teams, die sich bei ihnen im OP befanden, mochten davon nichts mitbekommen. Aber Hanna kannte ihn zu gut, um dieses Warnsignal nicht zu erkennen.

„Soll ich Dr. Martensen zur Unterstützung hinzubitten?“, fragte sie, ohne die Anzeige für Herzschlag und Blutdruck aus den Augen zu lassen. Letzterer hatte inzwischen einen besorgniserregenden Tiefpunkt erreicht.

Es musste etwas passieren, und zwar schnell!

Doch Jan-Fredrik wollte nichts von ihrem Vorschlag wissen. „Ich brauche niemanden, der mir die ganze Zeit auf die Finger starrt“, stieß er zwischen zusammengebissenen Zähnen hervor und bedachte Hanna mit einem finsteren Blick, ehe er sich wieder an die OP-Schwester wandte. „Was ist das hier für eine Sauerei? Wenn Sie unfähig sind, Ihren Job zu machen, dann sollten Sie sich lieber ein anderes Betätigungsfeld suchen!“

Ein weiteres typisches Anzeichen – und langsam war Hanna wirklich beunruhigt. Jan-Fredrik war ein guter Chirurg. Einer der besten, den sie an der Klinik hatten. Das stand außer Frage, und auch sie hatte nie daran gezweifelt. Das Problem war bloß: Er konnte weder besonders gut mit Stress umgehen noch mit Kritik.

Und genau das war es, was Hanna Sorge bereitete.

Tief atmete sie ein. Der Blutdruck der Patientin sank weiter, hatte nun ein kritisches Maß erreicht …

Hanna schüttelte den Kopf und kehrte in die Gegenwart zurück. Es brachte nichts, immer und immer wieder daran zu denken. Sie quälte sich doch bloß selbst! Und auch die Gedanken, die sie sich über Jan-Fredrik machte, waren sinnlos.

Es war nun mal so, wie es war, und damit musste sie leben. Oder etwas ändern.

Nach einer heißen Dusche und einem hastigen Frühstück hatte sie sich schließlich entschieden, zu fahren, ohne erneut mit Jan-Fredrik zu reden. Sie würde sich später bei ihm melden. Vielleicht war er dann eher bereit, ein vernünftiges Gespräch mit ihr zu führen.

Gegen Mittag hatte sie schließlich Stockholm erreicht und dort die Fähre nach Vaxholm bestiegen – ein kleiner Ort, der auf einer Insel namens Vaxön im Schärengarten lag, welcher sich vor den Toren der Stadt erstreckte.

Die Fahrt dauerte nicht lange. Hanna hatte ihren Wagen verlassen und stand jetzt an der Reling. Gedankenverloren schaute sie hinaus aufs Meer, das trügerisch ruhig und glatt dalag, während der Wind ihr das Haar zerzauste. Es war ein schöner, sonniger Tag, und alles wirkte idyllisch und friedlich. Doch wenn ein Sturm die See aufpeitschte, wenn Donner grollten und Blitze am Himmel zuckten, war es ihr als junges Mädchen oft angst und bange geworden. Damals …

Sie hätte auch mit dem Auto bis nach Vaxholm fahren können. Als eine der größeren Inseln, die nah beim Festland gelegen waren, gab es Straßenverbindungen und Brücken, die bis nach Vaxön führten. Doch sie wollte die Gelegenheit nutzen, sich einen klaren Kopf zu verschaffen, ehe sie an den Ort ihrer Kindheit zurückkehrte.

Den Ort, den sie mit Erreichen der Volljährigkeit nicht schnell genug hatte verlassen können. Der Ort, dessen Umrisse sich jetzt langsam aus dem Bleigrau der Ostsee herauszuschälen begannen.

Sie atmete tief durch. Natürlich war sie hin und wieder hier gewesen. Schon allein, um ihren Vater zu besuchen. Aber es waren stets nur kurze Besuche gewesen. Ein verlängertes Wochenende. Über die Feiertage. Auf keinen Fall länger als eine Woche. Rückblickend wusste sie jetzt selbst gar nicht mehr, warum sich stets alles in ihr gegen einen längeren Aufenthalt gesträubt hatte. Jetzt jedenfalls erschien ihr der Ort, von dem sie damals geflüchtet war, wie eine Art Rettungsanker.

Würde es ihr hier gelingen, endlich wieder zu sich selbst zu finden?

Sie wusste es nicht, denn gleichzeitig war ihr auch unbehaglich zumute. Waren ihre Erwartungen zu groß? Konnte ein Ortswechsel ihr wirklich dabei helfen, über das, was ihr Leben damals so sehr aus der Bahn geworfen hatte, hinwegzukommen? Und wie würde ihr Vater sie empfangen? Dankbar, weil sie kam, um ihm zu helfen? Oder würde er ihr wieder, wie so oft in der Vergangenheit, Vorhaltungen machen, weil sie damals fortgegangen war?

Nun, zumindest Letzteres würde sie schon bald erfahren.

Die Fähre legte an, und kurz darauf saß Hanna wieder in ihrem Wagen und lenkte ihn von der Fähre. Da diese am südlichsten Zipfel von Vaxön anlegte, musste Hanna praktisch einmal quer durch den Ort fahren, um das Haus ihres Vaters zu erreichen – angesichts der geringen Größe des Ortes war aber selbst das nicht viel mehr als ein Katzensprung. Unterwegs sah Hanna all das, was sie durch ihre gesamte Kindheit und Jugend begleitet hatte: ihre alte Schule, den Spielplatz, das Eiscafé, in dem sie und ihre Freundinnen im Sommer gesessen hatten …

Etwas Neues gab es nicht zu entdecken, aber das hatte sie auch nicht wirklich erwartet. Hier tickten die Uhren anders als in größeren Städten, alles ging langsamer voran. Früher war ihr das unerträglich langweilig und trostlos erschienen. Sie hatte sich nach dem Trubel und der Aufregung der Großstadt gesehnt. Hier war alles so furchtbar eng und klein. Jeder kannte jeden, wusste alles über den anderen. Es gab keine Geheimnisse, nichts, was man für sich behalten konnte. Damals fand sie diese Art von Dorfleben einfach nur erdrückend.

Heute dagegen …

Die Anonymität der Großstadt erschien ihr schon lange nicht mehr erstrebenswert. Sie kannte nicht einmal die eigenen Nachbarn in dem Apartmenthaus, in dem sie wohnte. Und sie vermisste die Sterne. Nachts, wenn die Sonne unterging, wurde es auf Vaxön so dunkel, dass der Himmel von Sternen übersät zu sein schien. Sie funkelten und glitzerten, und nicht selten hatte Hanna früher bis spät in die Nacht draußen auf dem Balkon ihres Zimmers gesessen und sie bewundert.

In Göteborg hingegen wurde es nie wirklich dunkel. Zumindest nicht so, wie sie es gewöhnt gewesen war. Und obwohl sie noch immer zum selben Himmel hinaufblickte, waren die Lichter der Stadt so allgegenwärtig, dass nur die hellsten Sterne mit ihnen konkurrieren konnten.

Das Haus ihres Vaters lag direkt an der Küste. Es handelte sich um ein im typischen Falunrot getünchtes Gebäude mit zwei Etagen, einer Veranda und einem Balkonvorbau im Obergeschoss. Die Fenster- und Türrahmen waren, ebenso wie die Geländer, in Weiß gestrichen. Es sah hübsch aus. Fast wie ein großes Puppenhaus.

Und ähnlich wie ein Puppenhaus war es ihr auch früher schon vorgekommen. Damals aber hatte sie es nicht etwa hübsch gefunden, sondern klein und einengend, wie ihr ganzes Leben. Ja, sie hatte sich wie im berühmten goldenen Käfig gefühlt, der sie davon abhielt, die große weite Welt für sich zu entdecken.

Sie schüttelte den Kopf über sich selbst, als sie den Wagen neben dem Haus abstellte. Wenn sie erwartet hatte, dass ihr Vater sie freudestrahlend begrüßen würde, sobald sie aus dem Auto stieg, so wurde sie enttäuscht. Dabei war sie sicher, dass er sie gehört haben musste. Aber wahrscheinlich konnte er wegen seines kranken Beins einfach nicht so schnell zur Tür kommen.

Seufzend nahm sie ihre Reisetasche vom Rücksitz und schlug die Fahrertür hinter sich zu, ehe sie die drei Stufen zur Veranda hinaufstieg. Dabei wanderten ihre Gedanken wie automatisch zurück in die Vergangenheit, und sie sah Bilder aus längst vergangenen Zeiten vor ihrem geistigen Auge aufflackern. Sah sich selbst, wie sie als sechsjähriges Mädchen in hübschen Kleidern im Garten Blumen pflückte und sie stolz ihrer Mutter schenkte, die in der Küche herrlich duftenden *Appelpej* backte und strahlend das Geschenk ihrer kleinen Tochter entgegennahm. Und ihren Vater, wie er sich abends im Schaukelstuhl auf der Veranda beim Schmauchen einer Pfeife von seinem anstrengenden Arbeitstag erholte …

Zehn Jahre später endete diese Idylle abrupt, als Hannas Mutter im Alter von nur achtundvierzig Jahren an Krebs starb. Ein halbes Jahr hatte sie vergeblich gegen die Krankheit gekämpft.

Von diesem Tag an war alles anders, und auch Hanna begann, sich zu verändern. Neben der Trauer um ihre viel zu früh verstorbene Mutter war da noch die Wut auf die schlechte ärztliche Versorgung auf den Schären und die Tatsache, dass ihr Vater noch seltener zu Hause war als zuvor und, statt sich um seine Tochter zu kümmern, nur noch seine Arbeit im Kopf hatte.

In der Schule war Hanna seitdem immer schlechter geworden, und sie hatte es eigentlich nur Malin zu verdanken, dass sie in letzter Minute doch noch die Kurve gekriegt hatte.

Malin war die gute Seele im Hause der Winterbergs. Als Haushälterin und Kindermädchen war sie Hanna früh ans Herz gewachsen, und nach dem Tod von Ada Winterberg war sie die einzige Person, die wirklich und ohne Wenn und Aber für sie da gewesen war. Sie war es auch, die Hanna eines ganz deutlich vor Augen geführt hatte: dass sie niemals etwas ändern oder besser machen konnte, wenn sie sich in dieser wichtigen Zeit von ihrem Kummer und ihrem Trotz davon abhalten ließ, einen guten Schulabschluss zu machen.

Und es stimmte: Hanna wollte, sobald es möglich war, fort aus Vaxholm, um in der Stadt Ärztin zu werden. Sie wollte in einem Krankenhaus arbeiten, um Menschen wie ihrer Mutter helfen zu können.

Und Hanna war tatsächlich Ärztin geworden. Arbeitete im Krankenhaus und half Menschen, aber eben nicht so, wie sie es sich eigentlich vorgestellt hatte. Was wiederum vor allem daran lag, dass sie kaum Zeit hatte, die Patienten, mit denen sie tagtäglich zu tun hatte, kennenzulernen. Im Grunde war jeder ihrer Patienten nicht mehr als ein Name und eine Nummer, die auf der Krankenakte vermerkt waren. Das Krankenhauspersonal stand unter ständigem Zeitdruck, musste Quoten erfüllen und wirtschaftlich arbeiten. So hatte sie sich die Arbeit als Ärztin nicht vorgestellt. Dennoch war sie immer froh gewesen, diesen Weg eingeschlagen zu haben. Fortgegangen zu sein. Was zum einen daran lag, dass ihre letzten Jahre in Vaxholm so erdrückend gewesen waren, dass sie einfach nur froh war, ihre Heimat hinter sich gelassen zu haben, und zum anderen trug ihr Vater eine erhebliche Mitschuld daran. Die Tatsache, dass sie fortging, hatte ihm nie gefallen, und das hatte er sie auch stets deutlich spüren lassen.

Letztendlich aber gab es sicher auch noch andere Gründe. Der wichtigste von ihnen war wohl, dass sie sich in ihrer neuen Heimat verliebt hatte.

In Jan-Fredrik.

Sobald sie an ihn dachte, schnürte es ihr die Kehle zu. Die Kälte, mit der er ihr tags zuvor begegnet war, hüllte sie noch immer ein wie eine eisige Decke, und sie fragte sich, wie ihr Leben wohl weitergehen mochte und ob er wirklich noch der Mann war, in den sie sich damals verliebt hatte.

Doch jetzt war nicht der richtige Zeitpunkt, um darüber nachzudenken. Noch einmal atmete sie tief durch, dann trat sie ins Haus, das natürlich nicht abgeschlossen war. Die Türen hier standen immer offen. Besuch, der kam, klingelte nie, sondern spazierte einfach hinein in die gute Stube. Im Grunde waren alle Menschen hier eine einzige große Familie. Etwas, das Hanna früher ebenso gestört hatte wie viele andere Dinge hier. Heute hingegen waren es die Anonymität und Schnelllebigkeit des Stadtlebens, die ein Gefühl der Beklemmung in ihr hervorriefen.

„*Pappa?*“, rief sie. „Ich bin hier! Wo steckst du denn?“

Keine Antwort. Doch als sie die Küche betrat, die gleich von der Diele abging und immer den Mittelpunkt des kleinen Hauses dargestellt hatte, erblickte sie ihren Vater.

Er saß am Küchentisch, das rechte, eingegipste Bein hatte er auf einen Stuhl mit Kissen gelegt. Auf dem Tisch stand eine Tasse Kaffee, die längst nicht mehr dampfte, daneben lagen seine Lesebrille, ein Stift und ein Rätselheft. Die aufgeschlagene Seite war noch leer, den Kopf hielt Kristoffer Winterberg gesenkt, sodass sein Kinn den Hals berührte. Im ersten Moment glaubte Hanna, ihr Vater schliefe, doch dann sah sie, dass seine Augen geöffnet waren und starr auf seine auf dem Schoß gefalteten Hände blickten.

„*Pappa?*“, fragte sie irritiert. „Ist alles in Ordnung mit dir? Warum sagst du denn nichts?“ Sie trat näher, und als sie vor ihm stand, blickte er auf. Hanna hatte keineswegs erwartet, dass er ihr vor Freude um den Hals fallen würde, wenn sie kam. Dazu war ihr Verhältnis seit ihrem Fortgang zu angespannt gewesen. Zwar waren sie damals nicht wirklich im Streit auseinandergegangen, und wenn sie ihn in den letzten Jahren besucht hatte, waren sie immer in der Lage gewesen, vernünftig miteinander zu sprechen. Dass er sie jetzt jedoch nicht einmal anständig begrüßte, geschweige denn seiner Tochter ein Lächeln schenkte – damit hatte sie wirklich nicht gerechnet, auch wenn sie ihrer Ankunft durchaus ein wenig ängstlich entgegengeblickt hatte.

Und als sie ihren Vater jetzt genauer musterte, stellte sie fest, dass etwas in seinem Blick lag, das sie erst nicht genau einordnen konnte. Dann aber wurde ihr klar, dass er sie vorwurfsvoll ansah.

Sie schluckte. „Freust du dich denn gar nicht, mich zu sehen?“

Er verzog keine Miene. „Ich hätte mich gefreut, wenn du nie weggegangen wärst“, erwiderte er knapp.

Aha, da lag also der Hase im Pfeffer. Wieder einmal. Hanna unterdrückte ein Seufzen. Das Thema war seit ihrem Fortgang damals immer wieder aufgekommen. Sei es bei ihren kurzen Telefonaten oder ihren ebenfalls kurzen Besuchen hier. Der Unterschied war bloß, dass er sie dennoch immer warmherzig empfangen hatte. Meistens war erst nach einer Weile die Sprache auf dieses Thema gekommen.

„Also bedeutet es dir gar nichts, dass ich deiner Bitte, dir zu helfen, sofort gefolgt bin? Ich habe in Göteborg immerhin alles stehen und liegen lassen, um dir hier zur Hand zu gehen!"

„Es ist deine Entscheidung. Wenn du nicht bleiben willst, musst du eben wieder gehen. Ich finde schon einen anderen Ersatz." Mit diesen Worten und einem unwirschen Kopfschütteln griff er zu seinen Krücken, stand mühsam auf und machte sich daran, die Küche zu verlassen. „Wenn du doch bleiben willst, steh bitte morgen zeitig auf. Es gibt einiges zu tun."

Fassungslos starrte sie ihrem Vater hinterher, wie er aus der Küche humpelte.

Das war alles? Mehr hatte er ihr nicht zu sagen?

Sie trat ans Fenster und blickte regungslos nach draußen, ohne jedoch wirklich etwas von dem Ausblick, der sich ihr bot, wahrzunehmen. Sie fühlte sich wie vor den Kopf gestoßen. Was war bloß mit ihrem Vater los? Sie war seiner Bitte in dem festen Glauben gefolgt, dass er ihren Einsatz zu würdigen wusste. Die Tatsache, dass er jetzt derart mit ihr umsprang, machte sie wütend. Ja, am liebsten hätte sie jetzt einfach auf dem Absatz kehrtgemacht und wäre wieder nach Hause gefahren! Andererseits war sie nicht nur wegen ihres Vaters hergekommen, sondern auch ihretwegen. Um sich darüber klar zu werden, wie es mit ihrem Leben weitergehen sollte.

Dennoch – so würde sie auf keinen Fall mit sich umspringen lassen!

„Nimm es ihm nicht übel, Hanna. Dein Vater weiß offenbar im Moment nicht, was er sagt und tut."

Erschrocken fuhr Hanna herum, als sie die weibliche Stimme hinter sich vernahm. Sie hatte niemanden in die Küche kommen hören und war auch nicht davon ausgegangen, noch jemand anderen als ihren Vater im Haus anzutreffen. Jetzt blickte sie in das freundliche Gesicht einer älteren Frau. Das ehemals blonde, nun stark ergraute Haar war wie beinah immer zu einem lockeren Zopf im Nacken zusammengebunden. In den eisblauen Augen spiegelte sich neben unverkennbarer Wiedersehensfreude auch tiefe Besorgnis wider.

„Malin? Bist du es wirklich? Du meine Güte, was freue ich mich, dich zu sehen!" Strahlend trat Hanna auf die ältere Schwedin zu und schloss sie herzlich in die Arme. Einen Augenblick verharrten die beiden Frauen so, und wieder einmal wanderten Hannas Gedanken zurück in die Vergangenheit. Sie musste daran denken, wie oft sie zusammen mit Malin hier in der Küche gestanden hatte. Nach dem Tod ihrer Mutter war die Haushälterin immer für sie da gewesen. Anders als ihr Vater, der sich in seine Arbeit vergraben und sich damit aus der Affäre gezogen hatte.

Schließlich löste sie sich von Malin und sah sie fragend an. „Nun sag schon – was machst du hier? Ich dachte, du lebst schon seit ein paar Jahren bei deinem Sohn in Uppsala."

„Das stimmt eigentlich auch – aber als der Anruf von deinem Vater kam …"

„Er hat dich auch um Hilfe gebeten?"

Die ältere Schwedin nickte. „Als ich hörte, was passiert ist und dass er Hilfe im Haushalt benötigt, habe ich mich sofort auf den Weg gemacht."

„Aber er hat dich hoffentlich nicht so empfangen wie mich gerade, oder? Ich …"

„Nimm es ihm nicht übel, *min älskling*. Dein Vater ist im Moment nicht er selbst. Es … Es nimmt ihn sehr mit, weißt du?" Ihre Miene hellte sich auf. „Aber jetzt setz dich erst mal! Ich koche uns einen schönen Kräutertee, und dann sprechen wir über alles, was meinst du?"

Hanna überlegte kurz, dann nickte sie. Die Aussicht darauf, wie früher mit Malin am Küchentisch zu sitzen, ließ zum ersten Mal so etwas wie ein heimeliges Gefühl in ihr aufkeimen.

„Ich hatte keine Ahnung, dass es ihn so sehr mitgenommen hat“, sagte Hanna zehn Minuten später, als sie am Küchentisch saß und begann, sich langsam ein wenig zu entspannen. „Ich meine, am Telefon war er ganz sachlich und …“ Sie zuckte mit den Schultern. „Ehrlich gesagt hätte ich mit einem ganz und gar anderen Empfang gerechnet.“

Malin, die gerade den Kessel vom Herd nahm und anfing, das heiße Wasser in zwei Tassen zu gießen, nickte. „Ich bin ja auch erst seit zwei Tagen hier, und ich war ebenfalls nicht darauf gefasst, was mich erwartet.“ Nachdem sie den Kessel abgestellt hatte, drehte sie sich zu Hanna um und nickte langsam. „Erst dachte ich, es liegt nur an diesem unsäglichen Unfall. Und daran, dass der Doktor eben fürs Erste nicht mehr so praktizieren kann, wie er es gewohnt ist. Doch schnell wurde mir klar, dass es eben nicht nur das ist.“

Überrascht runzelte Hanna die Stirn. „Sondern?“

„Na ja.“ Malin zuckte mit den Achseln, stellte die beiden Tassen mit dem dampfenden Tee auf den Tisch und setzte sich ebenfalls. „Dein Vater ist jetzt sechsundsechzig. Der Unfall neulich war ein dummes Missgeschick, aber darum geht es nicht allein. Auch generell hat der Doktor einige gesundheitliche Probleme. Er ist nicht mehr der Schnellste, ist rasch außer Atem, sein Rücken macht ihm zu schaffen … kurz: Er ist halt nicht mehr der Jüngste. Und das weiß er. Deshalb ist ihm auch klar, dass er seinem Beruf nicht mehr allzu lange wird nachgehen können. Zumindest nicht allein. Das erklärt auch seine Stimmung. Dein Vater fühlt sich alt,

Hanna. Alt und nutzlos. Leider ein weitverbreitetes Phänomen, gerade bei Männern, die ihr Leben lang beruflich stark aktiv gewesen sind."

„Das war mir überhaupt nicht klar." Hanna nickte langsam, nahm ihre Tasse auf und trank vorsichtig von dem heißen Tee, der ihr wohltuend die raue Kehle hinunterrann. Sofort spürte sie die belebende Wirkung der Kräuter – sie schmeckte Melisse und Thymian heraus. „Natürlich war mir bewusst, dass auch mein Vater älter wird und seinen Beruf nicht ewig wird ausführen können. Aber davon, dass er mit gesundheitlichen Problemen zu kämpfen hat, hatte ich keine Ahnung."

Malin lächelte milde. „Wie auch? So viel Kontakt habt ihr ja auch nicht gerade, oder?"

Hanna senkte den Blick, als sie spürte, wie sich ihr schlechtes Gewissen meldete. Es stimmte: Sie hatte sicher weitaus weniger Kontakt zu ihrem Vater, als es normal sein sollte. Zum einen lag das natürlich an der Entfernung, aber vor allem wohl daran, dass das Verhältnis zwischen ihnen keineswegs intakt war. Zum ersten Mal fragte sie sich, ob es damals egoistisch von ihr gewesen war, einfach fortzugehen. Aber konnte man es wirklich egoistisch nennen, wenn eine junge Frau ihren Heimatort verließ, um ihr Leben so zu leben, wie es ihr vorschwebte, auch wenn ihr Vater damit nicht einverstanden war? Sicher, auch er hatte es nach dem Tod ihrer Mutter nicht leicht gehabt, aber dennoch ... jeder Mensch musste die Möglichkeit haben, sich seine Zukunft nach den eigenen Vorstellungen zu gestalten.

„Versteh mich bitte nicht falsch, Hanna", sprach Malin, die ihre Gedanken zu erraten schien, weiter, „ich wollte damit nicht sagen, dass du dir irgendwelche Vorwürfe machen musst oder dass du etwas falsch gemacht hast. Denn das hast du natürlich nicht. Du hast Entscheidungen gefällt, die dein Leben betreffen, und das ist dein gutes Recht. Es ist nur …“ Sie seufzte leise. „Dein Vater ist nie darüber hinweggekommen, dass du damals fortgegangen bist. Es war wohl immer sein Wunsch gewesen, dass du hierbleibst, wo du geboren und aufgewachsen bist, und wahrscheinlich …“ Sie stockte.

„Ja?“

„Nun, wahrscheinlich hat er auch immer gehofft, dass du eines Tages in seine Fußstapfen trittst.“

„In seine Fußstapfen? Ich?“ Erstaunt blickte Hanna auf. So etwas hatte er nie angedeutet. „Aber ich …“ Sie runzelte die Stirn. „Wie hätte er sich das denn vorgestellt? Ich meine, auch dann hätte ich studieren und Vaxholm erst mal verlassen müssen.“ Sie schüttelte den Kopf. „Das hätte nie funktioniert. Ich wollte damals unbedingt fort von hier. Schon vor Mammas Tod hat mich die Einsamkeit und Einöde hier eingeengt, aber später … Ich musste einfach hier raus, hatte das Gefühl zu ersticken. Ich wollte Ärztin werden, ja. Und das bin ich auch geworden. Aber daran, eines Tages in seine Fußstapfen zu treten und Schärenärztin zu werden, habe ich nie gedacht.“

„Dein Vater aber sehr wohl. Deshalb hat er dich auch angerufen.“

Hanna hob eine Braue. „Du meinst, er …“ Sie schüttelte den Kopf. „Mir hat er gesagt, dass er für ein paar Wochen Hilfe braucht.“

„Das stimmt ja auch. Aber eine Vertretung hätte er problemlos auch anderweitig bekommen.“

„Soll das heißen, er spekuliert darauf, dass ich hierbleibe? Für immer?“

„So sehe ich das, ja. Und er scheint wohl gehofft zu haben, dass du das auch gleich von dir aus anbietest. Da du das aber nicht getan hast, hat sich seine Laune noch mehr verschlechtert."

Hanna fühlte sich wie vor den Kopf geschlagen. Darauf, dass ihr Vater denken könnte, sie würde für immer hierbleiben und seine Nachfolge antreten, wäre sie im Traum nicht gekommen. Welch ein Unsinn! Sie war schließlich nicht ohne Grund aus Vaxholm fortgegangen. Und selbst wenn es sie jetzt auch nicht nur wegen des Unfalls ihres Vaters hierher zurückgezogen hatte, so bedeutete das noch lange nicht, dass sie mit dem Gedanken spielte, endgültig zurückzukehren. Sie war davon überzeugt, nach wie vor nicht für das Inselleben geboren zu sein. Es gab Menschen, die sich hier wirklich wohlfühlten, so wie ihr Vater. Doch Hanna gehörte nicht dazu, und daran würde sich auch künftig nichts ändern.

Zwar konnte sie sich inzwischen durchaus vorstellen, eines Tages der Großstadt den Rücken zu kehren, auch wenn das bedeutete, dass sie in einem Provinzkrankenhaus würde arbeiten müssen. Aber auf den Schären zu leben? Das war wirklich keine Option für sie.

„Nein", sagte sie, ohne sich wirklich bewusst zu sein, dass sie ihre Worte laut aussprach, „das kommt nicht infrage. Ich werde weder hierher zurückkehren noch wird aus mir eine Schärenärztin. Niemals!"

„Du machst dir große Sorgen um sie, nicht wahr?"

Lennart blickte auf, als Ulla, seine Schwiegermutter, hinaus auf die Veranda trat. Es war später Abend, und er saß jetzt schon seit über einer Stunde in der Hollywoodschaukel, in der er schon so manchen Abend damit verbracht hatte, einfach nur hinauf aufs Wasser zu schauen und die Sterne am Himmel zu beobachten.

Die Schaukel, in der *sie* schon so manchen Abend verbracht hatten.

Lena und er.

Gemeinsam, dicht aneinandergeschmiegt, ihr Kopf an seiner Brust …

Er erinnerte sich daran, wie er oft noch sitzen geblieben war, als sie schließlich ins Bett ging. Nicht selten hatte er dann die Zeit vergessen und hätte wohl die ganze Nacht hier draußen verbracht, wenn Lena nicht irgendwann wieder aufgetaucht wäre.

„Komm doch auch ins Bett", hatte sie dann gesagt. „Ich möchte nicht, dass du hier draußen schläfst. Allein, ohne mich …"

Rasch schüttelte er den Gedanken ab und blickte seine Schwiegermutter an, die sich ihm gegenüber auf eine schmale Holzbank am Geländer der Veranda setzte. Im Schein des Mondes konnte er ihr Gesicht gut erkennen, und wieder fiel ihm auf, wie ähnlich Lena ihrer Mutter gewesen war.

Ein Grund, weshalb er es für gewöhnlich vermied, Ulla direkt anzublicken. Die Erinnerungen, die dann jedes Mal auf ihn einstürzten, wollte er viel lieber verdrängen, was ihm allerdings ohnehin kaum gelang.

Dennoch senkte er auch jetzt gleich wieder den Blick und starrte stattdessen auf seine im Schoß gefalteten Hände.

„Du meinst Maja?" Er schüttelte den Kopf. „Natürlich mache ich mir Sorgen um sie, was denkst du denn? Welcher Vater würde sich wohl keine Sorgen machen, wenn seine sechsjährige Tochter seit einem Jahr nicht mehr …" Er stockte, und statt weiterzusprechen, seufzte er tief. „Ich habe wirklich alles versucht, Ulla. Ich war mit Maja bei verschiedenen Ärzten, Spezialisten, Psychologen …"

„Ich weiß ja, ich weiß", versuchte seine Schwiegermutter ihn zu beruhigen, als ihm erneut die Stimme versagte. Sie beugte sich vor und legte ihre Hand auf seine. „Und ich mache dir beileibe keine Vorwürfe. Aber vielleicht haben die Ärzte tatsächlich recht, und wir müssen ihr einfach Zeit geben. Zeit, um mit dem schlimmsten Erlebnis, das einem Kind widerfahren kann, fertigzuwerden. Um es zu verarbeiten. Kinder trauern anders als Erwachsene", sagte Ulla sanft. „Überhaupt trauert jeder Mensch anders."

Er hob den Blick und sah seine Schwiegermutter mit einer Mischung aus Bewunderung und Irritation an. „Ich begreife nicht, wie du das kannst", sagte er.

„Wie ich was kann?"

Er zuckte mit den Achseln. „So stark sein. Ich meine, für eine Frau, die gerade erst vor einem Jahr ihre einzige Tochter verloren hat …" Er hob die Hand. „Bitte, versteh mich nicht falsch, das soll kein Vorwurf sein, es ist nur … Ich könnte das nicht. Ich *kann* es nicht. Jedes Mal, wenn ich an den Tag denke, an dem Lena …" Wütend ballte er die rechte Hand zur Faust. „Es ist alles so ungerecht! Warum Lena? Warum nicht ich? Ein Kind braucht seine Mutter!"

„So darfst du nicht denken. Ich weiß, es fällt schwer. Glaub mir, auch ich hätte mein Leben für Lena gegeben. Aber es ist nun einmal so, wie es ist. Das ist es wohl, was man Schicksal nennt. Und jetzt werden wir alle lernen müssen, damit zu leben. Du und ich, Lennart, wir werden damit zurechtkommen müssen. Allein schon Maja zuliebe. Sie braucht uns jetzt, das dürfen wir nie vergessen." Sie atmete hörbar ein. „Und deshalb ist es auch gut, dass wir hergekommen sind. Du sagst doch selbst, dass sich Maja immer sehr wohlgefühlt hat, wenn ihr die Ferien hier verbracht habt. Und ich glaube, hier fühlt sie sich ihrer Mutter näher als zu Hause in Göteborg. Also lass uns abwarten und versuchen, ihr eine möglichst unbeschwerte Zeit zu ermöglichen, was meinst du?“

Lennart nickte. „Ja, das sollten wir tatsächlich“, pflichtete er ihr bei.

„Und du solltest jetzt auch schlafen gehen, Lennart“, sagte Ulla und erhob sich, um zurück ins Haus zu gehen. „Es ist schon spät. *God natt.*“

„*God natt*“, rief Lennart ihr nach. Natürlich wusste er, dass seine Schwiegermutter recht hatte. Seine Tochter brauchte ihn jetzt mehr denn je, und er musste alles dafür tun, damit sie eine möglichst schöne Zeit hatte.

In einem Punkt musste er Ulla jedoch widersprechen: Das, was ein Jahr zuvor mit seiner Frau passiert war, hatte mit Schicksal nichts zu tun, sondern einzig und allein mit dem Versagen der Ärzte. Der Ärzte, die seiner kleinen Tochter die Mutter genommen hatten. Und die somit dafür verantwortlich waren, dass Maja in den vergangenen zwölf Monaten kein einziges Wort mehr gesprochen hatte.

2. KAPITEL

Als Hanna am nächsten Morgen erwachte, fiel goldenes Sonnenlicht durchs Fenster, kitzelte sie in der Nase und wärmte ihr das Gesicht. Leicht geblendet, schloss sie gleich wieder die Augen.

Im ersten Moment glaubte sie, sich wie immer in ihrem gemeinsamen Apartment mit Jan-Fredrik in Göteborg zu befinden, doch dann fiel ihr auf, wie ruhig es war. Kein Straßenlärm, keine Geräusche aus den Wohnungen nebenan waren zu hören, nur leises Vogelgezwitscher. Erneut öffnete sie die Augen, richtete sich auf, und ihr Blick fiel auf ihre alte Kinderzimmereinrichtung.

Ihr Vater hatte nach ihrem Fortgehen alles unverändert gelassen. Sie lag in demselben weißen Himmelbett, in dem sie schon als Mädchen geschlafen hatte. An der Wand hingen die Bilder ihrer Jugendidole, und im Schrank befanden sich sogar noch einige ihrer alten Kleider. Warum ihr Vater sie aufgehoben hatte, wusste sie nicht.

Erst jetzt erinnerte sie sich an die Ereignisse des vergangenen Tages. Ihre Ankunft auf der Schäreninsel, auf der sie geboren und aufgewachsen war, das Wiedersehen mit ihrem Vater und Malin …

Ihr Vater … Hanna seufzte, als sie daran zurückdachte, wie abweisend er sich ihr gegenüber verhalten hatte. Sie hätte sich den Empfang hier wirklich etwas herzlicher vorgestellt. Und auch dankbarer. Immerhin war sie hier, um ihrem Vater zu helfen. Auf seine Bitte hin. Zwar war er beim späteren Abendessen schon etwas gesprächiger gewesen, und es hatte auch keinen Streit gegeben, dennoch ließ er seine Tochter deutlich spüren, dass er alles andere als zufrieden war.

Ob es wirklich stimmte, was Malin dachte? Dass er Hanna

in Wahrheit vor allem hier haben wollte, um sie dazu zu bringen, für immer in Vaxholm zu bleiben und seine Nachfolge anzutreten?

Sie schüttelte den Kopf. Das konnte er doch nicht ernsthaft in Betracht ziehen! Sie hatte ihm niemals auch nur den kleinsten Grund gegeben, auf so etwas zu hoffen. Schon allein deshalb nicht, weil sie selbst zu keinem Zeitpunkt ihres Lebens auch nur einen Gedanken daran verschwendet hatte, eines Tages ihr Geld als Schärenärztin zu verdienen.

Seufzend warf sie einen Blick auf den Wecker, der auf ihrem Nachttisch stand und anzeigte, dass es kurz vor sieben war. In wenigen Minuten hätte er losgeschrillt. Hanna war froh, eher und vor allem sanfter geweckt worden zu sein. Sie konnte sich noch gut daran erinnern, wie sehr sie es gehasst hatte, von dem Wecker, der noch aus ihrer Jugendzeit stammte, aus dem Schlaf gerissen zu werden.

Rasch stellte sie ihn ab, blieb aber noch einen Moment sitzen. Kurz überlegte sie, Jan-Fredrik anzurufen, verwarf den Gedanken jedoch schnell wieder. Am Vortag nach dem Abendessen hatte sie mehrmals versucht, ihn zu erreichen, allerdings war zu Hause nur der Anrufbeantworter angesprungen, und ans Handy war er auch nicht gegangen. Schließlich hatte sie es aufgegeben und ihm eine kurze SMS geschickt, um ihm mitzuteilen, dass sie gut in Vaxholm angekommen war. Eine Antwort darauf bekam sie nicht.

Sie war dann recht spät ins Bett gegangen, hatte vorher noch ihr Gepäck aus dem Wagen geholt, sich in ihrem alten Zimmer eingerichtet und auch noch einen kleinen Abendspaziergang unternommen, um den Kopf freizubekommen. Doch wirklich funktioniert hatte es nicht; immer wieder hatte sie an Jan-Fredrik und ihren unschönen Abschied voneinander denken müssen. Dass er offenbar nicht mit ihr sprechen wollte, hatte ihre Stimmung noch mehr gedrückt. Sie sollte die Zeit hier auf der Schäreninsel wirklich nutzen, um ein wenig nachzudenken. Über Jan-Fredrik, sich selbst und ihre Beziehung.

Und vor allem auch über die Sache damals.

Dass sie dabei geholfen hatten, ein schreckliches Unrecht zu vertuschen.

Ohne dass sie etwas dagegen tun konnte, blitzten wieder die Bilder vor ihrem geistigen Auge auf. Die Bilder aus der Vergangenheit …

Damals …

„Du musst die Blutung endlich in den Griff bekommen", warnte sie den Chirurgen.

„Ja, verdammt! Glaubst du, das weiß ich nicht selbst? Sauger!", herrschte er die Schwester an. „Wird's bald?"

Hanna zuckte zusammen, als das Warnsignal erklang, das einen lebensbedrohlichen Status der Vitalwerte anzeigte.

„Sie schockt", sagte Hanna. „Soll ich nicht doch Dr. Martensen rufen?"

„Ich sagte Nein!" Jan-Fredrik arbeitete verbissen. Er hatte die durch den Unfall geschädigte Arterie jetzt endlich gefunden und versuchte, die Blutung zu stillen.

Jedoch ohne großen Erfolg.

„Sauerstoffsättigung des Blutes sinkt", informierte ihn Hanna, die jetzt selbst anfing, nervös zu werden.

Was sollte sie tun? Sich über Jan-Fredriks eindeutige Anweisung hinwegsetzen und nach Dr. Martensen schicken?

Kurz schloss Hanna die Augen. Das Leben der Patientin war in Gefahr, und sie konnte nicht so tun, als ginge sie das nichts an. Wenn Jan-Fredrik hinterher wütend auf sie sein wollte – bitte sehr, das war sein Problem. Aber sie würde die junge Frau, deren Leben in ihren Händen lag, nicht einfach so sterben lassen, weil Jan-Fredrik zu stolz war, um Hilfe anzunehmen!

Kurz entschlossen zog sie den Mundschutz herunter. „Ich werde jetzt …"

Sie kam nicht mehr dazu, den Satz zu Ende zu bringen, denn in dem Moment ertönte der Laut, vor dem Hanna sich schon die ganze Zeit gefürchtet hatte.

Ein langer, schriller Ton.

Nulllinie.

Mit einem leisen Aufschrei kehrte Hanna ins Hier und Jetzt zurück. Sie hörte ein leises Klingeln, das sie erst gar nicht zuordnen konnte, bis sie es als den Rufton ihres Handys identifizierte, das auf ihrem Nachttisch lag.

Jan-Fredrik! schoss es ihr sofort durch den Kopf, und rasch nahm sie das Mobiltelefon auf. Doch ein Blick aufs Display genügte, um zu erkennen, dass sie sich geirrt hatte.

Bei dem Anrufer handelte es sich nicht um ihren Lebensgefährten, sondern um Louisa.

„*Hej*, Süße", meldete Hanna sich, sobald sie den Anruf angenommen hatte. „Hattest du Nachtschicht und kommst gerade von der Arbeit, oder wieso rufst du so früh an?"

„Hätte ich Nachtschicht gehabt, wäre ich jetzt wohl kaum ansprechbar", scherzte Louisa. „Aber im Ernst: Ich war nicht auf der Arbeit, ich muss gleich erst los. Und deshalb wollte ich vorher meine beste Freundin anrufen und mich erkundigen, wie es ihr ergangen ist. Bist du gut angekommen in Vaxholm?"

„Mehr oder weniger." Hanna seufzte. „Eigentlich schon, es ist nur … Ach, mein Vater hat halt nicht gerade Luftsprünge gemacht, weil er sich so gefreut hat, mich wiederzusehen. Und das nicht nur wegen seines verletzten Beins", fügte sie hinzu.

„Wie bitte? Aber er wollte doch, dass du kommst. Nur seinetwegen bist du doch überhaupt gefahren!"

„Sicher, und natürlich möchte er auch nach wie vor, dass ich ihm helfe, aber … Ach, *Pappa* ist halt so, was soll ich sagen? Aber hör mal, würde es dir was ausmachen, wenn ich dich die Tage wieder anrufe? Wir wollen nämlich gleich zu den Patienten raus, und …"

„Kein Ding, ich will dich nicht aufhalten. Meld dich wieder, ja?"

Sie verabschiedeten sich voneinander, und Hanna beendete das Gespräch. Obwohl sie nicht wirklich Zeit hatte, war sie froh, dass Louisa angerufen hatte. Der Anruf hatte sie aus ihren Gedanken gerissen, und das war gut so. Dennoch – selbst jetzt spürte sie, wie heftig ihr Herz pochte. Kalter Schweiß war ihr auf die Stirn getreten, während sie an den Vorfall, der ihr Leben noch immer belastete, gedacht hatte. Sie sollte nicht so viel grübeln, sondern sich lieber fertig machen. Jetzt war nicht der richtige Zeitpunkt, sich von den Schatten der Vergangenheit niederdrücken zu lassen. Ihr Vater erwartete sie um Punkt acht Uhr draußen am Steg. Und sie wusste aus Erfahrung, wie sehr er Unpünktlichkeit verabscheute. Sie wollten immerhin gemeinsam zu den ersten Patientenbesuchen aufbrechen. Und wenn Hanna eines über den Schärenarzt wusste, dann, dass er es ganz und gar nicht mochte, wenn man sich verspätete.

Mit diesem Gedanken schwang sie sich aus dem Bett. Nach einer kurzen, aber wohltuenden Dusche im angrenzenden Badezimmer schlüpfte sie in bequeme, zweckmäßige Kleidung: Jeans und ein langärmeliges Shirt. Anschließend band sie ihr langes blondes Haar zu einem Zopf zusammen und machte sich auf den Weg nach unten in die Küche.

Dort war Malin bereits in ihrem Element. Die ältere Schwedin stand am Herd und kam jetzt mit einer Kanne Kaffee zum Tisch und schenkte eine Tasse voll, während sie Hanna anstrahlte. „*God morgon*“, sagte sie, wie immer gut gelaunt. „Setz dich doch. Du bist bestimmt hungrig, oder?“

Hanna lachte und nahm am Küchentisch Platz. „Na“, sagte sie lachend, „das ist ja fast wie früher.“ Sie ließ den Blick über den Tisch wandern und entdeckte jede Menge Köstlichkeiten, die ihr automatisch das Wasser im Munde zusammenlaufen ließen: Wurst und Käse, dazu Brötchen und Knäckebrot. „Ich hoffe doch, du hast dir nicht bloß meinetwegen solche Mühe gegeben.“ Sie lächelte. „Du weißt doch noch, dass ich morgens nur ganz wenig runterkriege?“

„Und ob ich das weiß“, bestätigte Malin. „Und ich war schon früher nicht damit einverstanden. Oder habe ich dich jemals ohne Frühstück aus dem Haus gelassen?“ Nachdem Hanna den Kopf geschüttelt hatte, nickte die ältere Schwedin. „Siehst du? Und daran hat sich auch bis heute nichts geändert. Also los, greif zu!“

„Schon gut, schon gut, ich gebe mich geschlagen!“, erwiderte Hanna lachend und nahm sich ein Knäckebrot, das sie mit Käse belegte. Herzhaft biss sie hinein und seufzte verträumt. „Hm, jetzt erinnere ich mich auch wieder, warum ich deinem Frühstück am Ende doch nie widerstehen konnte …“ In der Tat schmeckte es ganz köstlich, kein Vergleich zu dem, was sie üblicherweise morgens in der Krankenhauskantine kaufte.

„Dein Vater ist übrigens schon draußen beim Boot“, erklärte Malin. „Er will nachschauen, ob alles in Ordnung ist.“

Hanna nickte. „Dann will ich ihn auch nicht zu lange warten lassen.“ Sie aß zu Ende, trank ihren Kaffee aus und erhob sich. Doch natürlich ließ Malin sie nicht gehen, ohne ihr vorher noch eine Box mit Proviant in die Hand zu drücken.

„Hier, nimm das mit. Der Tag wird sicher lang und anstrengend werden."

„*Tack*, du bist wirklich ein Engel!" Hanna verabschiedete sich, nahm in der Diele ihre leichte Sommerjacke vom Haken und verließ kurz darauf das Haus.

Draußen wurde sie von strahlendem Sonnenschein, aufgeregtem Vogelgezwitscher und einer ansonsten herrlichen Ruhe empfangen. All das zauberte ihr sogleich ein Lächeln auf die Lippen. Einen Moment blieb sie stehen und sah sich um, während sie die wunderbar reine Luft tief in die Lungen sog. Sie sah das im Sonnenlicht glitzernde Wasser, über dem Möwen ihre Kreise zogen. Die Blätter der Birken, die bis ans Ufer heranreichten, raschelten leise im Wind, und das Geräusch vermischte sich mit dem Plätschern der Wellen.

Hanna löste sich von dem Anblick und folgte dem steil abfallenden Weg zum Anlegesteg. Zum Haus ihres Vaters, das direkt am Ufer lag, gehörte ein eigener Bootsanleger. Und selbstverständlich besaß Kristoffer Winterberg auch ein eigenes Boot, die *Havshäxä*, da er sonst seiner Arbeit als Schärenarzt gar nicht nachgehen könnte. Unter den Schäreninseln, für die er verantwortlich war, gab es einige große mit vielen Einwohnern, die vorwiegend vom Tourismus lebten und die Hotels, Yachthäfen, Restaurants und ganze Ferienanlagen besaßen. Die meisten Inseln aber waren winzig klein und dennoch bewohnt. Oft lebten nur ein oder zwei Personen auf so einer Insel, häufig auch nur den Sommer über. Auch um diese Patienten musste Kristoffer sich regelmäßig kümmern, und so war er darauf angewiesen, die kleinen Inseln unabhängig von öffentlichen Verkehrsmitteln anfahren zu können.

Das war eigentlich auch schon alles, was Hanna über die Arbeit ihres Vaters wusste. Als Kind hatte sie so gut wie nichts davon mitbekommen, hatte nur gewusst, dass ihr Vater Patienten versorgte, wenn er „zur Arbeit" ging. Und später als Jugendliche hatte sie sich nicht besonders dafür interessiert, eigentlich überhaupt nicht. Nach dem Tod ihrer Mutter hatte sich dies dann noch verstärkt. Vor allem wohl deshalb, weil ihr Vater noch mehr gearbeitet und immer weniger Zeit für seine Tochter gehabt hatte.

Besonders stolz war sie darauf nicht. Zudem – hätte sie sich früher mehr für seine Arbeit interessiert, wüsste sie jetzt besser, was auf sie zukam.

Die *Havshäxä* war ein recht kleines weißes Motorboot. Zwei Personen fanden dort bequem Platz, zudem gab es noch genügend Stauraum für die Ausrüstung ihres Vaters, die im Wesentlichen aus seinem großen Arztkoffer bestand.

Und genau den verstaute er auch gerade hinten im Boot, als Hanna den Steg erreichte. Kurz hielt sie inne, als ihr Blick auf das klare Wasser fiel. Als Kind hatte sie hier gern gespielt, und später als Jugendliche hatte sie so manchen Abend hier verbracht, um einfach nur Musik zu hören und hinauf auf die See zu schauen, vor allem wenn sie sich einsam gefühlt hatte.

Kopfschüttelnd riss sie sich von diesen Gedanken los. „*Så det är det*", sagte sie, und ihr Vater drehte sich um. Sein Gesicht wirkte an diesem Morgen viel entspannter als noch am Vortag. Und erkannte sie da nicht sogar den Anflug eines Lächelns auf seinen Lippen? Oder bildete sie sich das bloß ein?

„Du bist pünktlich", stellte er fest, und es klang, als überrasche ihn dies tatsächlich.

Sie lachte. „Was hast du denn gedacht?", fragte sie und eilte zum Boot, wo sie ihrem Vater als Erstes Malins Proviantbox überreichte, damit er sie ebenfalls verstauen konnte. Dann stieg sie selbst aufs Boot und sah Kristoffer Winterberg fragend an. „Also, was ist? Können wir?"

Der Schärenarzt nickte und stellte sich ans Steuer. Die Krücken legte er neben sich ab, und Hanna nahm hinter ihm Platz.

Gleich darauf startete er den Motor, und die Fahrt ging los.

Hanna wusste, sie war nicht zum Vergnügen hier. Nicht um eine spaßige Bootstour zu unternehmen und auch nicht für einen Erkundungstrip. Sie war hier, um ihrem Vater zu helfen, weil der seiner Arbeit als Schärenarzt wegen seiner Beinverletzung nur unzureichend nachkommen konnte. Dennoch gestattete sie sich, für einen Moment den Kopf in den Nacken zu legen, die Augen zu schließen und einfach an gar nichts zu denken.

Noch zwei Jahre zuvor hätte sie sich nicht vorstellen können, einmal so zu denken, aber jetzt, wo sie wieder im Stockholmer Schärengarten war, wurde ihr bewusst, wie sehr sie das alles hier vermisst hatte. Die Natur, die klare reine Luft, die Ruhe …

Unwillkürlich fragte sie sich, was ihre Einstellung zu ihrem Geburtsort so verändert haben mochte. War es wirklich das einschneidende Erlebnis knapp ein Jahr zuvor?

Sie schüttelte den Kopf. Sicher war das einer der Hauptgründe. Seit dieser Sache war sie einfach nicht mehr die Person, die sie vorher gewesen war. Sie hatte einen Fehler gemacht, und es fiel ihr schwer, damit zu leben.

Zumindest gelingt es mir nicht so leicht wie Jan-Fredrik …

Der Gedanke an den Mann, den sie eigentlich bald heiraten wollte, ließ sie leise aufstöhnen. Im Grunde war er der Grund dafür, dass sie der Bitte ihres Vaters, ihm zu helfen, ohne zu zögern nachgekommen war. Sicher stimmte es auch, dass sie sich ohnehin überarbeitet fühlte, und auch besagter Vorfall hatte damit zu tun, dass sie sich über einige Dinge klarwerden musste. Aber vor allem betraf das Ganze Jan-Fredrik. Jan-Fredrik und die Tatsache, wie er sich bei diesem Ereignis ihr gegenüber verhalten hatte und wie sehr ihre Beziehung darunter litt.

Wenn er zu mir gehalten hätte und nicht …

„Was ist los mit dir? Du bist ja so schweigsam", stellte ihr Vater fest und riss sie damit aus ihren Gedanken.

Hanna blickte auf und erkannte, dass sie sich einer kleinen Insel näherten. Wobei „klein" nicht das richtige Wort war; „winzig" traf es wohl eher. Umgeben von einigen Felsen und Bäumen, befand sich nur ein einziges falunrot gestrichenes Haus darauf, einmal abgesehen von einem angrenzenden Schuppen. Hanna wusste, dass es unzählige dieser Schäreninseln gab, dennoch war sie schon immer irgendwie fasziniert davon gewesen. Sie erinnerte sich, dass sie sich als Kind oft vorgestellt hatte, auf einer solchen Insel zu wohnen. Als kleine Prinzessin auf einer einsamen Insel. Später als Jugendliche hätte sie davon nichts mehr wissen wollen; Vaxön war ihr schon zu klein vorgekommen, und dort gab es immerhin knapp fünftausend Einwohner. Wie schlimm musste es dann sein, noch einsamer zu leben?

Mittlerweile sah sie das Ganze differenzierter. Die Menschen, die ihr Zuhause auf solchen Inseln hatten, schienen sich wohlzufühlen, sonst würden sie kaum dort wohnen, oder?

„Zu wem fahren wir eigentlich?", erkundigte sie sich, ohne die Frage ihres Vaters zu beantworten.

„Astrid Gustavson", antwortete ihr Vater. „Sie ist schon älter und leidet an Diabetes und Bluthochdruck. Bei ihr steht heute eine kleine Routineuntersuchung auf dem Programm."

Hanna nickte und wartete ab, während ihr Vater am Steg anlegte. Dass er als Schärenarzt seine Patienten zu Hause aufsuchte, lag einfach daran, dass es nur auf wenigen Inseln überhaupt eine eigene medizinische Versorgung gab. Eine normale Arztpraxis, zu der die Menschen kamen, wenn sie krank waren, machte aufgrund der großen Fläche des Schärengartens wenig Sinn. Außerdem waren zwar die meisten, aber noch längst nicht alle Bewohner der Inseln mobil.

„Was ist eigentlich, wenn ein Patient von dir Untersuchungen oder Behandlungen benötigt, die du nicht leisten kannst?“, erkundigte Hanna sich.

„Dann bekommt er von mir eine Überweisung zu einem Facharzt, oder er geht direkt ins Krankenhaus. Manche muss ich aber schon selbst hinbringen, weil sie von allein nie und nimmer ihre Insel verlassen würden.“

Sie runzelte die Stirn. „Ist das dein Ernst? Das kann ich mir kaum vorstellen. Ich meine, jeder ist doch froh, wenn Untersuchungen und Behandlungen so schnell wie möglich vorgenommen werden können.“

Ein düsterer Schatten legte sich auf das Gesicht des Schärenarztes. „Man merkt, dass du nur noch das Leben in der Großstadt kennst. Bei euch mag das alles so sein, aber hier auf den Inseln ticken die Uhren anders. Es ist ein bisschen wie auf dem Lande. Dort vertrauen die Leute nur ihrem Hausarzt und sonst niemandem.“ Er zuckte mit den Schultern. „Und hier vertrauen sie eben vor allem mir. Ihrem Schärenarzt. Und wenn jemand mal nicht zu einem Facharzt oder auch ins Krankenhaus will, kann man seine Meinung nur ändern, indem man ihm gut zuredet und dabei vor allem geduldig ist.“

Hanna nickte. Etwas beschäftigte ihren Vater, bloß was? Lag es an ihr? Glaubte er tatsächlich, sie hätte nach all den Jahren in der Stadt kein Gespür mehr für das Leben auf den Schäreninseln?

Sie wusste es nicht, kam aber auch nicht mehr dazu, länger darüber nachzudenken, denn inzwischen hatten sie angelegt, und Kristoffer Winterberg machte sich daran, aus dem Boot zu steigen, wobei ihm sein krankes Bein sichtlich Probleme bereitete.

„Warte, ich helfe dir", sagte sie rasch und stand auf.

„Nimm zuerst den Koffer", wies er sie an und stützte sich auf seinen Krücken ab. „Dann geh schon mal von Bord, und hilf mir dann, vom Steg aus nachzukommen."

„Alles klar." Sie nickte, nahm seine Arzttasche, die erstaunlich schwer war, und kletterte damit von Bord. Anschließend stellte sie die Tasche auf dem Steg ab. Ihr Vater reichte ihr die beiden Krücken, die sie neben die Tasche legte, dann streckte sie ihm beide Arme entgegen. Ein wenig unbeholfen, aber zumindest einigermaßen sicher kletterte der Schärenarzt mit ihrer Hilfe aus dem Boot.

„Na, wer sagt's denn?" Hanna lächelte. „Es geht doch."

Ihr Vater jedoch verzog keine Miene. Ihm war deutlich anzusehen, wie sehr ihn sein verletztes Bein mitnahm. Wahrscheinlich lag es nicht mal daran, dass er womöglich Schmerzen hatte, nein – sicherlich ärgerte er sich am meisten darüber, dass er nicht so konnte, wie er gern wollte.

Unwillkürlich musste Hanna wieder an Malins Worte denken. Fühlte ihr Vater sich wirklich alt und nutzlos? Hatte er sie deshalb überhaupt erst angerufen? Weil er seinen Beruf, seine Lebensaufgabe, in sicheren Händen wissen wollte, wenn er in vielleicht gar nicht so ferner Zukunft nicht mehr selbst als Schärenarzt arbeiten konnte?

Einerseits schien es auf der Hand zu liegen, andererseits aber war es doch zu abwegig für Hanna: Immerhin machte ihr Vater keinen Hehl daraus, wie unzufrieden er mit ihrem Lebenswandel war. Noch immer missbilligte er, dass sie damals von zu Hause fortgegangen war, in der Stadt lebte, in einem Krankenhaus arbeitete … kurz: Keine ihrer getroffenen Entscheidungen stieß bei ihm auf Gegenliebe. War es da nicht töricht anzunehmen, er könne ihr ernsthaft zutrauen, als Schärenärztin zu arbeiten?

Als er wieder festen Boden unter den Füßen hatte, ließ Kristoffer Winterberg sich von seiner Tochter die Krücken reichen, dann deutete er auf seine Arzttasche und ging voran. Hanna nahm die Tasche auf und folgte ihm.

Obwohl sie auf Vaxön geboren und aufgewachsen war, kannte sie doch eigentlich keine der kleineren Inseln der Umgebung. Zwar hatte sie sich im Vorbeifahren immer für diese kleinen „Flecken im Wasser" begeistern können, aber betreten hatte sie nie eine. Jetzt bedauerte sie dies. Sicher wäre es ein großes Abenteuer gewesen, auf diesen Inseln (es gab ja auch zahlreiche unbewohnte) zu spielen.

Sie traten durch das hohe Gestrüpp, das das Ufer umgab, und fanden sich schließlich praktisch direkt vor dem kleinen Holzhaus wieder, das Hanna schon vom Wasser aus gesehen hatte. Hier war alles ordentlich und gepflegt: Ein schmaler, kurzer Kiesweg führte zur Eingangstür des Hauses, daneben blühten Blumen in den verschiedensten Farben. Hanna sah Schlüsselblumen, Kornblumen und Lupinen. Das falunrote Haus selbst wies zwei Etagen auf, hatte hellbraune Dachziegel und weiß gestrichene Fensterrahmen. Vor den Fenstern waren Blumenkästen mit Glockenblumen angebracht, und hinter den Scheiben hingen hübsche weiße, sicherlich selbst bestickte Gardinen. Da das Haus ein wenig erhöht stand, führten vier Holzstufen hinauf zur Veranda.

Wirklich märchenhaft, dachte Hanna. In dem Moment wurde die Tür des Hauses geöffnet, und eine ältere Frau erschien im Türrahmen. Gleichzeitig drängte sich ein Golden

Retriever an ihr vorbei und stürmte auf Hanna und ihren Vater zu. Schwanzwedelnd blieb er vor ihnen stehen und blickte Kristoffer Winterberg erwartungsvoll an.

Der stützte sich auf der linken Krücke ab, legte die andere gegen seinen Bauch und kramte zu Hannas Überraschung mit der nun freien Hand ein Leckerli aus der Hosentasche, das er dem Hund hinwarf.

Dessen Begeisterung kannte keine Grenzen.

Erstaunt blickte Hanna ihren Vater von der Seite an. „Ich wusste gar nicht, dass du so tierlieb bist", sagte sie.

Er zuckte mit den Schultern. „Du weißt vieles nicht. Wie solltest du auch? Immerhin lebst du seit vielen Jahren nicht mehr hier."

Da war er also wieder, der Vorwurf, den ihr Vater ihr machte, weil sie sich einst entschieden hatte, ihr Leben nach ihren Vorstellungen zu führen.

„*Hej*, Doktor", rief in dem Moment die ältere Frau, bei der es sich offenbar um seine Patientin Astrid Gustavson handelte, und winkte fröhlich. „Na, wen hast du denn da mitgebracht?"

„Das ist Hanna, meine Tochter", stellte ihr Vater sie vor, als sie die wenigen Stufen hochgestiegen waren und nun auf der Veranda standen. „Hanna, das ist Astrid Gustavson, meine Patientin."

„Und das schon viele Jahrzehnte!", erwiderte die ältere Schwedin lachend. Dann fiel ihr freundlicher Blick auf Hanna. „Das ist also deine Tochter", rief sie begeistert aus. „Du meine Güte, dein Vater hat mir schon Fotos von dir gezeigt, als du noch ein kleines Mädel mit langen Zöpfen und Kniestrümpfen warst. Wie die Zeit vergeht …"

„Er hat Fotos von mir gezeigt?", fragte Hanna erstaunt nach.

Astrid Gustavson nickte. „Aber ja! Immer wieder. Ich habe praktisch dein halbes Leben mitverfolgt. Und wie begeistert er immer von dir geschwärmt hat! Und als du damals fortgezogen bist, hat er immer von dir erzählt, sobald du mal wieder geschrieben oder angerufen hast. Ganz der stolze *Pappa* halt ...“ Sie klatschte in die Hände. „So, jetzt kommt aber erst mal rein in die gute Stube! Es gibt Tee und Kekse ...“

Irritiert folgte Hanna Astrid und ihrem Vater ins Haus. Was sie da eben gehört hatte, warf ein ganz neues Licht auf ihren Vater. Ob das wirklich alles stimmte? Nun, sie würde es schon noch herausfinden ...

Obwohl Kristoffer Winterberg bei seiner Patientin nur den Blutdruck gemessen und den Blutzuckerspiegel kontrolliert hatte, ging gut eine Dreiviertelstunde ins Land, ehe er und seine Tochter wieder ins Motorboot stiegen. Hanna fand das beachtlich, denn so etwas kannte sie im Grunde gar nicht. Im Krankenhaus in der Stadt konnte sich kaum ein Arzt so viel Zeit für Patienten nehmen, und in den Arztpraxen sah es auch nicht anders aus. Es wurden Symptome abgefragt, kurze Untersuchungen durchgeführt und anschließend Diagnose und Behandlung oder Medikation bestimmt. Mehr Zeit blieb da nicht. Bei ihrem Vater hingegen sah es ganz anders aus: Astrids Untersuchung hatte nur ein paar Augenblicke in Anspruch genommen, den Rest der Zeit hatten sie gemeinsam bei Tee und Gebäck mit Plaudereien verbracht.

Bei dem nächsten Patienten lief es ganz ähnlich ab: Gunnar Helmersson, der auf Svartsö, einer etwas größeren Insel, lebte, auf der je nach Jahreszeit zwischen sechzig und achthundert Menschen ihr Zuhause hatten, war an Gicht erkrankt. Gunnar war jenseits der siebzig, schien das Leben aber trotz seiner Krankheit zu genießen. Freundlich, fröhlich, immer einen flotten Spruch auf den Lippen, so lernte Hanna ihn kennen. Und sobald ihr Vater die Behandlung bei ihm beendet hatte, saßen sie auch schon alle zusammen in der Küche, tranken Tee und aßen selbstgebackenen Kuchen, den Gunnars Tochter am Abend zuvor vorbeigebracht hatte.

Als Hanna und ihr Vater anschließend wieder an Bord der *Havshäxä* stiegen, war es bereits später Vormittag und Hanna inzwischen bester Laune. Es bereitete ihr große Freude, ihrem Vater bei der Arbeit zuzusehen und ihn zu unterstützen, und sie musste zugeben, dass es interessant war, ihn zusammen mit seinen Patienten zu beobachten. Bislang hatte sie keinerlei Vorstellung davon gehabt, wie sein Tagesablauf aussah. Sie hatte immer geglaubt, seine Arbeit wäre eintönig. Von einer Insel zur nächsten fahren, kurze Untersuchungen und Behandlungen durchführen … Doch jetzt merkte sie, dass es anders war. Durchaus interessant, aber vor allem menschlich.

„So einfach ist es nicht immer", riss ihr Vater sie aus ihren Gedanken, als hätte er erraten, was sie beschäftigte. „Dort drüben, auf der Insel Blåsjön", er deutete nach Osten, „lebt zum Beispiel die alte Lisbet. Sie leidet an einer Lungenerkrankung und müsste eigentlich ins Krankenhaus. Aber sie will partout nicht ihre kleine Insel verlassen." Er zuckte mit den Schultern. „Ich habe heute Morgen ja schon mal angedeutet, dass so etwas keine Seltenheit ist. Die Menschen hier sind oft zu sehr mit ihrem Grund und Boden verbunden, wollen nicht weg. Sie sagen sich, wenn ich so krank bin und sterben muss, dann will ich es nicht hinauszögern. Lieber ein schnelles Ende zu Hause als lange Qualen im Krankenhaus."

„Aber das ist doch Unfug!" Hanna kniff die Augen zusammen. Auch weil die Sonne sie leicht blendete, aber vor allem weil sie, wenn sie so etwas hörte, einfach nur mit Unverständnis reagieren konnte. „Bei den meisten Krankheiten kann eine frühe Therapie nicht nur Leben verlängern, sondern auch retten. Und mit Qualen haben solche Therapien heutzutage nichts mehr zu tun."

„Wem sagst du das?", erwiderte ihr Vater, und wieder legte sich ein dunkler Schatten über sein Gesicht. Hanna fragte sich, woran das lag. Nur an dieser ganz bestimmten Patientin, oder gab es da noch etwas anderes, über das er nicht sprach? „Aber wie schon gesagt", fügte er hinzu. „Hier auf den Schären ticken die Uhren eben oft noch anders …"

„Und was hast du jetzt vor?", fragte Hanna. „Wie willst du sie dazu bringen, ihre Meinung zu ändern?"

„Gute Frage." Ihr Vater schüttelte den Kopf. „Um ehrlich zu sein, weiß ich nicht, was ich da noch machen kann. Ich habe im Grunde alles versucht. Morgen werde ich noch mal mit ihr sprechen, aber sonst …"

Schweigen breitete sich zwischen ihnen aus, und Hanna starrte gedankenverloren hinaus aufs Wasser, auf dessen Oberfläche sich die Sonne spiegelte. Bis eben war sie der Illusion erlegen, dass die Arbeit ihres Vaters nicht mit so schweren Schicksalen verknüpft war, wie sie es aus dem Krankenhaus her kannte. Doch eigentlich hatte ihr von Anfang an klar sein müssen, dass dem nicht so war; Krankheit und Tod waren allgegenwärtig und an jedem Ort der Erde anzutreffen.

„Hier wohnt übrigens Petter Jöndal", erklärte ihr Vater, als sie an einer Insel vorbeikamen, die noch kleiner war als die von Astrid. Das Häuschen, das von Gestrüpp umgeben auf der Insel stand, glich mehr einer Art Schuppen.

„Petter Jöndal?", fragte Hanna gegen den Wind an, der ihr durchs blonde Haar fuhr. „Moment, der Name sagt mir was."

Ihr Vater drehte sich zu ihr um und lächelte – ein seltener Anblick. „Er hat früher auch bei uns in Vaxholm gelebt. Jede

Frau in deinem Alter dürfte ihn kennen. Denn als du noch klein warst, hast du ihn im Sommer praktisch öfter gesehen als mich."

Nachdenklich runzelte sie die Stirn, dann fiel es ihr ein. „Natürlich!", rief sie lachend aus. „Er hat in der Eisdiele am Marktplatz gearbeitet, richtig?"

„Gearbeitet trifft es nicht ganz, er war der Inhaber. Und hat mit seinem Geschäft ein kleines Vermögen verdient."

Sie rümpfte die Nase. „Und jetzt wohnt er in dieser kleinen Hütte da? Aber doch wohl nicht dauerhaft?"

„Früher war das sein Ferienhaus, dorthin hat er sich zusammen mit seiner Familie nach der Saison zurückgezogen. Heute aber lebt er das ganze Jahr über hier. Im Grunde ist es alles, was ihm geblieben ist."

„Warum das? Was ist passiert?"

„Er hat sich verspekuliert ... an der Börse." Ihr Vater lachte bitter auf, als er den überraschten Gesichtsausdruck seiner Tochter bemerkte. „Ja, stell dir vor, so etwas gibt es auch hier. Jedenfalls hat Petter alles verloren. Seine gesamten Ersparnisse, sein Haus und sein Geschäft. Die Insel mit seinem Ferienhaus ist alles, was ihm geblieben ist. Hier wohnt er jetzt mit seiner Frau und seinem Sohn, und das schon seit drei Jahren."

„Wie alt ist sein Sohn denn?"

„Zehn oder elf müsste der Kleine sein. Und wenn du mich fragst, hat er ziemlich unter seinem Vater zu leiden, ebenso wie seine Mutter es nicht leicht mit ihrem Mann hat. Statt sich zu bemühen, sein Leben wieder in den Griff zu bekommen, hat Petter es vorgezogen, sein Leid im Alkohol zu ertränken."

„Er ist Alkoholiker?"

„Davon ist zumindest auszugehen. Natürlich gesteht er das weder sich selbst noch anderen ein, aber die Anzeichen sprechen eine deutliche Sprache: Er hat eigentlich jedes Mal, wenn ich zu ihm hinausgefahren bin, eine Fahne. Er ist launisch und lässt sich gehen. Zudem scheint er seine Familie ziemlich zu tyrannisieren."

„Du meinst, er schlägt seine Frau und seinen Sohn?"

Der Schärenarzt hob die Schultern und lenkte die *Havshäxä* an mehreren kleinen Inseln vorbei. „Das kann ich nicht sagen. Für möglich halte ich es durchaus, und ich habe auch schon mal das Gespräch mit seiner Frau gesucht, aber zugegeben hat sie bisher nichts. Nur dass seine Wutanfälle ihr Angst bereiten. Du kannst dir in den nächsten Tagen selbst ein Bild von ihm machen. Er ist momentan bei mir in Behandlung, weil er kürzlich in angetrunkenem Zustand gestürzt ist und sich den Knöchel verstaucht und aufgeschlagen hat. Der Verband muss regelmäßig gewechselt werden."

Hanna nickte. Einmal mehr wurde ihr bewusst, dass auch hier auf den Schären nicht immer nur eitel Sonnenschein herrschte – etwas, das ihr früher nie bewusst gewesen war.

Als Hanna am Abend im Bett lag, versuchte sie zunächst vergeblich, Schlaf zu finden. All die vielen Eindrücke des Tages spukten ihr im Kopf herum und wühlten sie auf. Sie dachte an die Begegnung mit der freundlichen Astrid, und gern dachte sie auch daran zurück, wie sie Gunnar Helmersson besucht hatten. Doch auch mit der Tatsache, dass in den nächsten Tagen einige weniger schöne Besuche auf dem Programm standen, beschäftigte sie sich. Ihr Vater hatte ihr ja schon einiges erzählt. Sie dachte dabei an die alte Lisbet und auch an Petter Jöndal.

Wieder schloss sie die Augen und versuchte, endlich einzuschlafen. Drehte sich auf die linke, dann auf die rechte Seite, doch noch immer gelang es ihr nicht, zur Ruhe zu kommen. Und das, obwohl sie eigentlich furchtbar erschöpft war.

Schließlich schwang sie sich aus dem Bett, schlüpfte in Hausschuhe und Morgenmantel und ging leise, um niemanden zu wecken, hinunter in die Küche. Ein Glas Milch wäre jetzt genau das Richtige. Für gewöhnlich half es ihr immer, um „runterzukommen". Gerade nach einer anstrengenden Nachtschicht im Krankenhaus war das nämlich alles andere als leicht. Zu Anfang hatte sie oft stundenlang wach im Bett gelegen und sich von einer Seite auf die andere gewälzt. Irgendwann hatte sie dann für sich herausgefunden, dass es ihr guttat, in so einem Fall noch einmal aufzustehen und bei einem Glas Milch am Küchentisch zu entspannen. Anschließend klappte es dann meistens recht gut mit dem Einschlafen.

In der Küche traf sie zu ihrer Überraschung auf ihren Vater. Kristoffer Winterberg saß am Tisch, in der Hand eine Tasse wohlriechenden Kräutertee, das verletzte Bein hatte er hochgelegt. Den Blick hatte er auf die aufsteigenden Dampfschwaden gerichtet und wirkte dabei niedergeschlagen und abwesend.

„Was ist denn mit dir los, *Pappa*? Ich dachte, du wolltest heute auch zeitig ins Bett, weil wir morgen wieder früh rausfahren?"

Der Schärenarzt schüttelte nur stumm den Kopf und nippte an seinem Tee.

Hanna runzelte die Stirn. Das gefiel ihr gar nicht. Sie hatte das Gefühl gehabt, dass ihr Vater nach dem unschönen Empfang vom Vortag ein wenig aufgetaut war. Auf den Fahrten zu den einzelnen Schäreninseln hatten sie sich nach und nach immer besser unterhalten, vor allem natürlich über die Patienten, aber dennoch … Die Tatsache, dass er jetzt wieder so schweigsam und auch etwas brummig wirkte, besorgte Hanna.

Sie setzte sich ihm gegenüber an den Tisch und musterte ihn aufmerksam. „Jetzt sag schon, *Pappa*: Was ist los? Geht es dir nicht gut?“

Wieder schüttelte er den Kopf. Dann stellte er seine Tasse auf dem Tisch ab und atmete hörbar ein. „Ich schaffe es nicht mehr“, sagte er leise und ohne aufzublicken. „Der Tag heute war anstrengender für mich, als ich gedacht habe. Mir tut der Kopf weh, und ich spüre jeden einzelnen Knochen. Das Bein schmerzt, und ich ... ich habe einfach keine Kraft mehr. Ich werde morgen nicht rausfahren können.“

Hanna fühlte sich wie vor den Kopf geschlagen. Was war denn bloß auf einmal mit ihrem Vater los? Sein verletztes Bein hatte ihn doch den ganzen Tag kaum behindert. Gut, sie hatte ihm beim Ein- und Aussteigen helfen müssen, und auch bei steileren Wegen war ab und zu ihre Hilfe vonnöten gewesen. Aber sie war ja schließlich da, um ihn zu unterstützen!

„Geht es dir denn wirklich so schlecht?“, hakte sie vorsichtig nach. „Ich meine, wir haben die Sache doch ganz gut gemeistert heute, oder meinst du nicht?“

„Für ein Mal ging es, ja, aber auf Dauer schaffe ich es einfach nicht.“ Er seufzte tief. „Der Unfall hat mich ziemlich mitgenommen, und ich bin auch nicht mehr der Jüngste. Ich fürchte, ich brauche ein paar Tage oder sogar Wochen Pause, ehe ich wieder auf den Beinen bin.“

„Tage? Wochen?“ Hanna zog die Brauen zusammen. „Aber was wird denn dann aus deinen Patienten?“

„Um die wirst du dich kümmern müssen, solange ich nicht kann. Deshalb bist du doch gekommen.“

Er sprach es aus, als sei es das Selbstverständlichste auf der Welt – doch genau das war es für Hanna eben nicht.

Sofort ging sie in Abwehrhaltung. „Moment mal, so war das aber nicht gedacht. Ich bin davon ausgegangen, dass ich herkomme, um dich zu unterstützen. So wie wir es heute getan haben. Aber doch nicht, um mich ganz allein um deine Patienten zu kümmern. Ich kenne diese ganzen Fälle gar nicht und …"

„Menschen", unterbrach er sie barsch und stellte seine Tasse auf dem Tisch ab.

Sie blinzelte. „Was?"

„Bei euch im Krankenhaus mögt ihr eure Patienten als Fälle ansehen, hier auf den Schären ist das anders. Meine Patienten sind Menschen, keine Nummern oder Fälle!"

Sie verdrehte die Augen. „So habe ich das gar nicht gemeint, und das weißt du auch. Ich wollte damit nur sagen, dass ich natürlich davon ausgegangen bin, dich zu vertreten, aber auch erwartet habe, dass du mich zumindest begleitest. Damit du mich vor jedem Besuch einweisen und mir alles Nötige erklären kannst. Ganz allein zu deinen Patienten zu fahren, hatte ich ehrlich gesagt nicht vor."

„Es geht aber nun mal nicht anders!" Kristoffer Winterberg schlug so hart mit der Faust auf den Tisch, dass der Tee aus der Tasse überschwappte. „Ich bin Arzt und weiß am besten, was gut für mich ist. Und ich sage dir, dass ich Ruhe brauche. Wenigstens für ein paar Tage. Und dann sehen wir weiter." Zum ersten Mal, seit Hanna die Küche betreten hatte, sah er sie direkt an. „Also, was sagst du? Kann ich mich auf dich verlassen?"

„Ich …" Unsicher zuckte sie mit den Achseln. „Ja, natürlich. Ich habe schließlich versprochen, dir zu helfen, und wenn du wirklich Ruhe brauchst …"

„*Tack.* Und jetzt solltest du schlafen gehen. Morgen steht dir ein anstrengender Tag bevor. Ich werde dir genau aufschreiben, zu welchen Patienten du musst, und dir natürlich ihre Krankenakten mitgeben. Also dann, *god natt.*" Er nickte, erhob sich schließlich schwerfällig und humpelte kurz darauf auf seinen Krücken aus der Küche.

Ratlos lehnte Hanna sich auf ihrem Stuhl zurück und begann, nachdenklich auf ihrer Unterlippe zu kauen. Das Verhalten ihres Vaters gab ihr Rätsel auf. Sicher, er hatte einen kleinen Unfall gehabt und würde noch eine Weile auf seine Krücken angewiesen sein. Das hatte sie gewusst, und deshalb war sie hergekommen. Allerdings hatte sie nicht damit gerechnet, wie schlecht es ihm wirklich zu gehen schien. Es waren nicht nur das Bein und die Schmerzen, die er vermutlich eher vorschob. Früher hätte sich ihr Vater jedenfalls nicht von ein paar Kopfschmerzen unterkriegen lassen. War es also so, wie Malin gesagt hatte? Dass er langsam einfach alt wurde und keine richtige Kraft, keinen Elan mehr hatte?

Hanna schüttelte den Kopf. Nein, da musste mehr dahinterstecken. Irgendetwas anderes war da noch, das ihren Vater belastete und ihm sogar die Freude an seinem Beruf nahm, der für ihn doch immer viel mehr als nur das gewesen war: eine Berufung, sein Lebensinhalt.

Doch was mochte es sein, das ihn so bedrückte?

Hanna wusste es nicht. Und sie hatte keine Ahnung, wie die nächsten Tage werden würden. Sie musste zugeben, dass sie ein wenig Angst davor hatte. Zwar war sie es durch ihre Arbeit im Krankenhaus gewohnt, Verantwortung zu tragen, aber das hier war nun mal etwas vollkommen anderes. Sie kannte die Patienten ihres Vaters nicht und hatte lediglich einen Tag Gelegenheit gehabt, ihm bei seiner Tätigkeit über die Schulter zu blicken, sodass sie nur annähernd eine Vorstellung davon besaß, wie er arbeitete.

Was also, wenn sie einfach nicht zurechtkam? Wenn sie auf Patienten stieß, die sich von ihr nicht behandeln lassen wollten, weil sie nur ihrem Vater vertrauten? Dem Schärenarzt, der sich schon so viele Jahre um ihre gesundheitlichen, aber sicher auch seelischen Belange kümmerte? Was, wenn es ihr einfach nicht gelang, eigene Entscheidungen zu treffen, noch dazu die richtigen? Denn auch wenn sie im Krankenhaus durchaus eine gewisse Verantwortung trug, war sie letztendlich nur Assistenzärztin. Und tat im Grunde bloß das, was man ihr auftrug, während jemand anderes das Sagen hatte.

Und was dabei herauskommt, wenn du eigene Entscheidungen triffst, hat man ja vor einem Jahr gesehen …

Der Gedanke daran versetzte Hanna einen Stich ins Herz. Sie hatte versucht, sich einzureden, die richtige Entscheidung getroffen zu haben. Nämlich den Mann, den sie liebte, nicht ans Messer zu liefern. Sich hinter ihn und auch die Klinikleitung zu stellen, um das Krankenhaus nicht in Verruf zu bringen.

Doch die Zweifel waren schnell gekommen. Anfangs hatte sie sie noch unterdrücken können, seit einiger Zeit ging nicht mal mehr das. Hatte sie einen Fehler begangen? Hätte sie doch mehr tun müssen, auch wenn sie keinerlei Beweise besaß?

Darüber dachte sie noch nach, als sie kurz darauf – ohne einen Becher heiße Milch getrunken zu haben – zurück in ihr Zimmer ging und sich ins Bett legte. Sie musste sich auf ihre neuen Aufgaben hier konzentrieren. Ob sie es schaffen konnte, ihren Vater vernünftig zu vertreten? Hatte sie eine Chance, die alte Lisbet dazu zu bringen, doch noch ins Krankenhaus zu gehen? Und würde es ihr gelingen, sich mit Petter Jöndal zu arrangieren?

Über all das zerbrach sie sich noch ein paar Minuten den Kopf, ehe sie schließlich doch noch von Müdigkeit übermannt wurde und endlich einschlief.

3. KAPITEL

Am Mittag des folgenden Tages trat Lennart schweißgebadet in die Küche, um ein Glas Eistee zu trinken. Den Vormittag hatte er damit verbracht, den in die Jahre gekommenen Holzzaun, der das Grundstück umgab, zu reparieren. Keine leichte Arbeit, schon gar nicht für ihn, der als Büromensch eigentlich keine harten körperlichen Tätigkeiten gewohnt war. Früher war das anders gewesen. Als er als Bootsbauer angefangen hatte, war kein Tag vergangen, an dem er nicht schweißgebadet und völlig erschöpft nach Hause gekommen war. Doch er hatte sich nicht nur rasch hochgearbeitet, sondern auch etwas Eigenes geschaffen. Heute gehörte ihm eine eigene Bootswerft, die harte körperliche Arbeit führten nun seine Angestellten aus, während er selbst sich fast nur noch um neue Aufträge, Gespräche mit potenziellen Kunden, Werbung und Papierkram kümmerte. Jetzt eine Auszeit zu nehmen und mit Maja und ihrer Großmutter einige Wochen auf seiner Ferieninsel zu verbringen, war im Grunde eine willkommene Abwechslung für ihn. Für eine gewisse Zeit konnten die Geschäfte in Göteborg auch ohne ihn laufen, und so hatte er etwas Zeit für seine Tochter und dafür, einige Dinge am Haus zu reparieren. Doch er war einfach nicht mehr so in Form wie früher, zudem schien die Sonne strahlend vom Himmel, was das Ganze noch erschwerte.

Dennoch war es Lennart ein Bedürfnis, sich selbst zu fordern. Jede Minute, die er beschäftigt war, hielt ihn davon ab, das zu tun, was er seit einem Jahr ohnehin beinahe ununterbrochen tat: zu grübeln. Gleichzeitig war es leichter, seine Wut herauszulassen, wenn er mit einem großen Hammer einen Zaunpfahl in der Erde versenkte, als wenn er auf der Veranda saß und ein Buch las.

Und Wut, die hatte Lennart im Überfluss. Und zwar vor allem auf den verdammten Autounfall, den sie kurz nach Lenas dreißigstem Geburtstag gehabt hatten. Und auf die Ärzte, die, davon war er überzeugt, ihre Patientin nicht richtig behandelt hatten, ihre Hände aber in Unschuld wuschen.

Gottverdammtes Pack! Mit zusammengekniffenen Augen öffnete Lennart die Kühlschranktür, nahm die Karaffe mit dem Eistee heraus und schenkte sich ein Glas bis zum Rand voll. Als der eiskalte Tee kurz darauf seine staubtrockene Kehle hinunterrann, fühlte er, wie die Hitze zumindest kurzzeitig aus seinem Körper wich.

Den Rest des Zauns würde er am folgenden Tag reparieren. Jetzt würde er rasch duschen und anschließend mit Maja mit dem Boot rausfahren, so wie er es ihr versprochen hatte. Auch wenn sie es nicht sagte, merkte er doch, wie sehr sie ihn brauchte. Früher, als die kleine Familie noch vollständig gewesen war, waren sie alle zusammen oft hier hinausgefahren. Diese Ausflüge hatten eine willkommene Abwechslung von ihrem stressigen Alltag in Göteborg dargestellt. Immer dann, wenn er es mit seiner Arbeit hatte vereinbaren können, ein Wochenende freizunehmen, waren sie mit einem Boot zu ihrem Sommerhaus gefahren. Was waren das für herrliche Zeiten gewesen …

Lennart seufzte. Seit dem tragischen Ereignis ein Jahr zuvor war es das erste Mal, dass er mit Maja wieder hierhergekommen war. Die Ärzte hatten ihm empfohlen, den Sommer auf der kleinen Insel zu verbringen, in der Hoffnung, dass die Sechsjährige hier ihre innere Blockade überwand und endlich wieder zu sprechen begann.

Sprechen …

Für Lennart war es noch immer unbegreiflich, dass seit Lenas Tod kein einziges Wort mehr über Majas Lippen gekommen war. Ein Mädchen, das nicht mehr sprach, nicht mehr laut lachte, sondern allenfalls leise weinte. Plötzlich verstummt. Er wäre nie auf den Gedanken gekommen, dass es so etwas überhaupt geben konnte.

Kopfschüttelnd stellte er das Glas ab und nahm einen kleinen Bilderrahmen mit einem Foto von Lena von der Anrichte neben dem Kühlschrank. Überall im ganzen Haus standen oder hingen Bilder von ihr. Lennart hatte sie von zu Hause mitgebracht. Lena sollte immer allgegenwärtig sein.

Sanft fuhr Lennart mit dem Zeigefinger über das Foto. Lena war immer so stolz auf ihr glattes dunkelbraunes Haar gewesen. Es umrahmte ihr herzförmiges Gesicht in sanften Wellen. Nachdenkliche blaue Augen bildeten einen starken Kontrast zu heller, fast durchscheinender Haut.

Sie war so wunderschön gewesen …

Er stellte das Bild ab, als die aufkommenden Tränen seinen Blick zu verschleiern drohten, und nahm stattdessen wieder das Glas zur Hand.

Gerade wollte er sich nachschenken, als Ulla in die Küche stürmte.

Seine Schwiegermutter keuchte, als hätte sie einen Marathonlauf hinter sich, war ganz bleich im Gesicht und starrte Lennart verzweifelt an.

Der merkte sofort, dass etwas passiert sein musste. „Was ist los?“, fragte er alarmiert.

„Maja“, stieß sie atemlos hervor. „Sie … ist verschwunden!“

Lennart rutschte das Glas aus der Hand.

„Aber niemand will Sie von hier vertreiben, Lisbet“, sprach Hanna der älteren Schwedin zu, in deren Küche sie saß. „Wir alle – mein Vater, ich und die Ärzte im Krankenhaus – wollen Ihnen nur helfen. Und es ist ja auch nicht für lange. Nur für die Dauer der Therapie. Und je eher Sie sich behandeln lassen, desto schneller werden Sie wieder hier auf Ihrer Insel sein."

Doch ein Blick ins Gesicht von Lisbet genügte, um zu erkennen, dass ihre Worte verpufften wie ein Tropfen auf dem sprichwörtlichen heißen Stein. Die alte Frau ging wie automatisch in Abwehrhaltung, verschränkte die Arme vor der Brust und drehte den Kopf zur Seite, wobei sie schmollend das Gesicht verzog.

Hanna seufzte leise. Sie war schon früh um sieben Uhr mit dem Boot losgefahren und hatte bereits einige Patientenbesuche hinter sich. Zuvor hatte sie noch versucht, ihren Vater, der ihr die entsprechenden Akten und Vermerke gegeben hatte, umzustimmen. Doch vergeblich: Er fühlte sich weiterhin schlecht und war sicher, in den nächsten Tagen Ruhe zu benötigen.

So war sie schließlich allein losgefahren – natürlich nicht, ohne von Malin zuvor noch mit einem ausgiebigen Frühstück versorgt worden zu sein.

„Und mach dir keine Sorgen, du schaffst das schon!", hatte sie anschließend mit einem aufmunternden Lächeln gesagt und ihr ein großes Proviantpaket überreicht. „Ich glaube fest an dich, und ich bin sicher, dein Vater denkt ebenso, auch wenn er es nicht ausspricht."

Malins Worte hatten Hanna viel bedeutet. Dennoch war sie sehr aufgeregt gewesen, als sie sich schließlich mit dem Motorboot auf den Weg gemacht hatte.

Jetzt, gegen Mittag, ging es ihr schon wesentlich besser. Die Patientenbesuche, die sie bereits hinter sich gebracht hatte, waren erstaunlich glatt über die Bühne gegangen. Allerdings hatte es sich dabei auch um vergleichsweise einfache

Fälle gehandelt: eine Erkältung, einen eingewachsenen Zehennagel und eine kleine Platzwunde an der Stirn.

Ihre vierte Patientin an diesem Tag bereitete ihr wesentlich mehr Kopfzerbrechen. Es war, wie ihr Vater bereits angedeutet hatte: Lisbet litt an einer schweren Erkrankung der Lungen und müsste eigentlich dringend im Krankenhaus behandelt werden, weigerte sich jedoch, einer Einweisung zuzustimmen. Aus Gründen, die Hanna nicht nachvollziehen konnte, weil es für sie – gerade nach ihrer langjährigen Tätigkeit im Krankenhaus, während der sie viel Leid gesehen hatte – nichts Wichtigeres gab als eine frühzeitige Therapie. Daher hatte sie die alte Schwedin auch soeben noch einmal eingehend über ihre Krankheit und die Behandlungsmöglichkeiten aufgeklärt. Sicher nichts, was Kristoffer Winterberg nicht auch schon versucht hatte, und leider musste Hanna nun feststellen, dass auch ihre Bemühungen nicht fruchteten.

„Ich werde aber nicht von hier fortgehen“, sagte Lisbet zum wiederholten Male. „Komme, was da wolle! Ich habe mein ganzes Leben hier gelebt und werde jetzt nicht mehr woanders hingehen.“

„Aber von Fortgehen kann doch keine Rede sein“, erwiderte Hanna milde lächelnd. „Es ist doch nur für eine kurze Zeit, und danach kommen Sie wieder heim.“

„Bevor ich ins Krankenhaus gehe und wochen- oder gar monatelang an mir herumpfuschen lasse, schließe ich lieber gleich mit allem ab. Besser ein Ende mit Schrecken als ein Schrecken ohne Ende, hat mein Mann schon immer gesagt, Gott hab ihn selig.“

Diese Einstellung war in Hannas Augen grober Unfug: Sollte Lisbet tatsächlich glauben, dass ihr, sofern sie sich entschloss, sich nicht behandeln zu lassen, ein „schnelles

Ende“ vergönnt sei, so war ihr einfach nicht bewusst, wie falsch das war. Denn gerade mit ihrer Krankheit konnte sie noch eine ganze Weile leben – mit oder ohne Behandlung. Der Unterschied war, dass sie ohne Behandlung viel mehr Leid und Schmerzen zu erwarten hatte. Ließ sie sich jedoch auf eine Therapie ein, konnte dies nicht nur ihre Beschwerden lindern, sondern sie womöglich sogar komplett heilen.

Doch das sprach Hanna jetzt erst einmal nicht laut aus. Sie wusste, dass sie sehr behutsam vorgehen musste. Sobald Lisbet sich in die Enge gedrängt fühlte, machte sie vollkommen dicht, und dann wurde es nur noch schwerer, sie doch noch umzustimmen. Hanna würde sich also eine Strategie überlegen müssen, wie sie am besten vorging.

In Gedanken setzte sie dieses Vorhaben auf ihre To-do-Liste für den Abend und beschloss, sich jetzt erst einmal zurückzuziehen.

„Es ist natürlich Ihre eigene Entscheidung“, sagte sie daher und wandte sich zum Gehen. „Ich würde vorschlagen, dass ich dann morgen oder übermorgen wieder nach Ihnen sehe und Sie sich bis dahin noch einmal über meine Worte Gedanken machen, in Ordnung?“

Lisbet winkte ab. „Ach was“, gab sie leichtfertig zurück. „In meinem Alter sollte man sich nicht mehr so viele Gedanken machen, sondern einfach das mitnehmen, was man noch bekommt.“

Hanna erwiderte nichts weiter darauf. Als sie kurz darauf auf der *Havshäxä* saß, fuhr sie nicht gleich los, sondern atmete erst einmal tief durch und nahm den Korb mit dem Proviant zur Hand, den Malin ihr zusammengestellt hatte. Sie schlug die darüber liegende Decke zurück und musste unwillkürlich lächeln, als sie all die Köstlichkeiten erblickte. Malin hatte wirklich an alles gedacht – und es mal wieder viel zu gut gemeint. So gab es neben belegten Broten auch noch Salate, selbstgemachte Frikadellen und Würstchen.

Obwohl Hanna eigentlich keinen großen Hunger hatte und der Besuch bei der alten Lisbet ihr noch immer ziemlich zusetzte, ließ ihr der Anblick doch das Wasser im Munde zusammenlaufen. Und so nahm sie eines der Brote und etwas Salat aus dem Korb, lehnte sich zurück und biss genüsslich ab, während sie den Ausblick genoss, der sich ihr bot: Die See glitzerte im Sonnenlicht wie ein Meer aus Diamanten, und am Himmel zogen Möwen ihre Kreise.

Der Salat schmeckte genauso köstlich, wie er aussah, und unwillkürlich fragte Hanna sich, wie sie es all die Jahre ohne Malins Koch- und Backkünste ausgehalten hatte. Zudem war sie wirklich eine Seele von Mensch – schon früher hatte Hanna immer zu ihr kommen und über alles mit ihr reden können.

Irritiert runzelte sie die Stirn. Irritiert deshalb, weil sie sich zum wiederholten Male darüber wunderte, wie oft sie in letzter Zeit das Leben hier vermisst hatte. Das Leben, das sie eine ganze Weile lang verteufelt hatte. Mittlerweile erschien es ihr beinahe unbegreiflich, warum sie ihre Heimat damals unter allen Umständen hatte verlassen wollen.

Doch als sie in Göteborg studiert und später als Assistenzärztin gearbeitet hatte, war es undenkbar für sie gewesen, für längere Zeit an ihren Geburtsort zurückzukehren. Sie hatte sich wohlgefühlt in der Stadt, hatte das Leben, die Hektik und die Schnelllebigkeit durchaus genossen. Hatte Pläne gehabt, hatte Jan-Fredrik kennengelernt und sich in ihn verliebt … Welcher Umstand mochte das in der letzten Zeit wieder geändert haben?

Da fragst du noch? Die Antwort liegt ja wohl auf der Hand. Wäre die Sache vor einem Jahr nicht passiert, hättest du wahrscheinlich bis heute kein Interesse daran gehabt, irgendetwas an deinem Leben zu ändern!

Da waren sie wieder! Die Erinnerungen, die Hanna am liebsten komplett aus ihrem Gedächtnis verdrängt hätte. Doch es gelang ihr immer nur, sie ein Stück weit zurückzudrängen – die Erinnerungen an den Vorfall im Krankenhaus und an das Verhalten von ihrem Chef und Jan-Fredrik … Sie schloss die Augen und versuchte, an etwas anderes zu denken, doch es klappte nicht, und dieses Mal stürzten die Bilder aus der Vergangenheit mit voller Wucht auf sie ein …

Damals …

„Verdammt! Das darf …" Jan-Fredrik verstummte beinahe sofort wieder. „Alles für die Reanimation vorbereiten! Rasch!"

Die notwendigen Geräte wurden herbeigeschafft. Hektik brach aus. Hanna hatte das Gefühl, dass niemand mehr so richtig den Überblick hatte. Jan-Fredrik sollte es sein, der die Zügel in der Hand hielt. Doch inzwischen war mehr als offensichtlich, dass dies nicht der Fall war.

Er nahm den Defibrillator und lud ihn auf. „Alle wegtreten!", forderte er dann, um im nächsten Moment den Elektroschock zu betätigen.

Die Anzeige der Herztätigkeit blieb unverändert.

Er versuchte es noch einmal.

Hanna stand da, die Augen weit aufgerissen, unfähig, sich zu rühren.

Die Patientin reagierte nicht.

Nach vier weiteren Versuchen gab Jan-Fredrik es schließlich auf. Irgendjemand schaltete den Ton des Herzfrequenzmonitors aus. Stille breitete sich im OP aus.

Hanna war noch immer wie erstarrt.

Sie konnte nicht begreifen, was hier gerade vorgefallen war. Die Patientin, die vor etwas mehr als einer halben Stunde mit dem Rettungswagen direkt vom Unfallort herbefördert worden war, hatte gute Chancen gehabt, wieder auf die Beine zu kommen – und war nun gestorben.

Und es war *ihre* Schuld.

Die von ihnen allen. Von Jan-Fredrik und allen anderen Anwesenden – auch von ihr selbst.

Sie hätte eingreifen müssen, als sie noch die Gelegenheit dazu hatte. Wäre sie zu Dr. Martensen gegangen, so wie sie es vorgehabt hatte – die Patientin könnte jetzt vielleicht noch am Leben sein.

Ein Gefühl von eisiger Kälte breitete sich in ihr aus. Was hatte sie nur getan? Warum hatte sie nicht reagiert, als sie noch die Möglichkeit dazu gehabt hatte?

„Was starrst du mich so an?“, fauchte Jan-Fredrik.

Hanna blinzelte irritiert. Sie hatte nicht einmal gemerkt, dass sie ihn die ganze Zeit angeschaut hatte. „Ich …“ Sie schluckte hart, doch der Kloß, der sich in ihrer Kehle gebildet hatte, wollte sich auch durch heftiges Schlucken nicht vertreiben lassen.

Wie angewurzelt stand sie da, während die OP-Schwestern und der Rest des Teams regelrecht aus dem Saal flüchteten. Allein mit Jan-Fredrik blieb sie zurück – und dessen Blick war so feindselig, dass es ihr eiskalt den Rücken hinunterlief.

„Du gibst mir die Schuld, stimmt’s?“

Sie zuckte zusammen. „*Nej*“, beeilte sie sich zu sagen. „Wir alle sind schuld. Weil wir nicht reagiert haben, als noch Zeit dazu gewesen wäre …“

Tränen traten ihr in die Augen – doch Jan-Fredrik reagierte weder verständnisvoll noch einfühlsam.

Im Gegenteil!

„Nun reiß dich endlich zusammen!“, fauchte er. „Solche Dinge passieren – als Ärztin solltest du so etwas wissen. Und wenn du damit nicht klarkommst, dann solltest du dir einen anderen Beruf suchen!“

Erschrocken trat sie einen Schritt zurück. „Aber …“

„Kein Aber“, fiel er ihr ins Wort. „Mach bloß nicht so eine große Sache aus dieser Geschichte. Die Patientin war schwer verletzt, als sie eingeliefert wurde. Es besteht immer ein gewisses Risiko!“

Nun wurde es Hanna aber wirklich zu viel. Sie verschränkte die Arme vor der Brust. „Das mag sein“, entgegnete sie. „Aber ich bin mir beinahe sicher, dass die junge Frau jetzt noch am Leben wäre, wenn wir anders gehandelt hätten.“

„Beinahe sicher!“ Er lachte hart. „Dass ich nicht lache! Wie willst du das denn beurteilen? Ich …“

„Was ist denn das für eine Aufregung?“ Professor Lindeman, der Chef der Chirurgie, stand am Eingang zum OP. Stirnrunzelnd blickte er zwischen Hanna und Jan-Fredrik hin und her. „Ich habe schon gehört, was hier passiert ist. Wirklich sehr bedauerlich, dass Ihre Patientin es nicht geschafft hat, aber ich bin sicher, dass Sie alles getan haben, was in Ihrer Macht stand.“

Hanna öffnete den Mund, um etwas zu sagen, doch Jan-Fredrik kam ihr zuvor. „Natürlich haben wir das“, entgegnete er. „Allerdings scheint Frau Doktor Winterberg meine Einschätzung nicht zu teilen.“

Erstaunt schaute Hanna ihn an – bis ihr klar wurde, dass Jan-Fredrik es aus purer Berechnung vor dem Professor ansprach.

Der musterte Hanna nämlich eindringlich. „Stimmt das?“

„Ich …“ Sie atmete tief durch. „Ich bin der Meinung, dass der Tod der Patientin hätte verhindert werden können, wären rechtzeitig entsprechende Maßnahmen ergriffen worden.“

Missbilligend schnalzte ihr Vorgesetzter mit der Zunge. „Solcherlei Hypothesen sollte Sie besser nicht in der Gegend rumposaunen, Frau Kollegin.“ Seine Miene war finster. „Ich nehme nicht an, dass Sie Beweise haben, die diese Behauptung untermauern, oder?“

Hanna schluckte. „Nein, aber …“

„In diesem Fall empfehle ich Ihnen dringend, nichts darüber verlauten zu lassen. Sie könnten dem Ruf des Krankenhauses sonst empfindlichen Schaden zufügen, das ist Ihnen doch hoffentlich klar!“

Hannas erster Impuls war, lautstark zu protestieren. Doch dann zögerte sie. War sie wirklich sicher, dass das Unglück hätte verhindert werden können? Handelte es sich dabei nicht lediglich um eine Vermutung von ihr?

Sie war noch recht neu hier im Krankenhaus als Assistenzärztin beschäftigt. Es war ihre große Chance, beruflich voranzukommen. Würde es damit nicht ganz schnell vorbei sein, wenn sie ihre Meinung publik machte?

Ein paarmal atmete sie tief durch. „Sie wollen also, dass ich schweige?“

„Nein“, sagte er leise. „Ich *erwarte* es von Ihnen.“

Mit diesen Worten wandte er sich ab und verließ den OP-Bereich.

Ein paar Sekunden starrte Hanna ihm einfach nur nach, dann streifte sie den OP-Kittel ab und ging, ohne sich noch einmal zu Jan-Fredrik umzublicken, ebenfalls hinaus.

Ein Mann, der, die Hände im Haar vergraben, auf einem der Stühle im Wartebereich saß, sprang auf. Ihr fiel sofort auf, wie attraktiv er war. Groß, durchtrainiert, mit breiten

Schultern und schmalen Hüften. Doch dann bemerkte sie, dass seine Augen gerötet waren.

„Was ist da drin passiert?“ Er kam auf sie zu, seine Miene wirkte drohend. „Da stimmt doch etwas nicht! Meine Frau war jung und gesund. Ihre Verletzungen waren nicht so schlimm, dass sie daran hätte sterben müssen. Warum also? Warum?“

Das Klingeln ihres Handys riss Hanna aus ihren Gedanken.

Im ersten Moment wusste sie gar nicht, wo sie sich befand, dann erinnerte sie sich wieder. Hastig und gleichzeitig dankbar für die Ablenkung, öffnete sie die Augen und griff nach ihrem Smartphone, wozu sie sich ein wenig zurücklehnen musste, weil es in ihrer Hosentasche steckte.

Im ersten Moment musste sie an Jan-Fredrik denken, der sich bislang noch nicht gemeldet hatte. War er es, der sie anrief? Sie wusste nicht einmal, ob sie sich darüber gefreut hätte oder eher nicht.

Doch ein Blick aufs Display verriet ihr, dass es sich bei dem Anrufer nicht um Jan-Fredrik, sondern ihren Vater handelte.

Rasch nahm sie das Gespräch an.

„*Hej, Pappa*“, sagte sie, bemüht, sich den Aufruhr, der noch in ihrem Innern tobte, nicht anmerken zu lassen.

„Du klingst mitgenommen“, stellte er jedoch sogleich fest. „Alles in Ordnung bei dir? Oder gibt es Probleme?“

„Nein, nein, keine Probleme“, versicherte Hanna; dann brachte sie ihren Vater in knappen Worten auf den neuesten Stand, was ihre Arbeit betraf.

„Dann hast du ja schon einiges geschafft“, erwiderte der Schärenarzt schließlich und klang dabei durchaus überrascht, dass bisher alles glattgelaufen war. Hatte er ihr das etwa nicht zugetraut?

Natürlich hat er das nicht, dachte Hanna und seufzte. Du weißt doch, was er von dir und deinem Lebenswandel hält. Er traut dir nichts zu, finde dich damit ab.

Sie richtete ihrem Vater noch Grüße für Malin aus und beendete dann das Gespräch. Gerade wollte sie den Rest von ihrem Salat essen, als sie vor sich auf dem Wasser ein Stück weit von ihr entfernt ein kleines Mädchen mit blonden Zöpfen erblickte, das auf einer Luftmatratze liegend im Wasser trieb.

Die Kleine, sie war höchstens sechs oder sieben Jahre alt, schien gar nicht zu bemerken, in welcher Gefahr sie sich befand. Sie lag einfach nur da, den Blick zum Himmel gerichtet, und ließ sich im Wasser treiben.

Suchend blickte Hanna sich um, konnte jedoch niemanden entdecken, der zu dem Mädchen gehörte. Es schien vollkommen allein zu sein. Und es war so weit vom Ufer entfernt, dass eine falsche Bewegung ausreichte, um sie in lebensbedrohliche Gefahr zu bringen.

Ohne zu zögern, ließ Hanna den Motor ihres Bootes an und lenkte es vorsichtig in Richtung der treibenden Luftmatratze. Ganz langsam, um das Wasser nicht zu sehr aufzuwühlen.

„*Hej*“, rief Hanna. „*Hej*, Kleines, hörst du mich?“

Die kleine Gestalt auf der Luftmatratze regte sich – und als das Mädchen bemerkte, wie weit es sich vom Ufer entfernt hatte, erschrak es sichtlich.

„Keine Angst“, beruhigte Hanna die Kleine. „Ich bin gleich bei dir, und dann bringe ich dich zurück zu deiner Familie.“

Das Mädchen sagte nichts, nickte aber. Und als Hanna die Luftmatratze erreicht hatte, ließ es sich von ihr aufs Boot helfen.

„Alles in Ordnung mit dir?“ Hanna musterte die Kleine besorgt, ehe sie die Luftmatratze ebenfalls an Bord holte.

Das Mädchen nickte wieder, sagte aber immer noch nichts.

Hanna runzelte die Stirn. „Geht es dir gut?“, hakte sie nach, erhielt jedoch keine Antwort.

„Wo wohnst du denn? Auf einer der Inseln hier in der Nähe?“

Jetzt nickte das Mädchen ganz hastig. Dann deutete es in Richtung einer der größeren, dicht mit Birken bewachsenen Schäreninseln, die Hanna vorhin schon gesehen hatte.

„Also schön“, sagte Hanna, als die Kleine weiterhin keine Anstalten machte, etwas zu sagen. „Dann schauen wir doch mal, ob wir jemanden finden, der sich für dich verantwortlich fühlt.“

Sie war froh, dass dem Mädchen nichts zugestoßen war. Wäre sie nicht zufällig in der Nähe gewesen, hätte die Sache auch böse ins Auge gehen können. Doch zum Glück war ja nichts geschehen. Das hatte das Mädchen allerdings nicht seinen Erziehungsberechtigten zu verdanken.

Ärger stieg in ihr auf. Wenn sie eines hasste, dann waren es verantwortungslose Eltern – und von denen gab es leider nicht gerade wenige, was sie auch im Krankenhaus immer wieder miterleben musste. Doch das gehörte jetzt nicht hierher. Hanna fragte sich, warum das Mädchen nicht sprach. Ob es stumm war? Aber auch darum konnte sie sich gleich kümmern; jetzt galt es erst einmal, das Kind wohlbehalten nach Hause zu bringen.

Sie näherte sich der größeren Insel, erblickte über einige Büsche hinweg ein relativ großes falunrotes Haus und dahinter ein kleines Wäldchen. Ein Anblick wie auf einer schönen Postkarte.

Es gab auch eine Anlegestelle, an der schon ein Boot angeleint war. Auf diesen Steg fuhr Hanna nun zu, und als sie ihn fast erreicht hatte, kam eine Frau vom Haus her ans Ufer gelaufen. Sie war schon älter, hatte kurzes, leicht angegrautes Haar, trug einfache Sommerkleidung und wedelte aufgeregt mit den Armen.

„Maja! Oh Gott, Maja, was machst du denn bloß für Sachen?"

Hanna legte an, nahm die Kleine hoch und reichte sie der völlig aufgelösten Frau.

„Oh Maja, du darfst doch deiner Oma nicht so eine Angst einjagen!" Schluchzend barg sie das Gesicht des Mädchens an ihren Schultern.

Sofort bereute Hanna, was sie eben noch gedacht hatte. Diese Frau schien kurz vor einem Nervenzusammenbruch zu stehen und ihre Enkelin über alles zu lieben. Sicher war es wichtig, kleine Kinder nicht eine Minute aus den Augen zu lassen. Dabei sollte man aber nie vergessen, dass jeder, der auf ein Kind aufpasste, immer noch ein Mensch war. Und kein Mensch konnte sich davon freisprechen, Fehler zu begehen.

Und du schon gar nicht, Hanna Winterberg. Mehr noch: Du hast einen Fehler begangen und hast es bis heute nicht geschafft, dafür geradezustehen …

Sie beschloss, ebenfalls auszusteigen, um sich von dem Mädchen – Maja – vernünftig zu verabschieden und auch noch ein paar Worte mit der Großmutter der Kleinen zu wechseln. Vor allem interessierte sie, warum Maja nicht redete.

Während die ältere Frau, noch immer in Tränen aufgelöst, ihre Enkelin an sich drückte, kletterte Hanna von der *Havshäxä* und vertäute sie rasch. Dann wandte sie sich der

Frau zu. Die ließ Maja hinunter und nahm sie an die Hand. Erleichtert blickte sie Hanna an.

„Ich kann Ihnen gar nicht sagen, wie dankbar ich Ihnen bin, dass Sie meiner Enkelin geholfen haben. Nicht auszudenken, was alles hätte passieren können.“ Wieder kämpfte sie mit den Tränen. „Ich … ich hätte einfach besser auf sie aufpassen müssen, aber …“

„Jetzt beruhigen Sie sich erst einmal.“ Lächelnd legte Hanna ihr eine Hand auf die Schulter und strich anschließend der kleinen Maja über den Kopf. „Ist ja noch mal alles gut gegangen.“ Sie überlegte gerade, wie sie am besten fragen sollte, warum die Kleine kein Wort gesprochen hatte, als neben ihnen eine Stimme ertönte.

„Was, zum Teufel, tun Sie auf meiner Insel?“

Der wütende Klang der eindeutig männlichen Stimme ließ Hanna unwillkürlich zusammenzucken. Doch da war noch etwas anderes – etwas, das ihr ein ungutes Gefühl verlieh –, und zwar die Tatsache, dass sie diese Stimme kannte.

Und sie mit einem sehr unschönen Ereignis verband.

Langsam drehte sie sich nach rechts und erstarrte, als sie erkannte, dass sie sich nicht getäuscht hatte. Vor ihr stand ein auffallend attraktiver Mann. Groß, mit breiten Schultern, in tief sitzenden Jeans und einem verschwitzten Langarmshirt. Mit einer Hand fuhr er sich durch das dunkle Haar, sodass es vollkommen zerzaust war, als er sie nun anblickte.

Hanna kannte diesen Mann. Zwar nur flüchtig, aber doch so gut, dass sie seit einem Jahr nahezu ausschließlich nur an ihn denken konnte.

An ihn und seine Ehefrau, die wegen Jan-Fredriks Fehler im Göteborger Krankenhaus gestorben war.

4. KAPITEL

Mit zusammengekniffenen Augen musterte Lennart die junge Frau, die ihm gegenüberstand. Sie hatte schulterlanges blondes Haar, ein schmales Gesicht mit strahlend blauen Augen, und ihre Figur konnte man nur als perfekt bezeichnen: schlank, mit Kurven genau an den richtigen Stellen. Obwohl sie schlichte Kleidung trug – einfache blaue Jeans und eine schmal geschnittene Bluse –, sah sie aus wie eine Königin. Stolz und schön.

Und ängstlich.

Ja, die Frau wirkte verängstigt, und in ihrem Blick konnte Lennart lesen, dass es nicht nur daran lag, dass er sie eben so angeschrien hatte. Nein, auch sie hatte ihn erkannt, daran bestand für ihn kein Zweifel. Sie wusste genau, mit wem sie es zu tun hatte.

Mit dem Mann, dessen Frau sie und ihre Kollegen auf dem Gewissen hatten.

Hanna. Hanna Winterberg. So lautete ihr Name. Lennart hatte ihn nie vergessen und hätte diese Frau unter Hunderten wiedererkannt.

Er unterdrückte ein Aufstöhnen, als die Bilder der Vergangenheit zum wiederholten Mal auf ihn einstürzten.

Damals …

„Hab keine Angst, Liebes, alles wird gut“, versicherte Lennart seiner Frau, die auf der Trage lag, immer wieder. Dabei wusste er nicht einmal, ob sie ihn hören konnte.

Es schien ihm eine Ewigkeit gedauert zu haben, bis endlich der Notarzt am Unfallort eingetroffen war. Ein Auto hatte ihnen die Vorfahrt genommen und war seitlich direkt in ihren Wagen gekracht. Lennart selbst war mit dem Schreck davongekommen, Lena jedoch …

Er hielt ihre Hand, als die Sanitäter sie eilig den langgestreckten Flur zum OP hinunterrollten. Kühl und schlaff lag sie in seiner. Äußerlich schien ihr nicht viel zu fehlen, doch sie hatte bei dem Crash das Bewusstsein verloren. Ihre Haut war kalt und klamm, ihre Lippen bläulich verfärbt.

„Sie können hier nicht mit rein", protestierte eine Krankenschwester im blauen OP-Kittel, als er seiner Frau bis durch die Schwingtür zum Operationssaal folgen wollte. Sie legte ihm die flache Hand auf die Brust und hielt ihn zurück. „Es tut mir wirklich leid …"

Dann trat sie ebenfalls durch die Schwingtür, und er blieb allein zurück – sofern man in der Notaufnahme eines Krankenhauses allein sein konnte.

Unruhig wanderte er auf dem Flur auf und ab. Er wusste nicht, wie schwer die Verletzungen waren, die Lena sich zugezogen hatte. Aber sie würde es schaffen. Ganz gewiss! Sie war jung und stark. Eine Kämpferin. Und der Notarzt war zuversichtlich gewesen.

Es schien eine kleine Ewigkeit zu dauern, bis die Schwingtür zum OP von innen aufgestoßen wurde. Ein paar Schwestern kamen heraus, und ein Blick in ihre betroffenen Gesichter ließ ihn das Schlimmste befürchten.

Eisige Kälte breitete sich in ihm aus. Nein, dachte er. Nein, das kann nicht sein …

„Was ist mit meiner Frau?" Er hielt eine der OP-Schwestern am Ärmel fest.

Sie schaute ihn an. Das Mitgefühl in ihrem Blick traf ihn wie ein Stich ins Herz. Und als sie den Kopf schüttelte, zog es ihm den Boden unter den Füßen weg.

Schwer ließ er sich auf einen der Stühle sinken, die an der Wand standen.

Er konnte es nicht glauben. Das war einfach nicht möglich!

Mit einem heiseren Stöhnen barg er das Gesicht in den Händen, als er plötzlich hörte, wie die Tür zum OP erneut aufgestoßen wurde.

Er sprang von seinem Stuhl auf. Eine junge Frau stand vor ihm. Hübsch, aber das nahm er im Augenblick gar nicht richtig wahr. Das Namensschild an ihrem Kittel identifizierte sie als Dr. Hanna Winterberg.

„Was ist da drin passiert?", fragte er und trat auf sie zu. „Da stimmt doch was nicht! Meine Frau war jung und gesund. Ihre Verletzungen waren nicht so schlimm, dass sie daran hätte sterben müssen. Warum also? Warum?"

„Aber Lennart, was ist denn bloß los mit dir?" Die Stimme seiner Schwiegermutter holte ihn ins Hier und Jetzt zurück. Einen Augenblick wusste er überhaupt nicht, was los war und wo er sich befand. Dann fiel sein Blick auf Ulla, die, Maja an der Hand haltend, neben Hanna Winterberg stand.

„Was?", fragte er, wobei er sich räuspern musste, um überhaupt einen Ton über die Lippen zu bekommen. Seine Kehle war trocken und fühlte sich an wie Schmirgelpapier.

„Was ist los mit dir, Lennart?", fragte seine Schwiegermutter erneut. „Wieso bist du so unfreundlich zu der Frau? Sie hat schließlich Maja wiedergebracht! Stell dir nur vor, was alles hätte passieren kön…"

„Du weißt nicht, wer diese Frau ist", stieß Lennart wütend hervor. „Sie hat …"

„Mein Name ist Hanna Winterberg", stellte Hanna sich vor und reichte Ulla die Hand. „Ich bin die Tochter von Kristoffer Winterberg. Mein Vater arbeitet hier als Arzt, und ich vertrete ihn, weil er sich verletzt hat.“ Sie atmete hörbar ein. „Normalerweise arbeite ich in …“

„Aber das spielt doch jetzt alles keine Rolle!“, unterbrach Ulla sie und ergriff, noch immer ganz aufgeregt, Hanna Winterbergs Hand. „Ich bin Ihnen so dankbar, dass Sie uns Maja wiedergebracht haben! Wissen Sie, ich …“ Sie schüttelte den Kopf, und Tränen stiegen ihr in die Augen. „Ich hätte besser auf sie aufpassen müssen, ich weiß. Aber es war so viel zu tun. Wir sind erst vor ein paar Tagen hier angekommen, und ich wollte den Garten herrichten. Ich hatte das Planschbecken für Maja aufgestellt, und erst hat sie auch ziemlich rumgetobt. Aber dann ist es ihr wohl langweilig geworden. Ich weiß auch nicht … sie spricht ja nicht. Ich habe ihr gesagt, sie soll sich ein Eis aus dem Haus holen, habe aber nicht geguckt, ob sie wirklich reingeht. Da muss sie wohl zum Ufer gegangen sein, wo noch ihre Luftmatratze lag, und …“ Sie schüttelte den Kopf. „Es tut mir so leid, ich hätte sie einfach nicht aus den Augen lassen dürfen, ich … Wenn ihr etwas passiert wäre, hätte ich mir das nie verziehen!“

Lennart sah, wie Maja sich eng an das Bein ihrer Großmutter schmiegte. Er seufzte tief auf. „Mach dir keine Vorwürfe, Ulla, wenn jemand schuld ist, dann ich. Ich bin schließlich Majas Vater.“ Erneut wandte er den Blick zu Hanna Winterberg. „Und Ihnen möchte ich sagen, dass ich Ihnen ebenso dankbar bin wie meine Schwiegermutter, dass Sie Maja hergebracht haben.“ Er nickte ihr zu. „Dennoch möchte ich Sie bitten, meine Insel jetzt zu verlassen. *Adjö!*“

„Selbstverständlich.“ Hanna Winterberg räusperte sich. „Ich habe ohnehin noch zu tun, und …“

In dem Moment, in dem Hanna sich zum Gehen wenden wollte, riss Maja sich von ihrer Großmutter los und stürmte auf ihre Retterin zu. Eng schmiegte sie sich nun an deren linkes Bein und schüttelte heftig den Kopf.

Lennart zog die Brauen zusammen. „Maja, was soll denn das?“, fragte er genervt. „Hast du denn nicht gehört? Die Frau hat noch zu tun, und wir sollten sie nicht von der Arbeit abhalten.“

Wieder schüttelte Maja den Kopf und klammerte sich noch enger an Hanna, so als wolle sie sie am liebsten gar nicht mehr loslassen.

„Herrje, Lennart, jetzt sei doch bitte nicht so unfreundlich. Diese Frau hat uns geholfen, ich finde, wir sollten uns etwas dankbarer zeigen!“ Sie sah Hanna an und fragte: „Bitte, würden Sie uns den Gefallen tun und mit uns essen? Ich habe Köttbullar vorbereitet. Und dazu gibt es Kartoffeln und Preiselbeerkompott.“

Hanna ließ den Blick zwischen ihm und Ulla hin- und hergleiten. Schließlich schüttelte sie den Kopf. „*Tack*, das ist wirklich sehr nett von Ihnen, aber ich fürchte, wenn ich mich jetzt nicht langsam auf den Weg mache, werde ich heute gar nicht mehr mit meiner Arbeit fertig. Vor mir liegen noch einige Patientenbesuche, und ich …“

„Dann kommen Sie doch heute Abend zu uns zum Essen“, schlug Ulla vor. Lennart unterdrückte einen Aufschrei. Was, zum Teufel, tat seine Schwiegermutter hier bloß? Er wäre froh, wenn diese Ärztin endlich die Insel verlassen und nie wieder zurückkehren würde!

„Du hast doch gehört, dass sie keine Zeit hat, Ulla“, warf er genervt ein. „Wir sollten wirklich nicht …“ Er stockte, als seine Tochter sich jetzt von Hanna löste, auf ihn zugestürmt kam und die Arme um ihn schlang. Dabei blickte sie mit beinah flehentlichem Gesichtsausdruck zu ihm hoch.

Seit dem Tod ihrer Mutter hatte Maja kein einziges Wort

mehr gesprochen. Ein Jahr lang. Eine unfassbar lange Zeit, in der Lennart gelernt hatte, seine Tochter zu verstehen, auch ohne dass sie sprach. Er las aus ihrem Gesicht, ihrer Mimik, ihrem Blick. Er verstand sie womöglich besser als zu der Zeit, als sie noch gesprochen hatte. Und deshalb brauchte er auch nicht groß zu überlegen, was sie ihm jetzt sagen wollte.

„Bitte, *Pappa*, lass Hanna zum Essen kommen. Bitte!"

Sie sprach natürlich nicht wirklich. Und doch war Lennart, als könne er ihre Stimme hören.

Und auch seiner Schwiegermutter entging das nicht.

„Siehst du denn nicht, wie sehr Maja sich das wünscht, Lennart", sagte sie leicht vorwurfsvoll. „Jetzt schlag dem Mädchen doch nicht diesen einen Wunsch ab. Es ist doch ohnehin selbstverständlich, dass wir …"

„Lassen Sie nur", unterbrach Hanna sie. Ihre Stimme klang sanft, aber auch ein bisschen enttäuscht. „Ich möchte mich auch auf keinen Fall aufdrängen."

Sie wandte sich zum Gehen ab, und Lennart bekam ein schlechtes Gewissen. Es stimmte ja, sie hatte Maja geholfen. Gott sei Dank! Noch immer konnte er nicht fassen, dass seine Tochter einfach allein mit ihrer Luftmatratze ins Wasser gegangen war. Was da alles hätte passieren können. Und das vor allem, weil er nur seinen dämlichen Zaun im Kopf gehabt hatte, statt sich um seine Tochter zu kümmern! Er konnte weder ihr noch seiner Schwiegermutter einen Vorwurf machen – Ulla hatte auch alle Hände voll zu tun und war sicher ebenso wie er oft mit der ganzen Situation überfordert. Letztendlich war er für Maja verantwortlich, er ganz allein. Und deshalb war es auch einzig und allein seine Schuld, dass es um ein Haar zu einem Unglück gekommen wäre.

Dieses Unglück hatte Hanna Winterberg verhindert. Dafür müsste er ihr eigentlich unendlich dankbar sein. Und doch konnte er nur an die erste Begegnung vor einem Jahr mit ihr denken.

Und daran, dass sie, davon war er überzeugt, mehr wusste, als sie bereit war zuzugeben.

Mehr über Lenas Tod …

Er hatte damals lange versucht, herauszufinden, was im OP wirklich vorgefallen war, doch die Klinik legte ihm Steine in den Weg, wo es nur ging. Alles, was er in Erfahrung bringen konnte, war der Name des verantwortlichen Chirurgen.

In seiner Verzweiflung hatte Lennart sich an die Polizei gewandt und dort Anzeige erstattet. Er war fest davon überzeugt gewesen, dass diesem Arzt irgendein Fehler unterlaufen sein musste. Doch die Beamten erklärten ihm, dass sich hierfür einfach keine Beweise finden ließen.

Genau dasselbe sagte ihm auch der Anwalt, den er daraufhin mit seinen Interessen beauftragte. Doch über einen eingeschalteten Privatdetektiv gelang es ihm schließlich, herauszubekommen, dass es seinerzeit Streit im OP gegeben hatte.

Worum es dabei gegangen war, darüber schwiegen sich alle an dem Vorfall Beteiligten aus.

Er hatte trotzdem versucht, die Verantwortlichen vor Gericht zu zerren. Doch mehr als horrende Kosten hatte ihm das Ganze nicht eingebracht. Und am Ende war ihm nichts anderes übrig geblieben, als sein Scheitern einzugestehen.

Er spürte, wie Maja ihn an der Hand packte und fest zu rütteln begann, was ihn aus seinen Überlegungen riss. Er wusste nicht, ob er die Möglichkeit hatte, tatsächlich mehr über die näheren Umstände von damals herauszufinden, wenn er Hanna Winterberg zum Essen einlud. So, wie er sie einschätzte, eher nicht. Und so waren es wohl die flehenden Blicke seiner Tochter, die ihn einlenken ließen, ebenso wie der leicht vorwurfsvolle Blick seiner Schwiegermutter.

„Warten Sie!“, rief er, und Hanna drehte sich zu ihm um.

„Ja?“, fragte sie, dieses Mal mit leicht unsicherer Stimme.

„Bitte“, sagte Lennart, und die nächsten Worte kamen ihm alles andere als leicht über die Lippen. „Kommen Sie doch morgen Abend zu uns zum Essen. Sie sind herzlich eingeladen.“

Mit diesen Worten wandte er sich ab und eilte ins Haus.

Auch Stunden später noch fühlte Hanna sich hin- und hergerissen. Inzwischen war es später Nachmittag, und sie hatte bereits einige weitere Patientenbesuche hinter sich, die auch alle glatt über die Bühne gegangen waren. Der Letzte für den heutigen Tag, der ihr jetzt noch bevorstand, bereitete ihr allerdings ziemliche Magenschmerzen, und das hatte gute Gründe. Sie befand sich nämlich gerade auf dem Weg zur Insel von Petter Jöndal, und nach allem, was ihr Vater ihr tags zuvor erzählt hatte, graute ihr ein wenig vor dem Besuch. Sie kannte Petter noch von früher, erinnerte sich daran, wie er ihr, als sie noch ein Kind gewesen war, Eis verkauft hatte. Sie hatte ihn als freundlichen und stets fröhlichen Mann in Erinnerung, der gut mit Kindern umgehen konnte und sehr beliebt war. Und dieser Mann sollte nun sein ganzes Hab und Gut an der Börse verloren haben und dadurch zum Alkoholiker geworden sein?

Schwer vorstellbar für Hanna, allerdings wusste sie andererseits natürlich allein schon von ihrer Arbeit im Krankenhaus, dass so etwas keine Seltenheit war. Niemand kam als Alkoholiker zur Welt. Jeder Mensch hatte eine ganz eigene Geschichte.

Ihre Gedanken schweiften ab, als ihr Boot die kleine Insel erreichte, auf der das Ferienhaus der Jöndals stand. Nur dass es inzwischen nicht mehr nur ein Ferienhaus, sondern der Hauptwohnsitz der dreiköpfigen Familie war.

Sie vertäute die *Havshäxä* am Anleger und trat hinaus auf den Steg. Schon von Weitem sah sie, dass sich das Haus in keinem besonders guten Zustand befand. Die rote Farbe wirkte verblichen, es fehlten Dachschindeln, und das Geländer der Veranda war teilweise eingebrochen.

Das Nächste, was ihr auffiel, war, wie ruhig es war. Sie hörte das Zwitschern der Vögel und das Rauschen des Winds in den Bäumen. Sonst nichts. Kein fröhliches Kinderlachen, keine anderen Geräusche.

„Was wollen Sie hier?", erklang da eine Stimme aus dem Schatten im hintersten Winkel der Veranda. „Kann mich nicht erinnern, jemanden hergebeten zu haben …"

Hanna blinzelte, dann erkannte sie einen Mann, der in einem Schaukelstuhl saß. Sein Gesicht wirkte verhärmt, eingefallen. Und als sie näher trat, nahm sie den säuerlichen Geruch von altem Schweiß wahr, der von ihm ausging.

„Petter?", fragte sie zur Sicherheit noch einmal nach, obwohl sie bereits wusste, wen sie vor sich hatte. „Petter Jöndal?"

„Wer will das wissen?" Feindselig funkelte er sie an. „Ich kenne Sie nicht."

„Oh doch, wir kennen uns", entgegnete sie. „Ich bin Hanna Winterberg, die Tochter vom Schärendoktor. Als junges Mädchen habe ich immer bei Ihnen Eis gekauft. Eine Kugel Schokolade, eine Kugel Erdbeere."

Er runzelte die Stirn. „Kann schon sein. Aber das erklärt nicht, was Sie hier auf meiner Insel verloren haben."

„Ich bin hier, weil ich für die nächsten Wochen meinen Vater vertreten werde, der sich bei einem dummen Haushaltsunfall das Bein gebrochen hat."

„Aha, daher weht also der Wind. Aber wenn der Alte glaubt, dass ich mich von seiner hübschen Tochter eher bekehren lasse als von ihm, dann hat er sich getäuscht. Richten Sie ihm das von mir aus!"

„Ich weiß zwar nicht, wovon Sie sprechen, aber …"

„Darüber, dass Ihr Vater permanent versucht, mir einzureden, dass ich ein Problem habe." Zornig blickte er Hanna an. „Aber das hab ich nicht. Bei mir ist alles in bester Ordnung."

„Natürlich", entgegnete sie ausweichend. In Wahrheit hatte sie nicht die geringste Ahnung, wovon Jöndal eigentlich sprach. „Ich bin auch nur hier, um nach dem Rechten zu sehen." Suchend schaute sie sich um. „Ihre Frau und Ihr Sohn …"

„Sind im Haus." Er grinste breit und entblößte dabei eine Reihe gelblich verfärbter Zähne. „Sie können sich gern selbst davon überzeugen, dass sie wohlauf sind."

Obwohl er das Angebot sicher nicht wirklich ernst gemeint hatte, beschloss Hanna darauf einzugehen. Die Veränderung, die mit Jöndal vor sich gegangen war, konnte man nur als erschreckend bezeichnen. Sie wusste nicht, wozu dieser Mann fähig war. Und deshalb erschien es ihr sicherer, auch nach seiner Familie zu sehen.

„*Tack så mycket* – vielen Dank", sagte sie und hörte, wie er zur Antwort etwas Unverständliches murmelte. Doch davon ließ sie sich nicht beirren. Durch die offen stehende Eingangstür und das Fliegengitter, das vor allem die lästigen Mücken abwehren sollte, gelangte sie ins Innere des Hauses.

Es war kühl und düster. Ihre Augen brauchten einen Moment, um sich an die neuen Lichtverhältnisse zu gewöhnen.

„Hallo?", rief sie halblaut. „*Hej* – ist hier irgendjemand?"

Sie hörte Schritte auf einer Treppe. Kurz darauf streckte ein kleiner Junge seinen Kopf ins Innere des Raumes.

„*Hej*", sagte Hanna. „Dein *Pappa* hat mir gesagt, dass ich dich hier finden würde. Ist deine Mama auch da?"

Der kleine Junge zögerte kurz, dann nickte er und stob davon. Im nächsten Moment erschien eine Frau im Türrahmen. Sie sah müde aus, lächelte aber freundlich. „Ja, bitte? Was kann ich für Sie tun?"

Hanna streckte ihr die Hand entgegen. „Hanna Winterberg. Ich vertrete meinen Vater, bis er wieder auf den Beinen ist."

Die ältere Frau nickte bekümmert. „Ja, ich habe von Doktor Winterbergs Unfall gehört. Dumme Geschichte, aber die meisten Unfälle passieren eben im Haushalt."

Hanna nickte. „Das stimmt allerdings. Aber es geht ihm den Umständen entsprechend gut. Nur um allein in einem Boot durch die Schären zu schippern, dazu ist er noch längst nicht wieder fit genug." Sie lächelte. „Aber deswegen bin ich nicht hergekommen. Mein Vater bat mich, hin und wieder auf meinen Runden nach Ihnen zu sehen. Er macht sich Sorgen um Sie."

Der Blick der anderen Frau nahm einen traurigen Ausdruck an. „Ich weiß, und ich finde es auch wirklich rührend, dass er sich so um uns kümmert. Aber … das ist wirklich nicht nötig. Mein Mann … Ich komme schon zurecht mit ihm."

Hanna hob eine Braue. „Das bezweifle ich nicht", entgegnete sie. „Aber … Na ja, ich kenne ihn noch von früher, aus Zeiten, als ich noch ein kleines Mädchen war und …" Sie schüttelte den Kopf. „Er hat sich so verändert. Was ist denn bloß mit ihm passiert? Mein Vater sagte, er hat sich an der Börse verspekuliert?"

Seufzend fuhr Rike Jöndal sich durchs Haar. „Damit hat das ganze Unglück angefangen, ja. Das alles liegt nun bereits mehrere Jahre zurück, aber seitdem ist es immer weiter mit uns bergab gegangen. Schließlich mussten wir sogar das Eiscafé verkaufen – und auch unser Haus."

„Deshalb leben Sie also jetzt hier draußen in den Schären?"
Rike Jöndal nickte. „Das Sommerhaus konnten wir behalten. Ich bin sehr froh darüber, denn ich wäre nicht gerne von hier fortgegangen. Die Schären sind meine Heimat. Und ich glaube nicht, dass Petter in einer Sozialbauwohnung irgendwo am Stadtrand von Stockholm besser zurechtkommen würde."

Insgeheim konnte Hanna ihrer Einschätzung nur zustimmen. Sie hatte in der Vergangenheit einige Alkoholiker kennengelernt, und die meisten von ihnen kamen aus zerrütteten Familien und lebten in ebensolchen Sozialbauten. Wenn man erst einmal ganz unten angelangt war, dann war es schwer, wieder auf die Beine zu kommen.

„Vielleicht kann ich ja trotzdem etwas für Sie tun", schlug Hanna vor. „Und wenn ich nur für Sie da bin, wenn Sie hin und wieder mal jemanden zum Reden brauchen. Allerdings denke ich, dass es auch Ihrem Mann nicht schaden könnte, sich ein wenig zu öffnen."

Rike Jöndal lachte bitter auf. „Ich fürchte nur, dass er das niemals tun wird. Er spricht nicht einmal mit mir über das, was ihn quält. Und dass es da etwas geben muss, das kann selbst ein Blinder erkennen." Tränen traten ihr in die Augen, als ihre Selbstbeherrschung zu bröckeln begann. „Sie haben recht, er hat sich sehr verändert – und nicht nur äußerlich. Petter ist nicht mehr der Mann, den ich einmal geheiratet habe. Manchmal erkenne ich ihn gar nicht mehr wieder. Und ich weiß schon gar nicht mehr, wie sein Lachen klingt. Es ist, als wäre er über Nacht all seiner Energie und Fröhlichkeit beraubt worden." Schluchzend barg sie das Gesicht in den Händen. „Es tut mir leid, ich wollte nicht … Ich …"

Ohne lange zu zögern, trat Hanna auf die andere Frau zu und schloss sie tröstend in die Arme. „Schhh … Es ist schon gut, Sie müssen sich für nichts entschuldigen. Dies ist eine schwierige Situation für Sie alle. Ich kann verstehen, dass es nicht so leicht ist, damit umzugehen."

„Das ist leider noch untertrieben", gab Rike zurück und löste sich von Hanna. Dann fuhr sie sich mit dem Handrücken über die Augen und zwang sich zu einem Lächeln. „Aber das ist nicht Ihr Problem, sondern meins. Und es wäre nicht richtig von mir, Sie damit zu behelligen."

„Und wenn ich gern damit behelligt werden möchte?" Hanna lächelte nun ebenfalls. „Sie sind eine verflixt starke Frau. Aber was ist mit Ihrem Sohn? Wie kommt er mit der Veränderung zurecht, die sein Vater durchgemacht hat?"

„Nicht besonders gut", gestand die ältere Frau. „Für Anders war es schon nicht leicht, aus seiner vertrauten Umgebung gerissen zu werden. All seine Freunde leben in Vaxholm, hier draußen hat er keinen einzigen Spielkameraden. Aber noch viel schlimmer ist es für ihn, dass sein *Pappa*, den er so vergöttert hat, sich auf so drastische Weise verändert hat."

„Hat Ihr Mann schon einmal mit einem Therapeuten darüber gesprochen?"

„Nein, hat er nicht!", erklang eine tiefe, dröhnende Stimme von der Haustür her. „Und das wird er auch nicht. Nur zu Ihrer Information: Ich brauche keinen Psycho-Doktor – ebenso wenig wie ich Sie hier brauche. Wenn Sie also nichts anderes im Sinn haben, als meiner Frau irgendwelche Flausen in den Kopf zu setzen, dann können Sie auch gleich wieder verschwinden."

Beschwichtigend hob Hanna die Hand. „Es lag nicht in meiner Absicht, Sie zu verärgern", versicherte sie ihm. „Trotzdem denke ich, dass es nicht schaden könnte, wenn …"

„Was mir schadet oder nicht, entscheide ich immer noch ganz allein. Und nun sehen Sie zu, dass Sie Land gewinnen!“

Seufzend zuckte Hanna mit den Achseln. „Also schön, ich gehe. Aber damit sind Sie mich nicht los, Petter. Ich komme wieder – und dann unterhalten wir uns.“

„Reden Sie, so viel Sie wollen – aber erwarten Sie keine Antwort von mir.“

„Petter“, versuchte seine Frau ihn zu beruhigen, doch er schlug die Hand, die sie nach ihm ausgestreckt hatte, grob beiseite.

„Lass mich!“, fauchte er und stürmte wieder aus dem Haus.

„Er meint es nicht so“, entschuldigte Rike Jöndal sich für ihren Mann.

Hanna winkte ab. „Ist schon gut. Ich würde sagen, ich komme einfach in den nächsten Tagen noch einmal vorbei. Vielleicht hat er sich bis dahin ja auch schon wieder ein bisschen beruhigt.“

Nachdenklich und erschöpft saß Hanna am Abend ihrem Vater am Küchentisch gegenüber. Der Duft von warmem *Appelpej* erfüllte die Luft, und von ihrem Platz aus konnte Hanna sehen, wie der Kuchen im Backofen bräunte. Für einen kurzen Moment fühlte sie sich wieder in die Vergangenheit zurückversetzt. Für sie hatte es als Kind nichts Aufregenderes gegeben, als die Teigschüssel auszulecken, wenn ihre Mutter oder Malin Kuchen gebacken hatten, und anschließend vor dem Ofen hockend zuzusehen, wie der Teig zum Kuchen wurde.

„Noch ein bisschen Geduld“, sagte Malin lächelnd. „Der Kuchen ist gleich fertig, und dann bekommst du ein extra großes Stück. Es geht doch schließlich nichts über warmen *Appelpej*.“

Hanna musste lachen. Zwar war sie eigentlich noch satt, denn sie hatte beim Abendessen – es hatte Pytt i panna mit Spiegelei gegeben – ordentlich zugelangt, aber den Kuchen würde sie sich trotzdem nicht entgehen lassen.

„Die frische Luft macht hungrig, nicht wahr?", fragte ihr Vater und lehnte sich in seinem Stuhl zurück. „Aber nun erzähl doch endlich: Wie war dein Tag?"

Hanna zuckte mit den Schultern. „Eigentlich ganz gut. Ich habe alle Patienten aufgesucht, die auf der Liste standen, und mit den Behandlungen und der Medikation ist auch alles in Ordnung. Neuigkeiten gibt es eigentlich keine." Sie seufzte. „Leider auch nicht in Bezug auf Lisbet."

„Das war zu befürchten." Der Schärenarzt nickte und blickte düster drein. „Ich hatte zwar gehofft, dass es dir gelingen könnte, ihr ins Gewissen zu reden, aber wie es aussieht, will sie sich einfach nicht helfen lassen." Er schüttelte den Kopf. „Dieses sture alte Weibsstück!"

Nicht zum ersten Mal fiel Hanna auf, dass das Schicksal der alten Lisbet ihren Vater besonders mitzunehmen schien. Natürlich interessierte es sie, warum das so war, aber sie wollte auch nicht nachfragen. Allerdings fiel ihr durchaus positiv auf, wie vernünftig ihr Vater sich gerade mit ihr unterhielt. Nichts erinnerte mehr an den alten brummigen Mann, der sie zwei Tage zuvor empfangen hatte.

„Wir bekommen das schon irgendwie hin, *Pappa*", sagte sie und lächelte ihn aufmunternd an. „Irgendwie wird es uns gelingen, Lisbet dazu zu bewegen, ins Krankenhaus zu gehen." Sie seufzte. „Aber mal was anderes ... Ich war ja vorhin noch bei Petter Jöndal und seiner Familie. Er hat sich wirklich sehr verändert."

Ihr Vater runzelte die Stirn. „Er ist ein Säufer – und das weiß er auch. Dummerweise ist er nicht bereit, sich helfen zu lassen. Er scheint sich recht wohl in seinem Jammertal zu fühlen. Eine elende Schande ist das!"

„Besonders leid tut es mir für seine Frau und seinen Sohn. Rike Jöndal versucht zwar tapfer zu sein, aber man merkt deutlich, wie sehr sie das alles mitnimmt."

Der Schärenarzt seufzte. „Manchmal glaube ich, dass er seiner Familie gegenüber absichtlich so unausstehlich ist. Es scheint fast, als wolle er sie vertreiben."

Nachdenklich neigte Hanna den Kopf zur Seite. Der Gedanke ihres Vaters klang zwar im ersten Moment abwegig, ja regelrecht absurd, aber eben auch nur im ersten Moment. „Weißt du was", erwiderte sie nachdenklich, „womöglich hast du damit sogar recht …"

„Jetzt ist aber wirklich Feierabend", verkündete Malin und trat mit ihrem frischgebackenen *Appelpej* an den Tisch. „Über die Arbeit könnt ihr euch immer noch unterhalten – jetzt wird erst mal gegessen!"

Obwohl sie allesamt recht satt waren, konnte doch niemand bei dem herrlich duftenden und noch warmen Apfelkuchen widerstehen. Und schon beim ersten Bissen fielen alle Sorgen und Anstrengungen des zurückliegenden Tages von Hanna ab, und sie spürte, wie sie sich entspannte. Der Kuchen schmeckte wirklich köstlich: frisch, saftig und süß. Er war einfach ein Traum.

Doch während sie aßen und schwiegen, musste Hanna an etwas anderes denken.

Oder vielmehr an jemand anderen.

Lennart Eckström.

Es war ein Schock für sie gewesen, ihm nach so langer Zeit wieder gegenüberzustehen. Im ersten Moment hatte sie noch geglaubt, sich zu täuschen, aber der feindselige Ausdruck in seinem Gesicht hatte ihr schnell klargemacht, dass er es tatsächlich war. Und dass er sie gleich wiedererkannt hatte.

Natürlich war ihr nicht entgangen, dass er sie am liebsten von seiner Insel gejagt hätte. Zwar war er dankbar, dass sie seiner Tochter geholfen hatte, aber der Zorn wegen damals hatte die Oberhand behalten. Hanna konnte das verstehen. Und nicht aus Feigheit, sondern weil sie es für besser hielt, Lennart nicht zu belästigen, hätte sie die Einladung zum Essen auch am liebsten abgelehnt. Einzig und allein der kleinen Maja zuliebe hatte sie sie schließlich doch angenommen. Die Kleine schien sie direkt ins Herz geschlossen zu haben, und Hanna wollte ihr eine Enttäuschung ersparen.

Und gleichzeitig mehr über sie herausfinden. Vor allem interessierte sie, ob das kleine Mädchen tatsächlich stumm war.

Mach dir nichts vor. Du willst der Kleinen eine Freude machen, um dein schlechtes Gewissen zu beruhigen, und kannst ihr deshalb keinen Wunsch abschlagen.

Sie atmete tief durch. Stimmte das? Hatte sie die Einladung deshalb angenommen, weil sie sich schuldig fühlte? Schuldig daran, dass Maja keine Mutter mehr hatte?

Doch das war Unsinn: Sie trug keine Schuld daran. Sie konnte nichts dafür, dass Lennarts Frau und Majas Mutter gestorben war.

Du nicht, aber jemand, den du sehr gut kennst. Und die Tatsache, dass du schweigst, um ihn zu decken, macht dich ebenso schuldig.

Sie schüttelte den Gedanken ab. Was sollte sie denn tun? Sie hatte doch überhaupt keine Möglichkeit, etwas zu ändern. Nicht nur, dass sie ihren Job los wäre, wenn sie nicht schwieg – ihr waren ja auch die Hände gebunden. Schließlich verfügte sie über keinerlei Beweise. Außerdem schuldete sie

Jan-Fredrik Loyalität – immerhin waren sie so gut wie verlobt. Und wenn …

„… noch ein Stück *Appelpej*?“

Malins Frage riss sie aus ihren Überlegungen. Hastig schüttelte sie den Kopf. „*Tack*, aber ich schaffe keinen Bissen mehr“, sagte sie wahrheitsgemäß, lehnte sich zurück und rieb sich den flachen Bauch. „Und ich bin auch ziemlich erschöpft. Es war ein ziemlich anstrengender Tag. Petter Jöndal scheint wirklich ein schwieriger Fall zu sein, und dann war da auch noch dieses Mädchen, das mit einer Luftmatratze abgetrieben ist. Ich habe die Kleine zu ihrem Vater und ihrer Großmutter zurückgebracht. Der Mann heißt Lennart Eckström.“ Fragend schaute sie Malin und ihren Vater an. „Kennt ihr ihn zufällig?“

„Der Name ist mir geläufig“, erwiderte die ältere Frau und bedachte Hanna mit einem merkwürdigen Blick. „Ein gut aussehender junger Mann, wie man hört.“

Sofort bereute Hanna, das Thema überhaupt zur Sprache gebracht zu haben. Sie gähnte hinter vorgehaltener Hand. „Kann schon sein. Bitte entschuldigt mich. Ich bin müde und würde jetzt gern duschen und es mir dann einfach ein bisschen gemütlich machen.“

Sie stand auf und machte sich auf den Weg nach oben zu ihrem Zimmer. Doch wenn sie geglaubt hatte, eine heiße Dusche könne ihre trüben Gedanken vertreiben, so hatte sie sich getäuscht. Selbst als sie Stunden später im Bett lag und mühsam versuchte, Schlaf zu finden, kreisten ihre Gedanken immerzu um ihre Begegnung mit Lennart Eckström.

Und seltsamerweise schlich er sich sogar in ihre Träume.

5. KAPITEL

Als Hanna am nächsten Tag vor ihrem Kleiderschrank stand, war sie unschlüssig wie selten, was sie anziehen sollte. Es war später Nachmittag, und sie hatte einen nicht ganz so anstrengenden Arbeitstag hinter sich. Ihre heutigen Patienten waren allesamt „leichte Fälle“ gewesen. Mehr als Blutdruckmessen, Abhören von Lunge und Herz und ein Verbandwechsel hatten nicht auf dem Programm gestanden.

Und vor allem war sie mit keinem schweren Schicksal konfrontiert worden, das an die Substanz ging wie das von Petter Jöndal oder auch der alten Lisbet.

Irritiert schüttelte Hanna den Kopf. Schon den ganzen Tag über beschäftigte sie die Frage, wie sich für den bevorstehenden Abend kleiden sollte. Dabei machte sie sich um so etwas für gewöhnlich überhaupt keine Gedanken. Im Krankenhaus trug sie ihre Arbeitskleidung, und wenn sie als Vertretung ihres Vaters unterwegs war, einfach das, was sie normalerweise in ihrer Freizeit anhatte: bequeme Jeans und ein T-Shirt und vielleicht noch, wenn es kühler wurde, eine Strickjacke.

Seufzend ging sie erneut den Inhalt ihres Kleiderschranks durch. Dann stieß sie auf etwas, das sie die ganze Zeit nicht beachtet hatte.

Stirnrunzelnd holte sie das bordeauxfarbene Sommerkleid heraus, das sie auf Jan-Fredriks Anraten gekauft hatte. Es war festlich, aber nicht zu elegant. Der glatte, seidige Stoff umschmeichelte ihre Rundungen, und zusammen mit ein paar High Heels …

Unfug!

Sie schüttelte den Kopf und hängte das Kleid zurück. Sie wusste nicht einmal, warum sie es überhaupt eingepackt hatte. Die Idee, es an diesem Abend zu tragen, war einfach absurd. Unwahrscheinlich, dass Lennart Eckström ihre Bemühungen zu schätzen wüsste.

Außerdem bestand kein Anlass, sich wirklich schick zu machen. Dies war nur ein kleines Abendessen. Und es ging ihr dabei vor allem um die kleine Maja. Und dem Mädchen war die Auswahl ihrer Kleidung sicherlich herzlich egal.

Sie entschied sich also für eine Jeans und ein einfaches dunkelblaues Shirt. Dazu flache Schuhe und einen Cordblazer. Als sie sich schließlich im Spiegel betrachtete, nickte sie zufrieden. Ja, so konnte sie sich sehen lassen, ohne dabei zurechtgemacht auszusehen.

Zwei Stufen auf einmal nehmend, lief sie schließlich nach unten und vom Korridor aus in die Küche, wo ihr Vater und Malin bei einer Tasse Tee zusammensaßen.

„Möchtest du auch einen Kräutertee, Liebes?“, fragte Malin lächelnd.

Hanna schüttelte den Kopf. „Nein, danke. Ich denke, ich sollte jetzt langsam losfahren.“

„Ach ja, richtig.“ Die ältere Frau schmunzelte. „Du hast ja eine Verabredung …“

„So, wie du das sagst, klingt es richtig aufregend – ist es aber nicht. Ich bin nur eingeladen worden, weil ich dem kleinen Mädchen geholfen habe, sonst nichts. Es ist keine richtige Verabredung, Malin.“

„Wenn es sich um den Mann dreht, den ich vor ein paar Tagen mit seiner Schwiegermutter und seiner kleinen Tochter im Ort gesehen habe, würde ich mich an deiner Stelle nicht so zieren.“

Überrascht schaute Hannas Vater sie an. „Was soll das denn bedeuten? Hast du dich etwa in diesen Jungspund verguckt?“

„Ich doch nicht!“ Lachend winkte Malin ab. „Als ob der mit einer alten Schachtel wie mir etwas anfangen könnte … Aber für unsere Hanna hier wäre er genau der Richtige.“

„Ich bin so gut wie verlobt“, warf Hanna ein, merkte jedoch selbst, dass ihren Worten die nötige Überzeugungskraft fehlte. In der ganzen Zeit auf Vaxholm hatte sie bisher kaum an Jan-Fredrik gedacht – außer man zählte die Momente mit, in denen sie sich an den schrecklichen Vorfall von vor einem Jahr erinnert hatte. Aber das waren alles andere als romantische Gedanken gewesen.

Malin schien sie wie immer sofort zu durchschauen. „Natürlich, Liebes“, sagte sie mild lächelnd. „Du wirst schon wissen, was du tust.“

Rasch verabschiedete Hanna sich. Auf keinen Fall wollte sie noch weiter über dieses Thema diskutieren. Lennart Eckström war keinesfalls der Grund, warum sie diese Einladung angenommen hatte. Sie tat es für Maja – und vielleicht auch ein bisschen für deren Großmutter, die sich ihr gegenüber von Anfang an sehr freundlich und zuvorkommend gezeigt hatte.

Draußen schlug ihr angenehm kühle Abendluft entgegen. Sie durchquerte den sanft abschüssigen Garten, bis sie zum Steg gelangte, an dem das Boot vertäut war. Die Wellen schwappten leise gegen die Außenwand, und am Himmel zogen kreischende Möwen ihre Kreise.

Alles war noch genau so wie früher in ihrer Jugend. Und doch erschien es ihr irgendwie verändert. Aber vielleicht war sie es auch, die sich verändert hatte. Sie nahm das alles anders wahr als damals. Es wirkte auf sie nicht erdrückend oder einengend, sondern friedlich und beruhigend.

Und dann dieser Duft, der über allem lag. Es roch nach Meer, nach Tang und nach Salz. Der Duft der Schären.

Der Duft ihrer Heimat.

Sie löste die Vertäuung und kletterte an Bord der *Havshäxä*. Das Boot schaukelte leicht unter ihren Schritten, doch Hanna empfand das als sehr angenehm. Sie trat hinters Steuer und ließ den Motor an, der grollend zum Leben erwachte.

Während sie auf die offene See hinaussteuerte, stellte sie einmal mehr fest, wie gut es sich anfühlte, den Wind im Gesicht und das Vibrieren der *Havshäxä* unter sich zu spüren. Vielleicht war es das, was ihr Vater so daran liebte, Schärendoktor zu sein. Vielleicht lag es aber auch daran, dass ihm all die Menschen, die dort draußen lebten, einfach ans Herz gewachsen waren.

Hanna konnte es inzwischen ein bisschen besser verstehen. Die Arbeit hier war vollkommen anders als die, die sie vom Krankenhaus her kannte. Dort ging es immer nur um Geschwindigkeit und Profit. Die Menschlichkeit blieb dabei leider viel zu oft auf der Strecke.

Natürlich hatte sie sich auch früher schon darüber geärgert, hatte nie unternehmerisch gedacht. Sie war Ärztin geworden, um Gutes zu tun und Menschen zu heilen. Und das tat sie auch. Allerdings machte es sie traurig, wenn Patienten ihre Hilfe ablehnten.

Sie dachte an die alte Lisbet. Seit vielen Jahren litt sie nun schon an einer schweren Lungenerkrankung. Doch Lisbet wollte ihre Insel partout nicht verlassen. Daran hatten bisher weder ihr Vater noch sonst jemand etwas ändern können.

In einer Großstadt wie Stockholm oder Göteborg wäre eine Frau wie Lisbet einfach unter die Räder gekommen. Eines Tages hätte man sie tot in ihrer Wohnung vorgefunden. Ein bedauerlicher Unglücksfall unter vielen, mehr nicht. Hannas Vater aber kümmerte sich um die alte Frau. Er stand ihr zur Seite, auch wenn sie so unvernünftig war, jeden seiner Ratschläge in den Wind zu schlagen. Er fühlte sich für die Menschen in seiner Umgebung verantwortlich. Und leistete weit mehr, als der Eid, den er einst geschworen hatte, von ihm forderte.

Früher hatte Hanna nicht verstanden, was Kristoffer Winterberg an diesem Leben fand. Warum er kaum Zeit für seine eigene Tochter hatte erübrigen können und sich stattdessen um die Sorgen und Nöte fremder Menschen kümmerte. Nun wusste sie es. Oder fing zumindest an, es zu begreifen. Dies war mehr als nur eine Arbeit. Nichts, wo man um Punkt sechzehn Uhr den Stift fallen lassen und den lieben Gott einen guten Mann sein lassen konnte.

Selbst die Arbeit in der Klinik war nicht mit der hier draußen zu vergleichen. Natürlich gab es dort Doppel- und Dreifachschichten. Es herrschte Stress und ständiger Zeitdruck. Doch man trug die Verantwortung nicht allein auf seinen Schultern, sondern konnte einen Teil an seine Kollegen abgeben. Es war immer jemand da.

Anders als hier.

Ohne ihren Vater und Menschen wie ihn würden die Leute draußen auf den Schären auf sich allein gestellt sein. Hanna konnte sich keinen Beruf vorstellen, der einen gleichzeitig so in Beschlag nahm und einem im Gegenzug so viel zurückgab.

Sie war so in Gedanken versunken gewesen, dass sie kaum bemerkt hatte, wie die kleine Insel, auf der Lennart Eckström mit seiner Familie lebte, bereits in Sicht kam.

Als sie den Steg fast erreicht hatte, stellte sie den Motor ab und ließ die *Havshäxä* das letzte Stück einfach treiben. Dann sprang sie, das Anlegeseil in der Hand, auf den Steg und vertäute das Motorboot.

Ihre Ankunft war offenbar nicht unbemerkt geblieben. Die kleine Maja kam vom Haus herbeigelaufen. Ihr kleines Gesicht strahlte vor Begeisterung.

Sofort griff das Mädchen nach Hannas Hand und zog daran, so als wolle es sagen: Komm! Mir nach!

Das musste sie Hanna nicht zweimal sagen. Sie folgte der Kleinen zum Haus. Obwohl Maja die ganze Zeit über schwieg, wirkte sie doch nicht bedrückt oder schwermütig. Im Gegenteil. Immer wieder blickte sie zu Hanna auf und schenkte ihr ein strahlendes Lächeln.

Ein glückliches Kind, konnte man annehmen. Aber wenn dem so war, warum sprach es dann nicht?

Hanna hoffte, dass sie an diesem Abend ein wenig mehr darüber erfahren würde. Und womöglich fand sie ja auch einen Weg, Maja zu helfen.

Das willst du doch nur, um dein schlechtes Gewissen zu beruhigen! Um nichts anderes geht es dir!

Gequält schloss sie für einen kurzen Moment die Augen. Ihr schlechtes Gewissen machte ihr tatsächlich zu schaffen, das musste sie zugeben. Doch in diesem Fall ging es ihr nicht darum, sich selbst Absolution zu erteilen. Vielmehr war es so, dass sie Lennart Eckströms Tochter einfach mochte. Und wenn es in ihrer Macht stand, irgendetwas für die Kleine zu tun, dann würde sie nichts unversucht lassen.

Als sie die Veranda erreichten, trat gerade Majas Großmutter nach draußen. „Na so was“, sagte sie. „Pünktlich wie die Maurer! Wie schön, dass Sie es geschafft haben, Dr. Winterberg.“

„Hanna“, entgegnete sie rasch. „Sagen Sie bitte Hanna zu mir. Wenn jemand mich hier in der Gegend Dr. Winterberg nennt, denke ich immer, dass mein Vater gemeint ist.“

„Also schön." Die ältere Frau lächelte. „Aber nur, wenn Sie Ulla zu mir sagen."

„Einverstanden."

Sie schüttelten sich die Hände.

„Ich hoffe, Sie haben reichlich Appetit mitgebracht, Hanna. Maja hat mir beim Kochen geholfen – und sie besteht darauf, dass ich immer gleich für eine ganze Kompanie auftische."

Lachend fuhr Hanna sich durchs Haar. „Hunger habe ich tatsächlich. Aber ob ich so viel schaffen werde …" Ihre lockere Stimmung verflog, als Lennart Eckström hinter Ulla nach draußen trat.

Sofort spürte sie, wie ihr Herz heftiger zu klopfen begann. Sie fürchtete sich davor, mit ihm allein zu sein, hatte Angst, er würde wieder auf jenes schicksalhafte Ereignis zu sprechen kommen, auf den schrecklichen Tag, an dem seine Frau Jan-Fredrik auf dem OP-Tisch unter den Händen weggestorben war. Sie wusste, dass Lennart auch sie dafür verantwortlich machte. Er hatte nie einen Hehl aus seiner Einstellung gemacht. Und sie hatte Verständnis dafür. Schließlich verachtete sie sich selbst, dass sie damals nicht den Mut aufgebracht hatte, für ihre Überzeugung einzustehen.

Dass sie ihn noch immer nicht aufbrachte.

Umso weniger konnte sie mit seinen harschen Worten und Vorwürfen umgehen. Sie hielten ihr den Spiegel vor, und sie sah einen Teil von sich, an den sie lieber nicht denken mochte. Gleichzeitig musste sie sich aber auch immer wieder daran erinnern, dass ihr im Grunde die Hände gebunden waren. Es war, wie ihr Chef und auch Jan-Fredrik gesagt hatten: Sie verfügte über keinerlei Beweise. Und solche Dinge geschahen nun mal in Kliniken. Wenn man jedes Mal eine große Sache daraus machte, hätte jedes Krankenhaus am Ende nur mit riesigen Schadenersatzforderungen zu kämpfen. Das wiederum konnte auch für die Patienten nicht gut sein.

Doch war es wirklich richtig, so zu denken? Die Zweifel an ihrem eigenen Verhalten, die Hanna seit einem Jahr jeden Tag und jede Nacht quälten, sprachen eindeutig dagegen.

Zu ihrer Überraschung schenkte Lennart ihr ein Lächeln, in dem weder Verachtung noch Wut mitzuschwingen schienen. Das wunderte sie, genau wie seine Begrüßung: „Wie schön, dass Sie es einrichten konnten zu kommen. Maja war schon den ganzen Tag ganz aufgeregt, weil sie sich so auf Sie gefreut hat."

Hanna stutzte. Irgendwie fiel es ihr noch schwerer, mit seiner Freundlichkeit umzugehen als mit seinem Hass. Wahrscheinlich, weil sie Ersteres einfach nicht verdiente.

„Wir gehen dann schon mal rein und bereiten den Tisch vor", verkündete Ulla und nahm Maja bei der Hand, ehe sie sich an Lennart wandte. „Du kümmerst dich derweil um unseren Gast."

Die beiden waren im Inneren des Hauses verschwunden, ehe Lennart oder Hanna protestieren konnten. Aber das wäre ja auch ziemlich albern gewesen. Immerhin waren sie zwei erwachsene Menschen, die in der Lage sein sollten, zivilisiert miteinander umzugehen.

Sie atmete tief durch. „Maja ist wirklich ein kleiner Sonnenschein", sagte sie, ohne ihn direkt anzublicken. Sie fürchtete, dass sie die Kontrolle verlieren würde, wenn sie es doch tat. Ihr Herz hämmerte wie verrückt, doch sie zwang sich, sich ihre innere Unruhe nicht anmerken zu lassen.

„Ja", pflichtete er ihr bei. „Das ist sie wirklich. Sie ist der wichtigste Mensch in meinem Leben. Für mich zählt nur eines: Maja glücklich zu sehen."

Hanna nickte verständnisvoll. „Das ist nur natürlich für einen Vater", sagte sie. „Noch dazu …" Sie biss sich auf die Lippe.

„Noch dazu, wo sie ohne Mutter aufwachsen muss", hätte sie beinahe gesagt.

Ohne Mutter.

Ja. Und Hanna selbst trug zumindest insoweit die Verantwortung dafür, dass sie die Person deckte, die Lena Eckström auf dem Gewissen hatte. Durch Jan-Fredriks Fehler war die junge Frau zu Tode gekommen, und sie, Hanna, hatte dabei geholfen, dies zu vertuschen.

Sie spürte, dass Lennarts Blick auf ihr ruhte. Vermutlich hatte er ihre Gedanken gelesen und wusste längst, was ihr durch den Kopf ging. Das geschah ihr nur echt. Wie hatte sie nur so dumm sein können, hierherzukommen? Ihr hoffnungsloser Versuch, Wiedergutmachung zu leisten, würde es am Ende nur noch schlimmer machen.

Für sie alle.

„Sie leben noch immer in Göteborg?", fragte er und riss sie damit aus ihren Gedanken.

Sie nickte. „Ja. Und ich … arbeite noch immer an derselben Klinik, wenn es das ist, was Sie wissen wollen."

„Warum sollte mich das interessieren?" Er hob eine Braue.

Es lag kein Vorwurf in seinen Worten, und doch konnte Hanna sich nicht vorstellen, dass er es wirklich ernst meinte.

Es sei denn, er hasste nicht die Klinik, sondern nur sie. Hanna Winterberg.

Ein eisiger Schauer überlief sie allein bei der Vorstellung. Aber vermutlich war es genau so. Lennart hatte, soweit sie wusste, nie herausgefunden, wer seine Frau damals operiert hatte. Sie, Hanna, war die einzige Person, die er mit der OP in Verbindung brachte. Die Klinikleitung hatte jegliche Verantwortung weit von sich geschoben. Mehr noch als das hatte sie sämtliche Nachforschungen seinerseits blockiert. Es schien, als wäre allen Menschen, die bei dem Vorfall dabei gewesen waren, ein Maulkorb verpasst worden.

War es da ein Wunder, dass sie für ihn die Verantwortung an allem trug?

„Ja", entgegnete sie. „Warum sollte Sie das interessieren. Ich ... bedaure sehr, was damals ... was mit Ihrer Frau geschehen ist."

Das war nicht nur irgendeine abgedroschene Phrase – Hanna meinte es genau so, wie sie es sagte. Doch natürlich war ihr auch klar, dass sie damit niemandem half. Weder ihm, seiner Tochter, noch sich selbst.

Für einen kurzen Moment schien seine Miene sich zu verfinstern, doch dann entspannten sich seine Züge wieder. „Ja, es ist eine traurige Geschichte. Lena war jung, sie hatte ihr ganzes Leben noch vor sich. Aber Sie sind heute nicht hier, um sich irgendwelche sentimentalen Geschichten von mir anzuhören."

Sie war überrascht, dass er offenbar versuchte, es ihr leicht zu machen. Warum das? Woher kam sein plötzlicher Sinneswandel? Als er sie am Vortag gesehen hatte, war er so zornig gewesen, dass er beinahe explodiert wäre. Und nun ... Sie verstand nicht, warum er auf einmal so nett zu ihr war. Doch sie beschloss, die Gelegenheit zu nutzen, um ein wenig mehr über Maja zu erfahren.

Allerdings kam sie nicht dazu, da Lennart sie gleich wieder mit Fragen bestürmte. „Es ist sicher nicht leicht, in einem großen Krankenhaus wie Ihrem zu arbeiten", sagte er. „Sie stehen gewiss sehr unter Druck und müssen an tausend Dinge gleichzeitig denken."

Irritiert runzelte Hanna die Stirn. Was hatte das nun wieder zu bedeuten? „Natürlich stehen wir alle unter Druck", erwiderte sie. „Es wäre gelogen, zu behaupten, dass wir uns für jeden Patienten so viel Zeit nehmen können, wie wir vielleicht gerne wollten. Aber so ist nun mal das System. Wenn man als Schärenarzt praktiziert, liegen die Dinge allerdings ein wenig anders."

Sie hatte gehofft, das Gespräch mit dieser Bemerkung in eine andere Richtung lenken zu können. Doch ihr Plan ging nicht auf.

„Ja, das kann ich mir vorstellen", erwiderte er. „Ihre Kollegen an der Klinik sehnen sich sicher auch ab und an nach ein wenig Ruhe und Frieden."

„Warum fragen Sie mich immer wieder nach dem Krankenhaus?", erkundigte sie sich. „Wenn Sie etwas Bestimmtes erfahren wollen, dann sollten Sie es auch aussprechen."

Sie wusste nicht, warum sie so forsch mit ihm redete. Im Grunde wollte sie gar nicht wissen, worauf er hinauswollte. Sie fürchtete, dass es ihr nicht gefallen könnte.

„Wenn Sie unbedingt wollen", entgegnete er und hob eine Braue. Die Anspannung zwischen ihnen war merklich angestiegen. Dies war kein nettes, harmloses Gespräch. „Ich …", setzte er an. Doch ehe er seinen Satz zu Ende bringen konnte, trat Ulla wieder zu ihnen nach draußen.

Sie wirkte kurz irritiert und bedachte Lennart mit einem scharfen Blick, doch dann fing sie sich gleich wieder und verkündete: „Das Essen ist jeden Moment fertig. Kommen Sie, Hanna. Maja ist schon ganz ungeduldig, Ihnen vorher noch ihr Zimmer zu zeigen."

Hanna folgte der älteren Frau ins Haus, wo Maja sie sogleich in Beschlag nahm. Das Mädchen ergriff ihre Hand und führte sie die Treppe hinauf zu einem Raum, dessen Einrichtung ganz in Weiß und Rosa gehalten war.

Ein Lächeln huschte über Hannas Lippen. „Du hast es aber hübsch hier“, sagte sie und bestaunte die Bilder, die an den Wänden hingen. „Hast du die alle selbst gemalt?“

Maja nickte enthusiastisch und ließ es sich nicht nehmen, Hanna ihre Stiftsammlung vorzuführen. Kurz darauf rief Ulla sie zum Essen nach unten.

„Die Köttbullar schmecken wirklich fantastisch!“, stieß Hanna zwischen zwei gehäuften Gabeln hervor. „Wirklich, so gut habe ich schon lange nicht mehr gegessen. Und das, obwohl Malin, die frühere Haushälterin meines Vaters, wirklich eine ganz wunderbare Köchin ist.“

Sie saßen zusammen im Esszimmer des Hauses; einem hübsch geschnittenen Raum mit hohen, weiß gerahmten Fenstern, einem runden Tisch samt Stühlen aus poliertem Birkenholz und einem Kronleuchter, der allem einen festlichen Anstrich verlieh.

Ulla strahlte. „Freut mich, dass es Ihnen schmeckt. Es ist ein altes Familienrezept, das von Generation zu Generation weitergegeben wird.“

„Ist es ein Geheimnis?“, fragte Hanna. „Denn wenn nicht, dann würde sich Malin sicher sehr freuen, wenn ich es ihr mitbringen könnte.“

Nun glühte das rundliche Gesicht der älteren Frau schier vor Stolz. „Nein, nein, kein Geheimnis. Ich mache Ihnen furchtbar gern eine Kopie davon. Aber vorher müssen Sie unbedingt noch meinen Milchreis kosten.“

Seit sie beim Essen saßen, war Lennart beinahe ebenso schweigsam wie seine Tochter – mit dem Unterschied, dass Maja sich trotz allem köstlich zu amüsieren schien, während ihr Vater nur dumpf vor sich hin brütete. Als Ulla nach dem Nachtisch verkündete, dass sie die Kleine nun ins Bett bringen würde, waren Hanna und er abermals allein.

Die plötzliche Stille erschien ihr ohrenbetäubend laut. Erneut spürte sie, wie Nervosität von ihr Besitz ergriff, ohne dass sie etwas dagegen unternehmen konnte.

Sie atmete tief durch und beschloss, nun endlich die Frage zu stellen, die ihr schon die ganze Zeit über auf der Seele lag. „Was ist eigentlich mit Maja? Kann sie wirklich nicht sprechen, oder hat sie einfach nur aus irgendeinem Grund damit aufgehört?"

Einen Moment lang rührte er sich nicht, dann blickte er sie auf einmal an. Durchdringend. Seine Augen schienen glühende Speere zu schleudern.

„Können Sie sich das wirklich nicht denken?" Seine Brauen waren dicht zusammengezogen. „Mein kleines Mädchen hat seine Mutter verloren – was glauben Sie wohl, warum sie nicht mehr spricht?" Er wurde immer lauter, bis er schließlich aufsprang, sich mit beiden Händen auf die Tischplatte stützte und sich zu ihr vorbeugte. „Seit dem Tag, an dem Lena starb, hat sie kein Wort mehr gesprochen. Nicht ein einziges!"

Hanna spürte, wie ihr das Blut aus dem Gesicht wich. Sie saß da und konnte nichts anderes tun, als ihn anzustarren. Voller Entsetzen und Grauen. Wohl wissend, dass sie jeden seiner verbalen Hiebe verdiente.

Seufzend schüttelte er den Kopf, setzte sich wieder und sprach nun etwas ruhiger weiter. „Ich bin mit ihr von einem Kinderarzt zum nächsten gelaufen. Wir waren bei Psychologen und Therapeuten. Von Logopäden ganz zu schweigen. Niemand konnte uns helfen. Eine körperliche Ursache kann ausgeschlossen werden, sagen alle. Maja *will* schlicht und einfach nicht mehr sprechen – und es gibt nichts, was ich dagegen tun kann." Er schaute ihr direkt in die Augen. „Wissen Sie, wie sich das anfühlt? Dem eigenen Kind nicht helfen zu können? Wissen Sie das?"

Hanna schluckte hart. „*Nej*", flüsterte sie atemlos. „Nein, das weiß ich nicht. Aber ich kann mir vorstellen, dass es sehr schwer für Sie …"

„Schwer?" Seine Lippen umspielte ein sarkastisches Lächeln. „Sie glauben, dass es schwer ist? Nun, ich muss Ihnen leider mitteilen, dass es sehr viel mehr ist als das. Es bricht mir das Herz, Maja so zu sehen und nichts für sie tun zu können. Sie haben nicht die geringste Vorstellung davon, wie ich mich fühle! Und für all das tragen Sie die Verantwortung. Sie und jeder andere, der an jenem Tag in diesem verdammten OP gestanden hat." Jetzt war seine Stimme doch wieder lauter geworden.

Lauter und vor allem vorwurfsvoll.

Keine Frage, der unerwartet freundliche Empfang vorhin und sein anfängliches Zuvorkommen hatte nur einem Zweck gedient: Er hatte etwas von ihr erfahren wollen. Hatte wissen wollen, was damals wirklich vorgefallen war.

Heftig blinzelnd schaute Hanna ihn an. Ihre Augen füllten sich mit Tränen. Sie schluckte hart. „Ich …" Dann brach sie ab. Was sollte sie auch sagen? Es gab nichts, womit sie sich entschuldigen konnte. Nichts, was sie zu ihm sagen konnte, um die Dinge besser zu machen. Stumm erhob sie sich von ihrem Platz. Als die Tränen ihr den Blick verschleierten, wischte sie sich mit dem Handrücken über die Augen. „Eines bitte ich Sie, mir zu glauben: Es tut mir leid." Sie atmete tief durch. „Sehr, sehr leid."

Damit wandte sie sich ab und eilte aus dem Raum.

6. KAPITEL

Wie angewurzelt stand Lennart da. Er hörte Hannas Schritte im Korridor. Kurz danach fiel die Haustür ins Schloss.

„Was, zum Teufel, hatte das zu bedeuten, Lennart?"

Als er sich umdrehte, sah er Ulla im Türrahmen stehen. Sie hatte die Arme vor der Brust verschränkt und funkelte ihn wütend an.

„Was ist bloß in dich gefahren, die arme Hanna so zu behandeln?" Sie schüttelte den Kopf. „So kenne ich dich ja überhaupt nicht!"

„Du hast ja auch keine Ahnung, wer diese Frau ist", entgegnete er kühl und ohne weitere Erklärungen. Dann ging er aus dem Zimmer.

Er wusste selbst nicht, weshalb er so die Kontrolle über sich selbst verloren hatte. Als Hanna ihn auf Maja angesprochen hatte, waren einfach die Pferde mit ihm durchgegangen. Und auch wenn sie es vielleicht tatsächlich verdient haben mochte – auf diese Weise erreichte er wohl kaum irgendetwas.

Und genau das war es doch, was er wollte: etwas erreichen. Er wollte von Hanna erfahren, was sie wusste. Über das, was damals wirklich in der Klinik vorgefallen war.

Seufzend fuhr er sich durchs Haar und beschleunigte seine Schritte. Zwei Stufen auf einmal nehmend, eilte er die Veranda hinunter und folgte dann dem kurzen Weg bis zum Bootsanleger.

Hanna befand sich bereits an Bord des kleinen Motorboots. Die Leinen hatte sie soeben gelöst und wollte gerade den Motor anlassen, als Lennart nach ihr rief.

„Hanna!"

Erschrocken zuckte sie zusammen. Kurz verharrte sie, bevor sie sich langsam zu ihm umdrehte. In ihrem Blick lag eine seltsame Mischung aus Furcht und Starrsinnigkeit, die irgendetwas in ihm anrührte. Doch davon durfte er sich jetzt nicht beeindrucken lassen.

„Was ist?“, fragte sie. „Sind Sie mir nachgekommen, weil Ihnen noch ein paar weitere Dinge eingefallen sind, wie Sie mich beleidigen können?“

Er schüttelte den Kopf. „Nein“, erwiderte er. „Ich bin hier, weil ich mich bei Ihnen entschuldigen möchte. Einmal ganz davon abgesehen, dass Sie meiner Tochter gestern aus einer gefährlichen Lage geholfen habe, die ich zu verantworten hatte, sind Sie immer noch unser Gast, Hanna.“ Er senkte den Blick. „Und ich habe mich Ihnen gegenüber ganz abscheulich benommen.“ Seufzend zwang er sich zu einem Lächeln. „Kommen Sie wieder mit rein, ja?“

Einen Moment lang schien sie über seine Bitte nachzudenken, schüttelte dann aber den Kopf. „Nein“, sagte sie. „Ich halte das für keine gute Idee. Sie haben recht gehabt, Lennart.“

„Recht? Womit?“

„Mit allem, was Sie gesagt haben. Ich weiß nicht, was Sie durchmachen. Ich habe keine Ahnung, wie es für Sie ist. Und es steht mir, verdammt noch mal, nicht zu, Ihnen irgendwelche Fragen zu stellen. Ich …“ Sie ließ den Motor des Bootes an und blickte Lennart noch einmal an. „Es tut mir leid.“

Schnell lief er über den Steg auf das Boot zu und sprang an Bord, ehe Hanna wegfahren konnte. Sie runzelte die Stirn, sagte aber nichts.

Eindringlich sah er sie an. „Hören Sie, wir hatten vielleicht nicht unbedingt den allerbesten Start miteinander, aber …“ Er atmete tief durch. Ein Teil von ihm fragte sich, warum er das eigentlich tat. Weshalb gab er sich solche Mühe, Hanna Winterberg zum Bleiben zu überreden?

Weil sie deine einzige Hoffnung ist, die wahren Verantwortlichen womöglich doch noch zur Rechenschaft zu ziehen, beantwortete er seine Frage selbst.

Aber das war nur ein kleiner Teil der Wahrheit. Denn es gab noch einen weiteren Grund, warum er nicht wollte, dass sie ging.

Zwei weitere Gründe.

Der eine war seine Tochter. Er hatte bemerkt, wie sehr Maja Hannas Besuch genossen hatte. Auch wenn sie weiterhin nicht gesprochen hatte, so war doch überdeutlich gewesen, dass sie glücklich war. Keine Frage, sie hatte die Zeit mit Hanna genossen und war regelrecht aufgeblüht. Um das zu bemerken, hatte sie nicht sprechen müssen. Es war ihr anzusehen gewesen. Zudem hatte Lennart in den letzten zwölf Monaten eines ganz sicher gelernt: seine Tochter zu verstehen, auch wenn ihre Worte nicht laut zu hören waren.

Der andere Grund für sein augenblickliches Verhalten war er selbst. Lennart wusste nicht, was mit ihm los war, aber er konnte nicht leugnen, dass er sich auf eine unerklärliche Art und Weise zu Hanna hingezogen fühlte. Es war verrückt, ja. Vollkommen irrsinnig. So lange Zeit hatte er all seine Wut auf sie projiziert, auch wenn er wusste, dass das nicht fair ihr gegenüber war.

Diesen plötzlichen Gefühlsumschwung konnte er sich trotzdem nicht erklären. Lennart fühlte sich hin- und hergerissen, wusste nicht einmal, ob es richtig war, sie darum zu bitten, noch ein wenig zu bleiben. Vielleicht wäre es besser, sie nicht aufzuhalten. Sie brachte alles nur wieder in Aufruhr. Gerade jetzt, da es Maja endlich ein wenig besser ging.

Da es *ihm* endlich ein wenig besser ging.

Es war noch gar nicht lange her, dass er sich entschlossen hatte, die Auseinandersetzung mit der Klinik endgültig aufzugeben. Er hatte sich wie Don Quijote im Kampf gegen die Windmühlen gefühlt. Egal, wohin er sich auch wandte, er geriet stets nur in eine Sackgasse. Und solange es keine stichhaltigen Hinweise darauf gab, dass irgendjemandem ein Fehler unterlaufen war, würde niemand etwas unternehmen. Das hatten ihm sowohl die Polizei als auch sein Rechtsanwalt erklärt.

Er war machtlos gewesen. Und er wusste, Lena hätte nicht gewollt, dass er sich so in diese Sache verbiss. Sie hätte es vorgezogen, dass er stattdessen für seine Tochter da war.

Dass er Maja das gab, was sie, Lena, ihr nicht mehr zu geben vermochte. Liebe und Zuneigung. Und wie konnte er ihr das geben, wenn er sich tief in seinem Innern ständig nur von seiner Wut auf das Krankenhaus leiten ließ?

Doch Hannas Anblick hatte erneut den Wunsch nach Vergeltung in ihm geweckt – wobei dieser gar nicht einmal so sehr ihr als vielmehr den Menschen galt, die sie zu decken versuchte.

„Wir sollten vielleicht noch einmal ganz von vorne beginnen", sagte er nach einer längeren Pause und zuckte mit den Achseln. „Was meinen Sie? Maja zuliebe?"

Sie zögerte. Einen Moment lang erinnerte sie ihn an eine Gazelle, die vor einem drohenden Angriff die Flucht ergreifen wollte. Aber dann fing sie sich.

Zu seiner Enttäuschung schüttelte sie jedoch den Kopf. „Ich … denke nicht, dass das gut wäre", sagte sie und zwang sich zu einem Lächeln. „Es wäre nicht richtig – und außerdem ist es schon spät."

„Fein", entgegnete er ungerührt. „Dann kommen Sie doch einfach morgen wieder. Ich bin sicher, dass meine Schwiegermutter nichts dagegen hat, noch einmal für uns alle zu kochen. Und Maja wird vor Freude ganz außer sich sein, das kann ich Ihnen versichern.“

Wieder zögerte sie kurz, doch er wusste, dass sie jetzt nicht länger ablehnen konnte. Seine Tochter ins Spiel zu bringen, war vielleicht nicht ganz fair gewesen. Aber unter den gegebenen Umständen war ihm gar keine andere Wahl geblieben.

Hanna fuhr sich durch ihr langes goldblondes Haar, in dem sich der silbrige Schein des Mondes spiegelte. Er konnte nicht anders, als sie fasziniert anzustarren. Ihre helle Haut schimmerte wie Samt, und dann ihre Augen ... Er hatte das Gefühl, in ihnen versinken zu können, wenn er nur lange genug hineinblickte.

„Ich ...“, setzte sie an, brach dann aber wieder ab. „Wollen Sie das denn wirklich?“

Er nickte. „Ich würde mich sehr freuen, wenn Sie mir noch eine Chance geben würden.“

Sie seufzte, nickte dann aber. „Also schön. Bis morgen Abend dann.“

Mit einem Satz war er von Bord. Kurz darauf steuerte sie hinaus aufs Meer.

Innerlich fühlte Hanna sich aufgewühlt wie schon lange nicht mehr. Beinahe automatisch, ohne bewusst darüber nachzudenken, steuerte sie das Boot nach Vaxholm zurück. Ihr war, als würde sie neben sich stehen.

Der Abend hatte aber auch einen wirklich mehr als seltsamen Verlauf genommen. Und nun wusste sie weniger denn je, wie sie mit Lennart umgehen und was sie von ihm halten sollte. Er war für sie ein Buch mit sieben Siegeln. Wie konnte ein Mensch in einem Moment so freundlich und im nächsten derart herablassend und verletzend sein?

Natürlich verstand sie, dass er wegen Maja aufgewühlt war. Er wäre ein schlechter Vater, wenn ihm das Wohlergehen seiner kleinen Tochter nicht am Herzen läge. Doch wenn er sie, Hanna, so sehr hasste, wie es ihr vorgekommen war, als sie sich zu zweit im Esszimmer aufgehalten hatten, dann begriff sie nicht, warum er sie unbedingt für ein weiteres Abendessen hatte einladen wollen.

Wirklich nur um Majas willen? Oder hatte er irgendwelche Hintergedanken?

Hanna hoffte, dass dem nicht so war. Sie wollte dem Mädchen wirklich gern helfen, wenn sie irgendwie konnte. Nicht weil seine Mutter damals vor ihren Augen auf dem OP-Tisch gestorben war, nein. Sondern weil Maja wie jeder andere Mensch auf der Welt diese Chance verdiente.

Ihr Schicksal rührte Hanna tief an. Nicht zum ersten Mal hatte sie davon gehört, dass es Kinder gab, die nach einem tragischen Verlust oder traumatischen Erlebnis einfach aufhörten zu sprechen. Einfach von einem Augenblick zum anderen nichts mehr sagten, zu niemandem. Doch hatte sie so etwas zuvor noch nie selbst erlebt.

Und obwohl Maja auch ihr gegenüber kein Wort gesagt hatte, war ihr doch anzumerken gewesen, wie sehr sie sich über den Besuch gefreut hatte. Hanna wusste nicht, ob sie sich das vielleicht auch nur ein Stück einredete, aber sie hatte einfach das Gefühl, dass Maja schon Vertrauen zu ihr gefasst hatte. Und das, obwohl sie sich gar nicht wirklich kannten.

Und deshalb sah Hanna es auch ein bisschen als ihre Pflicht an, weiterhin für Maja da zu sein. Vielleicht eine Art Freundin für sie werden zu können.

Trotzdem fühlte sie sich hin- und hergerissen bei dem Gedanken an Lennarts erneute Einladung. Je länger sie darüber nachdachte, desto weniger schien es ihr eine gute Idee zu sein. Vielleicht wäre es besser für alle Beteiligten, wenn sich ihre Wege trennten. Doch sie konnte sich nicht dazu bringen, diese Entscheidung zu treffen.

Sie wollte Maja wiedersehen.

Und Lennart.

Es mochte unvernünftig sein, aber es war die Wahrheit.

Als sie Vaxholm schließlich erreichte, rechnete sie eigentlich nicht damit, dass ihr Vater oder Malin noch wach sein würden. Doch unten in der Küche brannte Licht, als sie die *Havshäxä* am Steg vertäute.

Malin saß am Küchentisch, eine dampfende Tasse Tee vor sich, als Hanna das Haus durch die Hintertür betrat.

Lächelnd schaute die ältere Frau sie an. „Und? Wie war dein Abend?"

Es fiel Hanna alles andere als leicht, darauf zu antworten. „Ungewöhnlich", sagte sie schließlich und zuckte mit den Achseln, als Malin eine Braue hob.

„Hast du dich nicht gut amüsiert?"

„Es war ein seltsamer Abend", sagte sie. „Das kleine Mädchen und die alte Dame waren ganz zauberhaft, aber …"

„Du hast dich mit diesem Lennart Eckström nicht vertragen?"

Hanna atmete tief durch. „Vertragen trifft es vielleicht nicht so ganz. Er und ich, wir sind uns schon einmal begegnet. Und es ist nicht so, als hätten wir dieses Aufeinandertreffen in guter Erinnerung behalten."

Malin runzelte die Stirn, fragte aber nicht weiter nach, als Hanna von sich aus keine Anstalten machte, sich näher zu erklären. „Möchtest du vielleicht auch einen?", fragte sie stattdessen und deutete auf ihre Tasse.

„Ja." Sie seufzte. „Warum eigentlich nicht?" Sie hatte ohnehin nicht das Gefühl, so bald Schlaf zu finden. Und mit

Malin in der warmen Küche zusammenzusitzen, war eine weitaus angenehmere Aussicht, als grübelnd im Bett zu liegen und an die Decke zu starren.

Malin goss noch einen weiteren Tee auf und stellte die Tasse dann vor Hanna hin. Eine Weile lang nippten die beiden Frauen nur schweigend an dem heißen Getränk.

Schließlich räusperte Malin sich. „Du wirkst ziemlich nachdenklich“, stellte sie fest. „Möchtest du darüber reden?“

Hanna zögerte kurz und schüttelte dann den Kopf, obwohl sie sich im Grunde ihres Herzens nichts sehnlicher wünschte, als mit jemandem reden zu können. Aber nicht nur die Tatsache, dass sie geschworen hatte zu schweigen, hielt sie davon ab.

Sie konnte dieses düstere Geheimnis einfach mit niemandem teilen. Dazu schämte sie sich dessen, was geschehen war, einfach zu sehr.

„Na schön“, entgegnete Malin. „Es ist deine Entscheidung. Aber du sollst wissen, dass du immer zu mir kommen kannst, wenn du ein offenes Ohr brauchst.“ Lächelnd erhob sie sich von ihrem Platz und stellte die Tasse in die Spüle. „Es ist spät“, sagte sie dann. „Ich sollte besser schlafen gehen. Und für dich fängt der Tag morgen auch wieder früh an“, fügte sie mit einem Augenzwinkern hinzu.

Natürlich wusste Hanna, dass Malin recht hatte. Aber sie fühlte sich noch immer viel zu unruhig, viel zu aufgewühlt, um ins Bett zu gehen.

„Ich bleibe auch nicht mehr lange auf“, versprach sie und wartete, bis Malin die Küche verlassen hatte. Dann stellte auch sie ihre Tasse weg und trat durch die angelehnte Hintertür ins Freie.

Sie hörte das Zirpen der Grillen und das Plätschern der Wellen, die ans Ufer rollten, sonst nichts. Die Sterne funkelten am Himmel, und über allem lag der Silberschein des Mondes.

Es war eine herrliche Nacht, und zu ihrer eigenen Überraschung verspürte Hanna plötzlich den dringenden Wunsch, sie mit irgendjemandem teilen zu können.

Doch es war nicht Jan-Fredrik, an den sie dabei dachte. Nein, das Gesicht, das sich in ihre Gedanken stahl, gehörte einem anderen Mann …

Hanna legte den Kopf in den Nacken, schloss die Augen und badete im Licht der Sterne. Sie wusste nicht, wie lange sie so da stand, ehe sie schließlich die Schultern straffte, sich umwandte und ins Haus zurückkehrte.

Auch für Lennart war es in jener Nacht nicht leicht, Schlaf zu finden. Immer wieder erschien Hannas Gesicht vor seinem geistigen Auge. Er sah ihr goldblondes Haar und sehnte sich danach, mit den Fingern hindurchzufahren. Er wollte ihre Augenlider küssen und das sanfte Flattern darunter spüren. Ihre Lippen, ihren Hals …

Hör sofort auf damit! Du bist ja vollkommen verrückt!

Er rollte auf der Matratze herum, nahm sein Handy vom Nachttisch und schaute nach der Uhrzeit. Es war kurz nach eins. Er hatte Maja versprochen, dass sie am nächsten Morgen zusammen angeln gehen würden. Das bedeutete, dass sie in aller Herrgottsfrühe aufstehen mussten. Und es wäre sicher vorteilhaft, wenn er zuvor zumindest ein paar Stunden Schlaf bekam. Aber sosehr er sich auch bemühte, er konnte sich einfach nicht entspannen.

Frustriert seufzend erhob er sich und schlüpfte in die Hausschuhe, die neben seinem Bett standen; dann öffnete er die Balkontür und trat ins Freie.

Die Luft, die ihm entgegenschlug, war nicht direkt kalt,

verursachte ihm aber trotzdem eine leichte Gänsehaut. Aber sie half ihm auch dabei, den Kopf freizubekommen.

Er konnte über die Kronen der Birken hinwegblicken, die rings um das Haus wuchsen und bis zum Ufersaum der kleinen Schäreninsel reichten. Schwarz und glatt wie ein Spiegel lag das Wasser der Ostsee da. Der Anblick hatte etwas ungemein Friedliches und Beruhigendes, sodass Lennart sich unwillkürlich entspannte. Doch das bedeutete nicht, dass er auch aufhören konnte, an Hanna zu denken.

Es war ihm ein Rätsel, was eigentlich mit ihm los war. Das überraschende Wiedersehen mit ihr hatte ihn in ein Chaos der Gefühle gestürzt.

Verwirrende, irritierende Gefühle, die es angesichts der Umstände überhaupt nicht hätte geben dürfen.

Er wusste nicht, inwieweit Hanna an Lenas Tod mitverantwortlich war. Fest stand nur, dass sie diejenigen, die wirklich schuld daran waren, zu decken versuchte. Immerhin hatte sie sich mit im OP aufgehalten – und Lennart war sicher, dass dort irgendetwas geschehen sein musste. Schon allein deshalb dürfte er doch eigentlich allenfalls eines für sie empfinden: Hass und Verachtung.

Doch zu seinem eigenen Erstaunen war das nicht der Fall. Wenn er sie anblickte, sah er keine berechnende, eiskalt kalkulierende Frau, die nur an ihren eigenen Vorteil dachte. Er sah ein verletzliches Wesen, das sich bemühte, das Richtige zu tun.

Und genau dieses Bild musste er sich ganz schleunigst wieder aus dem Kopf schlagen.

Wenn er von ihr erfahren wollte, was damals wirklich hinter den Türen des OP-Saals vorgefallen war, dann durfte er nichts für sie empfinden und sich nicht von ihrem sanften Äußeren beeinflussen lassen. Ergebnisse würde er nur dann erhalten, wenn er behutsam und mit Bedacht an diese Sache heranging.

Und vor allen Dingen ohne Skrupel.

Als er hörte, wie es leise an seiner Zimmertür klopfte, runzelte er die Stirn. „Lennart?“, erklang die Stimme seiner Schwiegermutter vom Korridor her. „Bist du noch wach?“

Es war schon spät. Er könnte ohne Weiteres so tun, als würde er bereits schlafen. Ulla würde es ihm gewiss glauben. Doch er entschied sich dagegen, trat ins Zimmer zurück, ging zur Tür und öffnete sie.

Ulla trug bereits ihren Morgenrock. Das bedeutete, auch sie hatte bereits vergeblich versucht, Schlaf zu finden. Und was sie quälte, würde er vermutlich schon sehr bald erfahren.

„Was kann ich für dich tun?“, fragte er.

„Ich würde gern noch einmal mit dir über Hanna sprechen“, sagte sie nach kurzem Zögern.

Er hob eine Braue. „Hätte das nicht auch bis morgen früh Zeit gehabt?“

Ulla schüttelte den Kopf. „Nein, hätte es nicht. Die Sache lässt mir nämlich einfach keine Ruhe.“ Eindringlich sah sie ihren Schwiegersohn an. „Ich weiß nicht, Lennart, aber mir gefällt das nicht. Was hast du für ein Problem mit dieser Frau? Ich habe zwar nur einen Teil eures Streits mitbekommen, aber es war ziemlich klar, dass es Differenzen zwischen euch gibt und …“ Sie senkte den Blick. „… dass es etwas mit Lena zu tun hat.“

Seufzend fuhr Lennart sich durchs Haar. Er war wirklich nicht in der Stimmung, ausgerechnet jetzt mit seiner Schwiegermutter über dieses Thema zu diskutieren. Andererseits wusste er aber auch, dass sie sich nicht von ihm abweisen lassen würde. Und vor allem, dass sie letztendlich auch ein

Recht darauf hatte, alles zu erfahren, was mit dem Tod ihrer Tochter in Zusammenhang stand.

„Hanna Winterberg arbeitet in dem Krankenhaus, in dem Lena gestorben ist", erklärte er. Irgendwie hoffte er noch, Ulla würde sich damit zufriedengeben, doch das tat sie natürlich nicht.

„Und?" Sie hatte die Hände in die Hüfte gestemmt. Ihr Blick war durchdringend. „Das ist noch lange kein Grund, sie so zu behandeln, wie du es getan hast, mein Junge! Also, was steckt wirklich dahinter?"

Lennart wollte nicht mit ihr darüber reden. Nicht jetzt, nicht morgen – überhaupt nicht. Ulla hatte genug durchgemacht. Das einzige Kind zu verlieren, musste ein niederschmetterndes Erlebnis sein. Lennart mochte gar nicht weiter darüber nachdenken. Doch irgendwie war es Ulla gelungen, über diesem schweren Schicksalsschlag nicht zu verbittern.

Im Gegensatz zu Lennart selbst hatte sie nach einer Phase des Abschiednehmens wieder ins Leben zurückgefunden. Der einzige Grund, warum er sich nicht mehr auf einem Rachefeldzug gegen die Klinik befand, war Maja. Ansonsten hätte ihn wohl auch nicht das Fehlen von Beweisen davon abgehalten, weiter gegen diese Leute vorzugehen, die er für den Tod seiner Frau verantwortlich machte.

Aber seine Tochter brauchte ihn. Er konnte nicht einfach tun, was sein Hass und seine Wut ihm diktierten.

Ulla war von Anfang an gegen sein Vorhaben gewesen. Er hatte natürlich mit ihr über alles gesprochen und ihr auch von seinem Verdacht erzählt. Und anfangs hatte sie ihm auch nicht reingeredet, als er mehr herausfinden und gegen die Klinik vorgehen wollte. Doch dann hatte sich ihr Verhalten geändert, und sie begann sich zu wünschen, dass er die Sache auf sich beruhen ließ und endlich einen Schlussstrich zog. Und genau deshalb hatte er ihr auch nicht sofort gesagt, wer Hanna war und was er vorhatte. Ihm war klar gewesen, dass seine Schwiegermutter seinen diffusen Plan – denn mehr war es im Grunde nicht – missbilligen würde. Und so erschien es ihm besser, sie darüber im Unklaren zu lassen.

Er atmete tief durch. „Wollen wir das wirklich zwischen Tür und Angel besprechen?“

„Du darfst mich auch gerne hereinbitten“, entgegnete sie unnachgiebig. „Aber ich will jetzt wissen, was hier gespielt wird.“

„Also schön“, sagte er, trat von der Tür weg und ließ sie eintreten.

Sie setzte sich auf den Stuhl an seinem Schreibtisch, während er selbst auf der Bettkante Platz nahm. Mit beiden Händen fuhr er sich durchs Haar, unsicher, wie er beginnen sollte. Schließlich ließ er seinen Worten einfach freien Lauf.

„Hanna Winterberg war damals mit im OP, als … als Lena starb“, sagte er. „Sie hat alles mitbekommen, Ulla. Sie weiß, was dort vor sich gegangen ist, hat es aber ganz offensichtlich vorgezogen zu schweigen.“ Er senkte den Blick. „Das war vermutlich der Grund, warum ich so überzogen reagiert habe.“

Im ersten Augenblick wirkte seine Schwiegermutter schockiert. Dann nickte sie langsam und nachdenklich. „Du gibst ihr aber doch nicht die Schuld an dem, was geschehen ist, oder?“ Sie seufzte leise. „Lennart, du weißt, dass ich deinen Kleinkrieg gegen das Krankenhaus nie befürwortet habe. Ganz gleich, was damals geschehen ist – letztendlich war es der liebe Gott, der entschieden hat, unsere Lena zu sich zu holen. Oder es war ganz einfach Schicksal." Als Lennart unwillkürlich die Stirn runzelte, hob sie die Hand. „*Nej*", sagte sie. „Lass mich ausreden. Ich weiß, dass du nicht an solche Dinge glaubst. Du bist ein rationaler Mensch, für den alles eine logische Erklärung braucht. Aber im Leben geschehen eben manchmal Dinge, die man nicht steuern kann. Das ist Schicksal."

Er winkte ab. „Daran glaube ich ebenso wenig wie an deinen lieben Gott", entgegnete er. „Wovon ich hingegen fest überzeugt bin, ist, dass jeder Mensch für seine Taten selbst verantwortlich ist. Nicht irgendeine höhere Macht!"

Ulla musterte ihn forschend. „Was hast du vor, Lennart?"

Zögernd wich er ihrem Blick aus.

Sie wirkte nun eindeutig besorgt. „Du machst doch keine Dummheiten, oder? Hanna Winterberg ist eine sehr nette, warmherzige und liebenswerte Person. Und vergiss nicht, dass deine Tochter ihr wahrscheinlich das Leben verdankt. Wäre Hanna nicht da gewesen, als Maja mit der Luftmatratze aufs offene Wasser getrieben ist, hätte durchaus etwas sehr Schlimmes passieren können, und das nur, weil du und ich versagt haben. Weil wir nicht aufgepasst haben. So müsstest du es dann auch sehen. Aber es ist eben nichts passiert, und das hast du Hanna Winterberg zu verdanken."

„Ja, ja, ich weiß!" Mit dem Handrücken fuhr er sich über die Stirn, auf der sich ein feiner Schweißfilm gebildet hatte. „Und genau deshalb habe ich sie gebeten, morgen Abend noch einmal zu uns zu kommen. Als kleine Wiedergutmachung sozusagen. Und als Zeichen dafür, dass ich ihr gegenüber nicht länger einen Groll hege."

„Ist das denn tatsächlich so?" Seine Schwiegermutter wirkte nicht besonders überzeugt. „Hast du dich wirklich dazu entschlossen, die Sache auf sich beruhen zu lassen?"

„Natürlich." Er nickte. „Außerdem ist Hanna gut für Maja. Ich hab unsere Kleine schon lange nicht mehr so aufmerksam und voller Energie erlebt wie heute."

Ulla lächelte. „Ich bin froh, dass du das auch so siehst." Sie stand auf und tätschelte ihm die Schulter. „Und nun schlaf gut, mein Junge. Es war ein langer Tag."

Lennart verspürte einen Anflug von schlechtem Gewissen, weil er seiner Schwiegermutter geradewegs ins Gesicht gelogen hatte. Doch was blieb ihm anderes übrig? Er konnte Ulla nicht sagen, was er wirklich im Schilde führte.

Ebenso wenig wie er die Hoffnung aufgeben konnte, die Wahrheit über Lenas Tod in Erfahrung zu bringen.

7. KAPITEL

Als Hanna am nächsten Morgen erwachte, drangen bereits helle Sonnenstrahlen durch die halb geschlossenen Jalousien. Sie warf einen Blick auf die Uhr, die neben ihr auf dem Nachttisch stand, und erschrak.

Schon kurz nach neun! Sie musste vergessen haben, den Wecker zu stellen. Aber warum hatte sie niemand geweckt?

Mit einem Satz war sie aus dem Bett heraus und stürmte ins Badezimmer. Viel mehr als eine Katzenwäsche konnte sie sich nicht erlauben. Während sie sich die Zähne putzte, betrachtete sie sich selbst im Spiegel.

Doch was sie sah, gefiel ihr gar nicht.

Das Treffen mit Lennart am vergangenen Abend hatte Spuren hinterlassen. Sie war nicht mehr in dem Alter, in dem sie sich ganze Nächte um die Ohren schlagen konnte, ohne die Folgen am nächsten Morgen zu spüren. Und geschlafen hatte sie kaum. Immerzu hatte sie an Lennart und an seine harten Worte denken müssen.

Und daran, wie er sich bei ihr entschuldigt hatte.

Je länger sie darüber nachdachte, desto schwerer fiel es ihr, ihn einzuschätzen. Meinte er es wirklich ernst? Wollte er wirklich noch eine Chance, sie besser kennenzulernen? Oder ging es ihm nur darum, sie auszuhorchen?

Sie spülte sich den Mund aus und schüttelte den Kopf. Sie war für gewöhnlich nicht sonderlich naiv. Aber Lennart Eckström hatte etwas an sich, das sie alles um sich herum vergessen ließ. Es stimmte: Sie fühlte sich so stark zu ihm hingezogen wie schon lange zu keinem anderen Mann mehr. Nicht mal zu Jan-Fredrik.

Sobald sie an ihn dachte, bekam sie ein schlechtes Gewissen. Seit ihrer SMS an ihn hatte sie sich nicht mehr bei Jan-Fredrik gemeldet.

Aber er hat ja wohl auch nichts von sich hören lassen, oder etwa doch? Nicht mal geantwortet hat er dir!

Dennoch – sie fragte sich, ob sie sich nicht lieber über ihre Beziehung zu ihrem Lebensgefährten den Kopf zerbrechen sollte, als von einem wildfremden Mann zu träumen.

Und doch konnte sie nicht anders. Wahrscheinlich wohl auch, weil er eben gar nicht so wildfremd war. Denn obwohl sie ihn nicht richtig kannte, fühlte sie sich ihm aufgrund des Vorfalls von vor einem Jahr verbunden.

Und gleichzeitig fürchtete sie ihn auch. Ihn und seine plötzlichen Ausbrüche.

War es wirklich eine gute Idee gewesen, sich auf dieses erneute Abendessen mit ihm einzulassen?

Seufzend fuhr sie sich durchs Haar. Dann eilte sie aus dem Bad, nahm wahllos ein paar Kleidungsstücke aus dem Schrank und zog sich an.

Sie war gerade fertig, als ihr Handy piepte. Eine neue Kurznachricht war eingegangen. Kurz flatterte ihr Herz bei der Vorstellung, dass Lennart ihr geschrieben hatte. Doch wie sollte er? Er hatte ja nicht einmal ihre Handynummer.

Die SMS stammte von Jan-Fredrik, wie sie kurz darauf feststellte. Einigermaßen erstaunt öffnete sie die Nachricht. Eben hatte sie noch an ihn gedacht, schon meldete er sich. War da also doch noch mehr zwischen ihnen, als sie im Moment fühlte?

Doch seine wenigen Worte, die unromantischer kaum hätten sein können, holten sie sogleich auf den Boden der Tatsachen zurück:

Wie lange soll diese Farce noch dauern, Hanna? Findest du nicht, dass du mir gegenüber auch ein paar Verpflichtungen hast?

Ärgerlich legte Hanna das Telefon zur Seite. Sie konnte nicht begreifen, wie Jan-Fredrik so unsensibel sein konnte. Er verhielt sich wie der sprichwörtliche Elefant im Porzellanladen – und es schien ihm nicht einmal aufzufallen! Sie war gerade einmal ein paar Tage hier, um ihrem Vater, der sich bei einem Sturz verletzt hatte, zu helfen, und schon begann Jan-Fredrik zu drängeln. Statt einfach einmal anzurufen und sich zu erkundigen, wie es ihr ging und wie alles lief. Was war das bloß für ein Verhalten?

Kurz erwog sie, ihn anzurufen und ihm die Meinung zu sagen, entschied sich aber dagegen. Was brachte das schon? Er würde ohnehin auf seinem Standpunkt beharren. Das tat er immer, und sie fragte sich, warum sie seine Art, mit ihr umzugehen, all die Jahre toleriert hatte.

Sie atmete tief durch, dann verließ sie ihr Schlafzimmer und eilte nach unten. Malin stand in der Küche. Der Duft von frisch aufgebrühtem Kaffee erfüllte die Luft.

„Guten Morgen, Schlafmütze“, begrüßte die ältere Frau sie fröhlich. „Hast du dich gut erholt?“

„Warum habt ihr mich nicht geweckt?“, fragte Hanna vorwurfsvoll. „Ich sollte schon längst mit meiner Runde angefangen haben!“

„Dein Vater und ich waren der Ansicht, dass es nicht schaden kann, wenn du heute mal etwas später mit der Visite beginnst. Außerdem haben zwei deiner Patienten, die dein Vater für heute Vormittag eingeplant hatte, abgesagt, weil es ihnen wieder besser geht.“

Ein Lächeln glitt über Hannas Lippen. „Na, wenn das

so ist – was muss man hier tun, um einen Kaffee zu bekommen?“

Malin schenkte ihr eine Tasse ein, und Hanna schnupperte an dem tiefschwarzen Getränk, die Augen genießerisch geschlossen. „Hmmmm … den kann ich jetzt gut gebrauchen.“

„Du hast nicht sonderlich gut geschlafen, was?“

Hanna zuckte mit den Achseln.

„Ist er dir etwa die ganze Nacht im Kopf rumgespukt?“

Sie verschluckte sich beinahe an ihrem Kaffee. „Von wem sprichst du?“, stieß sie atemlos hervor.

„Na, von Lennart Eckström natürlich!“ Malin schüttelte den Kopf. „Mir kannst du nichts vormachen, Kindchen. Aber wenn du nach wie vor nicht darüber sprechen willst, dann ist das deine Entscheidung.“

Sofort spürte Hanna, wie sie errötete. Malin hatte ja keine Ahnung, welche Schuld sie auf ihre Schultern geladen hatte und warum Lennart allen Grund hatte, sie zu verachten.

Energisch räusperte sie sich. „Nicht jetzt“, sagte sie hastig. „Vielleicht … vielleicht ein andermal.“

Sie beeilte sich, den Kaffee auszutrinken, nahm die Patientenakten vom Tisch, die ihr Vater dort abgelegt hatte, und verabschiedete sich von Malin. Ihr war klar, dass ihr überstürzter Abgang wie eine Flucht aussehen musste. Und das war es ja im Grunde auch.

Eine Flucht vor sich selbst. Vor ihrer Vergangenheit und vor ihrem eigenen Gewissen.

Als sie nach draußen trat, sog sie die frische, würzige Luft tief in ihre Lungen. Sie ging nach unten zum Bootsanleger und löste die Leinen. Dann kletterte sie an Bord, überprüfte noch einmal ihre Ausrüstung auf Vollständigkeit und warf einen Blick auf die Liste mit den Wohnorten der Patienten, die sie an diesem Tag besuchen musste. Ihr Vater hatte wieder alles genau aufgeschrieben, auch die Anfahrtswege. Schließlich ließ sie den Motor an.

Das Wasser glitzerte im Sonnenlicht, als sie auf die offene See hinausfuhr. Zunächst begegnete sie noch zahlreichen anderen Fahrzeugen – Fischerbooten, Ausflugsdampfern und kleinen Segeljollen –, doch je weiter sie nach Osten vordrang, desto einsamer wurde es.

Hanna fand es immer wieder faszinierend, wie verschiedenartig die Schären doch waren. Bei einigen handelte es sich um kaum mehr als blank geschliffene Steine im Meer, andere waren richtige Insel mit eigener Vegetation. Viele der größeren Inseln wurden nur im Sommer bewohnt, doch es gab auch zahlreiche Menschen, die das ganze Jahr über auf ihren Schären lebten.

So wie die alte Lisbet, die Hannas erste Patientin sein würde.

Hanna dachte zurück. Als ihr Vater ihr von dem Fall der alten Dame erzählt hatte, war sie zunächst zuversichtlich gewesen, Lisbet davon überzeugen zu können, vernünftig zu sein und sich in einem Krankenhaus auf dem Festland behandeln zu lassen.

Ein Trugschluss, wie sie inzwischen wusste.

Sie konnte ja verstehen, dass Lisbet an ihrem Zuhause hing. In dem kleinen, zartgelb getünchten Häuschen lebte sie nun schon fast ihr ganzes Leben lang. Ihr einziger Sohn war hier geboren und aufgewachsen, ihr Mann war hier gestorben.

Alles, was ihr jemals etwas bedeutet hatte, war untrennbar mit dieser Insel verknüpft.

Und dennoch … Lisbet spielte mit ihrem Leben, wenn sie sich weiterhin weigerte, Vernunft anzunehmen. Mit ihrer Erkrankung war nicht zu spaßen. Insbesondere, da sie allein auf der Schäreninsel lebte und niemanden in der Nähe hatte, der im Notfall rasch zur Stelle sein konnte.

Wenn Hanna ehrlich war, wäre es ihr tausendmal lieber gewesen, wenn Lisbet in eine betreute Wohngruppe ziehen würde. Doch dazu ließe sich die alte Dame niemals bewegen, davon war Hanna felsenfest überzeugt. Sie hing einfach viel zu sehr an ihrer Insel und ihren Erinnerungen.

Als Hanna diese nun erreichte, vertäute sie die *Havshäxä* und ging zum Haus hinauf, das ganz in der Nähe der Uferböschung stand. Normalerweise hielt Lisbet sich um diese Zeit bereits draußen auf. Entweder arbeitete sie im Garten, wenn ihre gesundheitliche Verfassung es zuließ, oder sie saß auf ihrem alten Schaukelstuhl auf der Veranda.

Doch an diesem Tag konnte Hanna die alte Dame nirgends ausmachen.

Besorgt beschleunigte sie ihre Schritte. Schon als sie die Stufen zur Veranda hinaufeilte, rief sie Lisbets Namen – und atmete erleichtert auf, als sie aus dem Inneren des Hauses eine schwache Antwort vernahm.

Doch ihre Erleichterung löste sich sogleich wieder in Luft auf, als sie durch die Haustür trat und Lisbet in ihrem alten Ohrensessel sitzen sah.

Die alte Dame war kreidebleich und schien völlig neben sich zu stehen. So hatte Hanna sie noch nie gesehen. Sofort hatte sie ihre Arzttasche neben dem Sessel abgestellt und geöffnet. Dann rollte den linken Ärmel von Lisbets Bluse hoch und legte ihr die Manschette des Blutdruckmessgeräts um.

Das Ergebnis war nicht besorgniserregend, aber auch nicht gut, erklärte allerdings nicht, warum Lisbet sich in einem derart schlechten Zustand befand.

„Nun lassen Sie mal, Kindchen“, sagte die alte Dame und brachte ein schwaches Lächeln zustande. „Ich bin heute einfach nur ein bisschen erschöpft. Kein Grund, sich deswegen

Gedanken zu machen. Eine alte Frau wie ich wird sich doch auch mal einen schlechten Tag erlauben dürfen, oder nicht?"

Skeptisch hob Hanna eine Braue. „Sie wissen, wie ich darüber denke, Lisbet", entgegnete sie. „Sie gehören in ein Krankenhaus. An einen Ort, an dem man Ihnen wirklich helfen kann."

„Aber Sie helfen mir doch."

Hanna schüttelte den Kopf. „*Nej*, Lisbet. Alles, was ich hier tun kann, ist, das Schlimmste noch eine Weile hinauszuzögern. Aber ich weiß nicht, wie lange ich mit meinen eingeschränkten Mitteln noch etwas für Sie tun kann."

Wieder lächelte die alte Frau. „Das macht nichts, mein Liebes. Wenn der liebe Gott entscheidet, dass er mich zu sich holen will, dann kann niemand etwas dagegen tun."

Hanna unterdrückte ein frustriertes Aufstöhnen. Stattdessen nahm sie Lisbets Hand und drückte sie sanft. „Aber es ist noch nicht zu spät. Sie können noch viele glückliche Jahre hier auf Ihrer Insel verleben – wenn Sie sich nur helfen lassen!"

Doch die alte Dame schüttelte den Kopf. „Es tut mir leid, mein Kind, aber ich werde in kein Krankenhaus gehen. Es ist gut so, wie es ist. Bitte respektieren Sie meine Entscheidung."

Es blieb Hanna am Ende nichts anderes übrig – genau da lag ja das Problem. Am liebsten würde sie Lisbet einfach zu ihrem Glück zwingen. Aber das ging natürlich nicht.

Zumindest nicht, solange die alte Dame noch in der Lage war, selbst über ihr Schicksal zu bestimmen.

„Na gut", sagte sie, nachdem sie ihre übrigen Untersuchungen abgeschlossen hatte. „Aber ich werde heute Abend auf dem Rückweg von meiner Runde noch einmal bei Ihnen vorbeischauen, um nach dem Rechten zu sehen."

„Das ist zwar nicht nötig", erwiderte Lisbet, „aber trotzdem vielen Dank."

Hanna fühlte sich alles andere als wohl dabei, die alte Dame allein zurückzulassen. Wenn es wenigstens jemanden gäbe, der bei ihr sein könnte. Doch ihre Kinder lebten längst in alle Winde zerstreut und schauten höchstens an Feiertagen einmal mit ihren Familien vorbei.

Es war so traurig.

Sie stieg wieder auf ihr Boot und machte sich auf den Weg zu ihren nächsten Patienten. Zum Glück handelte es sich dabei um weniger ernste Erkrankungen. Ein Sommergast, der sich beim Sonnenbaden einen schlimmen Sonnenbrand zugezogen hatte, ein gebrochenes Fußgelenk, das gut zu verheilen schien … Ganz alltägliche Fälle, die es erlaubten, dass Hanna mit ihren Gedanken nach wie vor bei Lisbet war.

Später am Nachmittag stattete sie dann Petter Jöndal noch einen Besuch ab. Vorgeblich, um zu überprüfen, ob seine Wunde gut verheilte. In Wahrheit suchte sie aber nach einem Weg, bei der Lösung des wirklichen Problems zu helfen: Petters Trinkerei.

Sie hatte nicht erwartet, begeistert in Empfang genommen zu werden, als sie die kleine Insel erreichte. Doch sie war entsetzt darüber, dass sie Petters Gebrüll schon vom Anlegesteg aus hören konnte.

„Wenn es dir nicht passt, wie ich mein Leben lebe", wetterte er, „dann schnapp dir doch endlich den Jungen und verschwinde! Ich brauche euch nicht, hörst du? Ich brauche niemanden!"

Hanna atmete tief durch, ehe sie sich in Bewegung setzte. Offenbar hatte ihr Patient heute einen ganz besonders schlechten Tag. Seine Frau kam ihr entgegen, als Hanna die Veranda betrat. Sie war in Tränen aufgelöst und schluchzte.

Sie blieb nicht stehen, um die Ärztin ihres Mannes zu begrüßen, sondern lief weiter, in das kleine Wäldchen neben dem Haus. Betroffen schaute Hanna ihr hinterher. Dann spürte sie, wie Wut in ihr hochkochte.

Die rechte Hand schloss sich so fest um den Handgriff ihrer Arzttasche, dass die Knöchel weiß hervortraten, als sie ohne anzuklopfen durch die Haustür trat.

Petter Jöndal saß auf einem Stuhl am Küchentisch, eine Flasche Schnaps vor sich. Er schien zunächst gar nicht zu bemerken, dass er nicht mehr allein war. Erst als Hanna ihre Tasche mit einem lauten Knall auf dem Tisch abstellte, zuckte er zusammen und bedachte sie mit einem eisigen Blick.

„Was wollen Sie denn schon wieder hier? Haben Sie keine eigenen Probleme, um die Sie sich kümmern können?“ Obwohl es erst spät am Nachmittag war, lallte er bereits leicht.

Zornig funkelte Hanna ihn an. „Was denken Sie sich eigentlich dabei? Glauben Sie nicht, Ihre Frau hat es auch so schon schwer genug mit Ihnen? Ihr Selbstmitleid ist wirklich kaum zu ertragen. Wie schaffen Sie es überhaupt noch, morgens in den Spiegel zu schauen?“

Aus großen Augen sah er sie an. Zuerst wirkte er überrascht, dann flackerte für einen kurzen Moment Zorn auf, ehe sein Gesicht wieder ausdruckslos wurde. „Überhaupt nicht“, entgegnete er flach, nahm seine Flasche und setzte sie sich an die Lippen.

Hanna runzelte die Stirn. Ihre Wut war verflogen, und sie konnte nur noch Mitgefühl für das Häuflein Elend empfinden, das hier vor ihr saß.

„Warum tun Sie das?“, fragte sie. „Warum behandeln Sie Ihre Frau so? Und Ihren Sohn?“

Er verharrte in der Bewegung, die Flasche gehoben, ohne davon zu trinken. Fast sah es so aus, als würde er über ihre Frage nachdenken. Dann setzte er die Flasche an die Lippen und leerte sie auf ex.

„Ich verstehe Sie nicht." Hanna schüttelte den Kopf. „Die beiden lieben Sie. Und Sie tun alles, um sie zu verletzen. Warum?"

„Vielleicht will ich nicht, dass sie mich lieben?", murmelte er so leise, dass sie es kaum verstehen konnte. „Vielleicht haben sie etwas Besseres verdient als mich?"

Danach sprach er kein weiteres Wort mehr. Ohne sich zu sträuben, ließ er es sich gefallen, dass Hanna seinen Verband wechselte und dabei seine Wunde untersuchte. Er beachtete sie nicht mehr. Sie war Luft für ihn.

Als sie das Haus verließ, ging sie noch nicht gleich zur *Havshäxä* zurück, sondern machte sich auf die Suche nach Rike Jöndal. Sie fand die ältere Frau auf der anderen Seite der kleinen Insel. Sie saß auf einem Stein und blickte gedankenverloren hinaus aufs Meer.

Hanna trat hinter sie und legte ihr eine Hand auf die Schulter. „Ich glaube, er meint es nicht so", sagte sie leise.

Die andere Frau drehte den Kopf, sodass sie Hanna ansehen konnte. „Das versuche ich mir auch seit nunmehr drei Jahren einzureden", entgegnete sie. „Aber es fällt mir jeden Tag schwerer, daran zu glauben."

„Kann ich irgendetwas für Sie tun?"

Rike Jöndal schüttelte den Kopf. „Nein", sagte sie. „Aber trotzdem vielen Dank für das Angebot. Ich weiß es wirklich zu schätzen."

„Was ist mit Ihrem Sohn? Vielleicht kann ich ja etwas für ihn arrangieren. Es gibt doch sicher Ferienfreizeiten, an denen er teilnehmen könnte."

„Für so etwas haben wir kein Geld", wandte die ältere Frau ein.

„Wenn das Ihre einzige Sorge ist – dafür wird sich schon eine Lösung finden. Aber auf diese Weise würde der Junge aus dieser bedrückenden Situation rauskommen. Was denken Sie?“

Sie lächelte. „Ich weiß nicht, ob Anders das wirklich möchte. Er hängt sehr an seinem Vater, wissen Sie? Ich fürchte, er hätte das Gefühl, ihn im Stich gelassen zu haben, wenn er jetzt ginge.“ Leise fügte sie hinzu. „Ebenso wie ich …“

Hanna nickte. Sie verstand, was Rike Jöndal meinte. Und auch wenn sie sich wünschte, wirklich etwas tun zu können, um dieser Familie zu helfen – ihr blieb nichts anderes übrig, als sich mit den Gegebenheiten zu arrangieren.

Zum Abschied schenkte sie der älteren Frau noch ein verständnisvolles Lächeln. Dann kehrte sie zur *Havshäxä* zurück und brachte den Rest ihrer Runde hinter sich.

Als Hanna das nächste Mal auf die Armbanduhr schaute, war es bereits kurz vor sechs Uhr am Abend. Seufzend fuhr sie sich durchs Haar. Sie hatte gar nicht gemerkt, wie rasch die Zeit verflogen war. Nicht einmal eine richtige Mittagspause hatte sie eingelegt, und ihr Magen knurrte nun vernehmlich.

Sie überlegte. Wenn sie jetzt noch einmal zurück nach Vaxholm fuhr, um zu duschen, sich umzuziehen und vielleicht noch eine Kleinigkeit zu essen, würde sie nicht vor halb neun auf der Insel von Lennart Eckström ankommen. Ihr blieb also nichts anderes übrig, als gleich dorthin zu fahren.

Na und? Bist du nicht gestern bereits zu dem Schluss gekommen, dass es vollkommen überflüssig ist, sich für diesen Mann schick zu machen? Vermutlich wird der Abend ohnehin nur wieder in einer Katastrophe enden!

Am liebsten wollte Hanna einfach nur nach Hause fahren, sich in ihrem Zimmer verkriechen und sich die Decke über den Kopf ziehen. Aber ihr Vater hatte sie nicht dazu erzogen, einer Konfrontation aus dem Weg zu gehen. Außerdem war Lennart am Vorabend am Ende dann ja doch noch recht verträglich gewesen, hatte sich sogar bei ihr entschuldigt.

Und vor allem: Maja freute sich sicher schon darauf, sie wiederzusehen. Allein schon deshalb durfte sie sich jetzt nicht drücken und auch keine Zeit mehr verlieren.

Trotzdem klopfte ihr Herz heftig, als die *Havshäxä* sich etwas später ihrem Ziel näherte. Hanna war nervös, fühlte sich verschwitzt und unbehaglich.

War das alles vielleicht doch eine ziemlich dumme Idee gewesen?

Doch dann sah sie Lennart am Bootsanleger stehen. Als ihre Blicke sich begegneten, hob er die Hand und winkte ihr zu.

Hanna unterdrückte ein Aufstöhnen. Nun war es wirklich zu spät, noch einen Rückzieher zu machen.

Die Wellen ließen die *Havshäxä* rhythmisch schaukeln, als sie anlegte. Das Geräusch – ein leises *Dumm-Dumm, Dumm-Dumm* – klang wie Hannas eigener Herzschlag. Nur dass dieser um ein Vielfaches schneller ging.

Du meine Güte, was ist denn bloß mit mir los?

Lennart war beinahe sofort bei ihr und reichte ihr die Hand, um ihr beim Aussteigen zu helfen. Obwohl sie normalerweise auch sehr gut allein zurechtkam, war sie in diesem Moment für seine Unterstützung dankbar. Ihre Knie fühlten sich weich wie Gelee an.

Erst als sie mit beiden Beinen wieder festen Boden unter den Füßen spürte, bemerkte sie, dass er sich für sie extra in Schale geworfen hatte. Er trug eine anthrazitfarbene Stoffhose und ein weißes Hemd, das in einem scharfen Kontrast zu seiner gebräunten Haut stand.

Er war geradezu unverschämt attraktiv. So attraktiv, dass

Hanna tatsächlich für einen winzigen Augenblick vergaß, wen sie vor sich hatte.

„Sie sehen heute Abend wieder ganz bezaubernd aus“, sagte er, und es klang, als meine er es tatsächlich ernst.

Hanna stutzte. Zweifelnd schaute sie an sich hinunter. Sie trug verwaschene Jeans und dazu einen einfachen hellgrauen Pullover. Ihr Haar war zu einem unordentlichen Zopf im Nacken zusammengefasst, aus dem sich einige Strähnen gelöst hatten, und sie spürte, wie ihre Wangen glühten.

„Lügner“, tadelte sie lächelnd. „Es tut mir leid, aber meine Visiterunde hat heute ein bisschen länger gedauert. Ich habe es einfach nicht mehr bis nach Hause geschafft.“

„Ich habe es durchaus so gemeint, wie ich es gesagt habe.“ Er neigte den Kopf ein Stück, nahm ihre Hand in seine und hauchte ihr einen Kuss auf den Handrücken. „Sie sind einfach bezaubernd.“

Das Brennen in ihren Wangen wurde stärker. Hanna schluckte hart. Ihre Kehle schien wie zugeschnürt zu sein. Er schaute zu ihr auf, und sie fühlte sich wie gefangen vom Blick seiner blauen Augen. Unwillkürlich fragte sie sich, wieso er das tat. Wieso war er so freundlich und aufmerksam zu ihr? Und würde seine Stimmung nachher wieder von einem Moment zum anderen umschlagen? Spielte er das alles nur? Tat er es, um sie in Sicherheit zu wiegen und sie dazu zu bringen, redselig zu werden? Damit sie ihm das, was sie über den Vorfall wusste, anvertraute?

Das wäre eine Möglichkeit, ja … Gleichzeitig aber konnte Hanna nicht wirklich daran glauben. Lennart war kein Schauspieler. Zwar wurde sie nicht schlau aus ihm, und doch konnte sie sich in diesem Augenblick nicht vorstellen, dass er sich nur verstellte. Nein, es war eindeutig: Seine Freundlichkeit ihr gegenüber war nicht aufgesetzt, sondern aufrichtig.

Ein Lächeln lag auf seinen Lippen, als er schließlich sagte: „Ich bin froh, dass Sie es einrichten konnten. Maja und Ulla haben sich große Mühe in der Küche gegeben, und ich glaube, dieses Mal haben Sie sich selbst übertroffen." Fragend schaute er sie an. „Sie sind doch hoffentlich hungrig?"

Seine Frage erinnerte sie wieder daran, wie sehr ihr Magen knurrte. „Wie ein Bär", entgegnete sie schmunzelnd und spürte, wie die letzten Zweifel von ihr abfielen.

„Wunderbar", sagte er und reichte ihr seinen Arm. „Dann lassen Sie uns reingehen."

Maja kam aus dem Haus gestürmt, als Hanna und Lennart es erreichten. Das kleine Mädchen strahlte über das ganze Gesicht.

Gerührt beugte Hanna sich zu der Kleinen hinunter. „Na? Ich habe gehört, ihr habt euch mit dem Abendessen extra für mich besondere Mühe gegeben?"

Die Kleine nickte energisch, griff nach Hanna und zog sie mit sich in Richtung Veranda.

Auf diese trat nun auch Ulla hinaus. Sie lächelte zunächst erfreut, als sie Hanna erblickte. Dann runzelte sie die Stirn und musterte die jüngere Frau aufmerksam. „Sie sehen erschöpft aus", stellte sie fest. „Hatten Sie einen anstrengenden Tag?"

„Das kann man wohl sagen", entgegnete Hanna. „Anstrengend, aber auch unglaublich interessant. Bei den meisten meiner Patienten handelte es sich um ganz einfache Fälle. Die Menschen sind glücklich darüber, dass die medizinische Versorgung auch hier draußen auf den Schären gewährleistet wird."

„Das klingt, als würde Ihnen die Arbeit hier Freude bereiten", stellte Lennart fest.

Hanna nickte. „Das tut sie auch." Sie lachte leise. „Ich bin offen gestanden selbst ein wenig erstaunt darüber. Noch vor ein paar Jahren wäre es mir nie in den Sinn gekommen, dass mich die Tätigkeit als Schärenärztin so ausfüllen könnte."

„Haben Sie denn niemals darüber nachgedacht, die Nachfolge Ihres Vaters anzutreten?", erkundigte sich Ulla.

„Nein, nie." Hanna zuckte mit den Schultern. „Es ist schwer zu erklären, aber irgendwie stand für mich wohl immer schon fest, dass ich Ärztin werden wollte. Im Grunde genommen war mein Vater für mich also immer mein großes Vorbild. Ein weiterer Grund war die schwere Krankheit meiner Mutter, die relativ jung an Krebs gestorben ist. Bloß wollte ich eben nicht für den Rest meines Lebens hier wohnen, sondern in der Stadt. Und ich wollte nicht hier arbeiten, sondern in einem Krankenhaus. Nach meinem Studium bin ich deshalb auch gleich als Assistenzärztin an eine Klinik gegangen. Weil ich glaubte, dass ich kranken Menschen dort wirklich helfen könnte." Sie senkte den Blick. „Leider musste ich feststellen, dass dies nicht immer möglich ist."

Für einen Moment herrschte angespanntes Schweigen. Doch dann griff Maja zuerst nach Hannas Hand und dann nach der ihres Vaters und zog sie beide mit sich zu dem Tisch, der draußen auf der Veranda stand.

„Ich dachte, wir könnten ebenso gut draußen essen und das schöne Wetter genießen", erklärte Lennart. „Sie haben doch nichts dagegen?"

„Nein", entgegnete Hanna erfreut. „Ganz und gar nicht."

„Es dauert allerdings noch ein paar Minuten, bis die Vorspeise so weit ist. Maja hilft mir bestimmt gern, oder?" Das Mädchen nickte heftig, und Ulla lächelte. „Wollt ihr nicht so lange einen kleinen Spaziergang machen?", fragte sie ihren Schwiegersohn und Hanna.

Lennart beschloss für sie beide, dass das eine gute Idee war. Und so schlenderten Hanna und er kurz darauf durch das kleine Wäldchen.

Grüngolden sickerte das Sonnenlicht durch die Kronen der Bäume. Ein harziger Duft lag in der Luft und vermischte sich mit dem einzigartigen Aroma der See. Ein Geruch, von dem Hanna gar nicht gewusst hatte, wie sehr sie ihn vermisst hatte, bis sie ihn wiederentdeckte.

Lennarts Nähe ließ ihr Herz schneller klopfen. Sie wollte es nicht, aber ihr Körper reagierte ganz instinktiv auf ihn.

Bist du verrückt? Vergiss nicht, warum du hier bist! Es geht um Maja und darum, vielleicht etwas von der Schuld wiedergutzumachen, die du auf dich geladen hast. Nicht darum, mit Lennart Eckström anzubandeln! Und, verdammt noch mal, du bist so gut wie verlobt!

Und dennoch – sie konnte nicht umhin, festzustellen, dass sie sich zu ihm hingezogen fühlte. Natürlich, er war ein sehr attraktiver Mann, das stand außer Frage. Aber als erwachsene Frau sollte sie damit doch nun wirklich umgehen können.

Was also hatte es mit diesen Schmetterlingen im Bauch auf sich, wenn sie in seiner Nähe war?

Sie versuchte den Gedanken zu verdrängen und stattdessen ein unverfängliches Thema zu finden, über das sie mit ihm reden konnte. Doch sosehr sie sich auch bemühte, es wollte ihr einfach nichts einfallen. Ihr Kopf war wie leergefegt.

Das Schweigen zwischen ihnen war nicht direkt unangenehm, doch von einer so seltsamen Intensität, dass Hanna es nicht genau zu beschreiben vermochte. Sie erreichten das Ufer der kleinen Schäreninsel, und sie kniete sich hin und tauchte die Hand in das kühle, klare Wasser. Sie spürte die leichte Strömung, lauschte den Wellen, die gegen die glatt geschliffenen Steine plätscherten, und genoss das Gefühl der Sonnenstrahlen auf ihrer Haut.

Es war einer dieser perfekten Momente im Leben, die man einfach nur für alle Zeiten festhalten wollte. Hanna atmete tief durch, schloss die Lider und nahm die Stimmung des Augenblicks in sich auf.

„Wie gern wäre ich jetzt dort, wo Sie mit Ihren Gedanken sind …"

Seine Worte holten sie in die Gegenwart zurück. Sie blinzelte irritiert. Ganz kurz hatte sie tatsächlich vergessen, wo sie war – und vor allem mit wem.

Sie schaute zu ihm auf, und das warme Lächeln, das seine Augen zum Leuchten brachte, überraschte und verwirrte sie gleichermaßen.

„Ich …" Sie musste sich zusammenreißen, um nicht wie ein nervöser Teenager zu stammeln. „Ich war hier", brachte sie schließlich heiser hervor. „Genau hier, in genau diesem Augenblick."

Er musterte sie. Sein Blick war so durchdringend, dass es sich anfühlte, als könne er bis auf den Grund ihrer Seele schauen, und ihr stockte der Atem.

„Was können Sie erkennen, das ich nicht zu sehen vermag?", fragte er leise. Dann reichte er ihr die Hand, um ihr aufzuhelfen.

Sie zögerte. Fürchtete, dass eine Berührung von ihm den letzten Rest ihrer Selbstbeherrschung zunichtemachen würde. Doch sie wollte auch nicht, dass er merkte, wie es in ihr aussah, also ergriff sie seine Hand und versuchte, ihre Nervosität zu unterdrücken.

Es ging so lange gut, bis sie schließlich vor ihm stand und er ihr unmittelbar in die Augen schaute. Ihr Herz hämmerte, und sie spürte, wie abwechselnd Hitze und Kälte durch ihre

Adern pulsierte. Sosehr sie es auch wollte, sie konnte den Blick nicht von ihm wenden, fühlte sich wie magisch zu ihm hingezogen.

Doch im Gegensatz zu ihr schien Lennart weniger Schwierigkeiten damit zu haben. Er trat einen Schritt zurück und zerstörte damit den Zauber des Augenblicks. „Wir sollten umkehren. Ulla ist sicher längst mit allem fertig, und Maja wartet bestimmt schon wieder sehnsüchtig auf unseren Gast."

„Ja, natürlich", erwiderte Hanna enttäuscht. „Gehen wir."

Auf dem Rückweg sprachen sie beide kein Wort.

„... hat dieser unverschämte Kerl zu mir gesagt, können Sie sich das vorstellen?"

Zwei Stunden waren vergangen, seit sie zum Haus zurückgekehrt waren. Von ihrer anfänglichen Befangenheit war nichts mehr zu spüren. Offenbar konnte Lennart wirklich unterhaltsam sein, wenn er wollte. Hanna amüsierte sich königlich, und auch Maja kicherte immer wieder leise. Es waren die ersten Laute, die Hanna von dem kleinen Mädchen hörte, und sie klangen wie Musik in ihren Ohren.

„Ihr habt doch noch Hunger", sagte Ulla und rückte ihren Stuhl zurück. „Maja und ich haben noch ein Dessert vorbereitet."

Lachend rieb Hanna sich den Bauch. „Um ehrlich zu sein, ich habe keine Ahnung, wo ich das noch hinstecken soll. Aber das bedeutet nicht, dass ich der Versuchung widerstehen könnte ..."

„Na, das will ich doch stark hoffen", entgegnete Ulla resolut. „Ich wäre tödlich beleidigt, wenn Sie den Nachtisch nicht wenigstens kosten würden!"

Sie verschwand in der Küche, und als sie kurz darauf wieder zurückkehrte, balancierte sie ein Tablett auf ihren Händen.

„Hilf mir doch mal bitte kurz, ja, Maja?"

Das kleine Mädchen rutschte von seinem Stuhl und nahm, eines nach dem anderen, die Dessertschälchen vom Tablett. Sie schenkte Hanna ein strahlendes Lächeln, als sie ihr ihres überreichte.

„Vielen Dank", sagte Hanna und nahm die hübsche Kristallschale entgegen. Dann blickte sie überrascht auf. „Ist das etwa Brombeerkompott auf dem Reis?"

Ulla strahlte. „Allerdings – und zwar nach einem alten Rezept meiner Urgroßmutter."

„Es ist eine kleine Ewigkeit her, dass ich zum letzten Mal Brombeerkompott gegessen habe", erklärte Hanna. „Meine Mutter hat es früher immer gemacht. Malin, unsere Haushälterin, ist ebenfalls eine fantastische Köchin. Aber das Kompott meiner Mutter war einfach unvergleichlich."

„Na, dann hoffe ich, dass mein Rezept Sie nicht enttäuschen wird."

„Oh nein, ganz sicher nicht."

Einträchtiges Schweigen herrschte am Esstisch, als alle sich gleichzeitig über ihren Milchreis mit Beerenkompott hermachten. Er war genau so, wie Hanna es liebte. Genüsslich seufzend umschloss sie den Löffel mit den Lippen. „Mmmmhh, köstlich", murmelte sie verzückt.

„Es schmeckt Ihnen also?", fragte Ulla erfreut.

„Wäre meine Mutter noch am Leben, würde sie Sie um Ihr Rezept bitten", entgegnete Hanna. „Es ist wirklich ganz wunderbar. Ich …" Sie verstummte abrupt und schlug sich mit der flachen Hand auf die Stirn. „Oh nein … Wie konnte ich das nur vergessen?"

Lennart musterte sie forschend. „Was ist denn los? Sie sind ja plötzlich ganz blass geworden."

Sie wusste selbst nicht, warum sie ausgerechnet jetzt an die alte Lisbet hatte denken müssen. Doch nun, wo der Gedanke da war, ließ er sie einfach nicht mehr los.

„Es geht um eine alte Dame, eine Patientin von mir", erklärte sie. „Es ging ihr heute nicht besonders gut, und ich hatte mir eigentlich vorgenommen, am Ende meiner Runde noch einmal bei ihr vorbeizuschauen. Aber stattdessen …"

„Stattdessen sind Sie gleich zu uns gekommen", beendete Lennart den Satz für sie. „Und nun machen Sie sich Sorgen um sie, stimmt's?"

Hanna nickte. „Wahrscheinlich ist es vollkommen übertrieben, aber ich habe einfach ein schlechtes Gefühl bei der Sache."

„Nun, wenn das so ist", er rückte seinen Stuhl zurück und stand auf, „frage ich mich, worauf wir dann noch warten."

Überrascht schaute Hanna ihn an. „Sie meinen … Sie wollen mich begleiten?"

„Ja, natürlich", sagte er. „Wenn es der alten Dame nicht gut geht, werden Sie vielleicht Hilfe brauchen. Und ich habe heute Abend ohnehin nichts mehr vor."

Ulla nickte. „Gute Idee", stimmte sie zu. „Maja und ich kümmern uns um den Abwasch, und du, Lennart, hilfst Hanna."

„Wie mir scheint, bin ich überstimmt", stellte Hanna halb irritiert, halb belustigt fest. Doch dann musste sie wieder an Lisbet denken und wurde schlagartig ernst. „Also schön, aber dann sollten wir jetzt auch wirklich los, sonst wird es zu spät, und sie schläft schon, wenn wir kommen."

Gemeinsam mit Lennart ging sie zurück zum Anlegesteg. Sie war inzwischen so vertraut im Umgang mit der *Havshäxä*, dass sie wirklich keine Hilfe benötigte. Trotzdem fand sie es irgendwie charmant, dass er zuerst an Bord sprang und ihr die Hand entgegenstreckte.

Mit einem verhaltenen Lächeln trat sie hinters Steuer des kleinen Motorboots, während Lennart auf der seitlichen Sitzbank Platz nahm. Aus irgendeinem Grund, den sie selbst nicht so genau benennen konnte, machte seine Anwesenheit sie nervös. Sie zwang sich, den Blick nach vorn zu richten und sich auf die Strecke zu konzentrieren. So idyllisch die Schären auch sein mochten, aufgrund zahlloser Untiefen, von denen viele noch nicht einmal katalogisiert waren, konnte eine Bootsfahrt rasch in einer kleinen Katastrophe enden.

Es dauerte nicht lange, bis sie Lisbets Insel erreichten. Mittlerweile war die Dämmerung schon weit fortgeschritten, und die Bäume am Ufer warfen lange Schatten. Mit schnellen, geübten Handgriffen vertäute Hanna das Boot am Steg. Dann machten Lennart und sie sich auf den Weg zum Haus.

Je näher sie ihm kamen, desto größer wurde die Anspannung, die Hanna verspürte. Sie wusste selbst nicht so genau, woran es lag. Die alte Lisbet war nicht wirklich fit gewesen, als sie sie früher am Tag verlassen hatte. Aber es hatte auch nichts auf einen unmittelbar bevorstehenden Zusammenbruch hingedeutet.

Vermutlich lag es einfach nur daran, dass sie sich schlecht fühlte, weil sie ihre Patientin einfach so vergessen hatte. Denn so etwas war sonst gar nicht ihre Art.

„Alles in Ordnung?“, fragte Lennart, als sie nebeneinander die Verandastufen hinaufstiegen.

Sie horchte in sich hinein. War alles in Ordnung? Gab es einen triftigen Anlass, sich Sorgen zu machen?

Hanna wusste es nicht – aber sie würde es schon sehr bald herausfinden.

„Lisbet?“ Sie klopfte an. „Lisbet, ich bin's, Hanna Winterberg.“

Einen Moment lang tat sich nichts, dann näherten sich schlurfende Schritte. Kurz darauf wurde geöffnet, und Lisbets Gesicht erschien im Türrahmen.

„Was machen Sie denn noch hier, Kindchen?", fragte sie. „Ich weiß, Sie haben gesagt, dass Sie noch einmal bei mir vorbeischauen wollten. Aber Sie hätten sich doch wirklich nicht die Mühe machen müssen, so spät noch herzukommen."

Eine Welle der Erleichterung durchflutete Hanna, als sie die ältere Dame wohl und munter vor sich sah. „Wie geht es Ihnen?", fragte sie trotzdem.

„Wie es einem mit Mitte achtzig eben so geht", erwiderte sie schmunzelnd. „Bäume ausreißen werde ich wohl keine mehr können, aber falls es Sie beruhigt: Ich fühle mich besser als heute Vormittag."

„Dürfte ich Sie vielleicht trotzdem noch kurz untersuchen?"

Erst jetzt bemerkte Lisbet offenbar, dass Hanna nicht allein gekommen war. „Wen haben Sie denn da mitgebracht?", fragte sie, und ihr Schmunzeln wurde breiter. „Einen Freund von Ihnen?"

Lennart, der bis gerade noch hinter Hanna gestanden hatte, trat nun neben sie. Mit einem gewinnenden Lächeln nickte er Lisbet zu. „Mein Name ist Lennart Eckström", erklärte er. „Wir sind praktisch so etwas wie Nachbarn. Ich wohne zurzeit mit meiner Tochter und meiner Schwiegermutter auf einer Schäreninsel hier ganz in der Nähe."

„Ein Nachbar, soso … Und ein verflixt gut aussehender noch dazu."

So hatte Hanna ihre Patientin noch nie erlebt. Einen Moment lang konnte sie einfach nur dastehen und Lisbet ungläubig anstarren. In Lennarts Gegenwart schien sie regelrecht aufzublühen, ja, sie verhielt sich beinahe wie ein junges Mädchen.

Und Lennart spielte das Spielchen mit. „Es ist wirklich eine Schande, dass wir noch nicht das Vergnügen miteinander hatten. Umso mehr freut es mich, Sie jetzt endlich kennenzulernen …"

Die alte Lisbet strahlte über das ganze Gesicht. „Die Freude ist ganz meinerseits." Sie seufzte. „Du liebe Güte, wenn ich gewusst hätte, dass ich heute noch Besuch von einem so attraktiven Mann bekomme … Sie müssen unbedingt noch einmal wiederkommen, Lennart. Am besten gleich übermorgen, wenn unsere Frau Doktor hier mich sowieso besuchen kommt."

Hanna spürte, wie ihre Wangen heiß wurden. Das ging ihr nun doch alles ein bisschen zu weit. Sie konnte es Lennart schließlich nicht zumuten, noch einmal mit ihr herzukommen. Es war schon ungemein freundlich gewesen, sie dieses eine Mal zu begleiten.

Doch zu ihrem Erstaunen nickte Lennart bereitwillig. „Wenn Sie darauf bestehen …"

„Und ob ich das tue", entgegnete Lisbet bestimmt. „Sie haben doch nichts dagegen, oder, Kindchen?", fragte sie dann an Hanna gewandt.

Die schüttelte den Kopf. Insgeheim freute sie sich über die Gelegenheit, noch etwas mehr Zeit allein mit Lennart verbringen zu können. Er faszinierte sie. Und auch wenn sie sich nach wie vor nicht sicher war, warum er sich eigentlich mit ihr abgab – sie genoss es einfach, in seiner Nähe zu sein.

„Dann ist es also abgemacht", sagte Lennart, nahm Lisbets Hand und führte sie an die Lippen. „Ich kann es kaum mehr erwarten."

Noch spät in der Nacht saß Lennart in der Hollywoodschaukel auf der Veranda seines Ferienhauses und starrte hinaus aufs Wasser. Auf der Oberfläche spiegelte sich der fast volle Mond, und wenn er den Blick hob, sah er die Sterne am Himmel funkeln. Ein paar Stunden zuvor hatte er von hier aus beobachtet, wie Hannas Motorboot sich immer weiter entfernt hatte, bis es schließlich aus seinem Blickfeld verschwand.

Seitdem saß er hier. Und dachte darüber nach, welch seltsame Wendung der Abend genommen hatte. Alles war anders gekommen, als er es eigentlich geplant hatte. Wobei er selbst nicht einmal genau sagen konnte, was er wirklich vorgehabt hatte.

Wahrscheinlich hatte er Hanna zum Reden bringen wollen. Er hatte mehr über jene Nacht im Krankenhaus erfahren wollen, in der Lena gestorben war. Hatte aus Hannas Mund erfahren wollen, was sich damals wirklich zugetragen hatte. Deshalb war er auch besonders freundlich gewesen, als sie am frühen Abend angekommen war. Ja, er hätte sich zu dem Zeitpunkt sogar vorstellen können, mit ihr zu flirten, sie um den Finger zu wickeln, ihr etwas zu trinken anzubieten und ihr einen romantischen Abend zu bereiten, nur um an sein eigentliches Ziel zu gelangen: sie zum Reden zu bringen.

Doch schon beim Abendessen hatte sich alles verändert.

Wegen Maja.

Wieder einmal hatte sie sich in Hannas Gegenwart verändert, sogar noch mehr als beim letzten Mal. Sie war aufgetaut, hatte gestrahlt, gelächelt und ein paar Mal sogar leise gekichert.

Es waren die ersten Laute seit einem Jahr, die er von ihr gehört hatte, abgesehen vom leisen Weinen, das oft aus ihrem Zimmer drang, wenn er abends noch einmal an der Tür vorbeiging …

Diese Laute aus ihrem Mund hatten sein Herz höher schlagen lassen und erfüllten ihn auch jetzt noch mit einem

Gefühl tiefer Erleichterung. Gab es vielleicht doch noch Chancen, dass eines Tages alles gut wurde? Dass Maja trotz des schlimmen Verlustes, den sie hatte erfahren müssen, eines Tages wieder zu einem ganz normalen Mädchen wurde? Das ausgelassen lachend und albern schreiend durch die Gegend rannte?

Er wusste es nicht. Fest stand nur, dass Hanna ihr guttat. Und dass Hanna sich um Maja bemühte. Ihr war es zu verdanken, dass Maja langsam aufzutauen begann. War es da nicht verständlich, dass er von dem Moment an nicht mehr an seine eigentlichen Absichten gedacht hatte?

Maja glücklich zu sehen, war das Allerwichtigste für ihn. Und er war Hanna dankbar für alles, was sie für seine Tochter tat. Wahrscheinlich hatte er sich auch deshalb so spontan bereit erklärt, mit ihr zusammen zur alten Lisbet zu fahren. Er wollte auch etwas für Hanna tun, sich revanchieren. Und ja, vielleicht wollte er auch einmal mit eigenen Augen sehen, wie sie mit ihren Patienten umging.

Und was er schließlich beobachten durfte, hatte er so nie erwartet. Die rührende Sorge um diese alte Dame. Beinahe aufopferungsvoll hatte Hanna sich um sie gekümmert. All das entsprach so gar nicht dem Bild, das Lennart im Laufe der Jahre von Ärzten gewonnen hatte. Und damit meinte er nicht nur die Sache mit Lena damals im Krankenhaus. Auch früher schon. Ständig überfüllte Wartezimmer, kaum Zeit für die Patienten, die ganze Hektik und all die Fachbegriffe … Bei Hanna war alles anders gewesen. Sie hatte die alte Lisbet fast wie ihre eigene Großmutter behandelt. Voller Wärme und auch Verständnis, und das, obwohl er wusste, wie stur die alte Dame war. Aber Hanna hatte sich nichts anmerken lassen, und er fragte sich, ob eine Frau, die so nett mit ihren Patienten umging, es wirklich zulassen würde, dass …

Der Gedanke an Lena und die Sache damals ließ ihn gleich wieder zusammenzucken. Er wollte nicht daran denken. Nicht jetzt, nicht hier. Warum, wusste er selbst nicht so genau. Vielleicht weil er zu seiner Schande gestehen musste, dass er jetzt lieber an eine andere Frau denken wollte.

Hanna.

Sofort tauchte ihr Gesicht wieder vor seinem geistigen Auge auf. Er sah ihre blaugrauen Augen, die feinen Grübchen um die Mundwinkel herum, ihr sanftes Lächeln …

Scharf atmete er ein und blinzelte mehrmals heftig, um ihr Bild aus seinem Inneren zu vertreiben. Was tat er hier eigentlich? Es sah ja fast so aus, als dachte er mit einem Gefühl von Sehnsucht an Hanna Winterberg. Aber das war doch purer Unfug. Es gab nur eine Frau, für die er etwas empfand, und die lebte nicht mehr.

Lena …

Er sollte also gar nicht erst anfangen, Hanna in irgendeiner Form an sich heranzulassen. Es war ihm darum gegangen, durch sie etwas über Lenas Tod zu erfahren. Da er dazu offenbar nicht in der Lage war, sollte er sich Hanna Winterberg besser ganz schnell aus dem Kopf schlagen, bevor sie noch mehr Gelegenheit bekam, seine Gefühle durcheinanderzubringen.

Seufzend lehnte er sich in der Hollywoodschaukel zurück. Am liebsten hätte er jetzt einfach die Augen geschlossen und bis zum Morgengrauen durchgeschlafen.

Doch dann kamen ihm Lenas Worte wieder in den Sinn.

„Du weißt doch, ich mag es nicht, wenn du hier draußen schläfst. Komm mit rein, ja?“

Lennart stand auf und ging ins Haus. Und obwohl er es eigentlich nicht wollte, musste er zugeben, dass er sich freute, schon bald wieder zur alten Lisbet hinauszufahren.

Zusammen mit Hanna.

8. KAPITEL

Zwei Tage später fuhr Hanna nicht schon frühmorgens raus, da sie ihrem Vater versprochen hatte, ihn ins Krankenhaus nach Stockholm zu fahren, wo sein Fuß noch einmal geröntgt werden sollte. Zu ihren Patienten konnte sie somit erst gegen Mittag fahren, aber es standen auch nicht viele Besuche auf dem Programm. Nur zwei ältere Herren, bei denen sie den Blutdruck überprüfen musste. Außerdem wollte sie noch einmal bei Lisbet vorbeischauen.

Sofort schlug Hannas Herz höher, als sie daran dachte, wer sie dorthin begleiten würde.

Lennart …

Sie wusste selbst nicht, was mit ihr los war, aber sie freute sich schon den ganzen Vormittag darauf, ihn endlich wiederzusehen, und wenn sie ehrlich war, hatte sie bereits am Vortag an nichts anderes denken können.

Sie hatte ihn vermisst, ja. Aber wie konnte das sein? Sie kannte ihn doch kaum, und eigentlich war alles, was sie verband, eine Begegnung nach einem sehr tragischen Ereignis.

Und irgendwie verbindet euch doch auch Maja, oder etwa nicht? Ist es nicht vor allem Maja, um die es dir geht?

Doch Hanna wusste nicht, ob sie sich damit nicht nur selbst etwas vormachte. Denn wenn dem so war – wie erklärte sich dann die Tatsache, dass ihr Herz ständig höher schlug, wenn Lennart in ihrer Nähe war, und dass es sich anfühlte, als flatterten Tausende Schmetterlinge in ihrem Bauch herum?

Sofort musste sie wieder an Jan-Fredrik denken, und prompt bekam sie ein schlechtes Gewissen. Sie durfte nicht vergessen, dass sie so gut wie verlobt war und dass es zu

Hause einen Mann gab, der auf sie wartete. Gleichzeitig aber empfand sie auch wieder Ärger, wie jedes Mal in letzter Zeit, wenn sie an Jan-Fredrik dachte. Am Vortag hatte sie mehrmals versucht, ihn anzurufen. Erst am späten Abend war er an den Apparat gegangen – und hatte sie sogleich mit Vorwürfen überhäuft.

„Ich sehe nicht ein, dass ich hier nach einem harten Arbeitstag allein zu Hause rumsitzen muss, während du es dir bei deinem Vater gut gehen lässt", hatte er ihr entgegengeschleudert.

Diese Worte waren für Hanna wie ein Schlag ins Gesicht gewesen, zeigten sie doch, dass Jan-Fredrik nichts begriffen hatte und nicht einmal ansatzweise versuchte, sich in ihre Lage zu versetzen.

Sie zu verstehen.

Dass er glaubte, sie sei hier, um es sich gut gehen zu lassen, stimmte sie traurig. Verletzte sie. Er wusste doch genau, dass dem nicht so war. Sie hatte von Anfang an gesagt, worum es ging. Darum, ihrem Vater, der in eine Notlage geraten war, zu helfen.

Doch sie hatte ja schon vor ihrer Abreise geahnt, dass sie in dieser Hinsicht auf keinerlei Verständnis bei Jan-Fredrik hoffen durfte. War er tatsächlich so egoistisch? Und warum war ihr das bisher nie aufgefallen?

Stimmt das denn? Hast du es nicht schon vor langer Zeit gemerkt? Nämlich vor einem Jahr bei dem schrecklichen Vorfall im OP?

Wahrscheinlich hatte sie einfach nur die Augen vor der Wahrheit verschlossen. Damals, als Jan-Fredrik sich auf die Seite des Klinikchefs gestellt hatte, war es ihr im ersten Moment wie ein Verrat vorgekommen.

Ein Verrat an ihr und ihrer Beziehung.

Doch dann war ihr klar geworden, dass er im Grunde gar keine andere Wahl hatte. Wenn er mit der Sache an die Öffentlichkeit ging, würde es zwangsläufig das Ende seiner Karriere bedeuten. Und selbst wenn Jan-Fredrik einen Fehler gemacht hatte, so bedeutete es doch nicht, dass er ein schlechter Arzt war.

Ganz im Gegenteil sogar!

Sie hielt sein Schicksal in ihren Händen. Schwieg sie, würden sie beide ihren Job behalten. Hinzu kam, dass der Schaden bereits entstanden war. Es gab nichts, was sie tun konnten, um Lenas Tod ungeschehen zu machen.

„Und du denkst wirklich, Lisbet doch noch umstimmen zu können?", riss ihr Vater sie aus ihren Gedanken, während sie im Wartebereich vor dem Röntgenraum saßen.

Hanna antwortete nicht sofort. Es dauerte einen Moment, bis sie wieder ins Hier und Jetzt zurückkehrte. Sie zuckte mit den Schultern. „Ich weiß es nicht", gestand sie. „Ich denke nur, dass es nicht mehr ganz so hoffnungslos aussieht wie noch vor drei Tagen. Allerdings habe ich dir ja schon gesagt, dass nicht ich es war, die das Eis gebrochen hat."

„Sondern dieser Lennart." Ihr Vater nickte. „Ich verstehe noch immer nicht, wieso er überhaupt dabei war."

Der leicht missbilligende Unterton, der in seiner Stimme mitschwang, entging Hanna nicht. Sicher schätzte er es gar nicht, dass sie andere Leute mit zu ihren Visiten nahm, und im Grunde sah sie auch ein, dass man das eigentlich nicht tun sollte. „Es hat sich einfach so ergeben", erwiderte sie. „Ich hatte ein bisschen Angst um Lisbet, und als ich ihm und seiner Schwiegermutter davon erzählte, hat er sofort angeboten, mich zu begleiten." Sie räusperte sich. „Und ehrlich gesagt, war er mir eine große Stütze. Vor allem, weil die alte Lisbet ihn scheinbar sofort ins Herz geschlossen hat. Merkwürdigerweise scheint sie auf ihn zu hören, während sie bei mir ebenso wie bei dir immer nur auf stur schaltet."

Ihr Vater zog die Brauen zusammen. „Dieser Lennart … Ich habe ihn, glaube ich, erst ein paar Mal gesehen, immer nur flüchtig."

„Kann sein. Er lebt eigentlich in Göteborg und hat immer die Ferien mit seiner Familie hier verbracht, bis …" Sie verstummte. „Ist ja auch egal."

„Er dürfte etwa in deinem Alter sein, richtig?", fragte der Schärenarzt, der noch immer sehr nachdenklich wirkte.

„Ein paar Jahre älter, ja."

Er nickte langsam. „Dann könnte das hinkommen …"

„Was meinst du?" Hanna runzelte die Stirn. Sie hatte keine Ahnung, worauf ihr Vater hinauswollte.

„Lisbet hatte einen Sohn. Patrik. Ist mit Anfang dreißig ums Leben gekommen. Ein Bootsunfall."

„Oh Gott, das ist ja schrecklich."

„Ja, eine ganz tragische Geschichte. Liegt aber schon einige Jahre zurück. Lisbet ist nie wirklich darüber hinweggekommen. Wie sollte eine Mutter das auch?" Er schüttelte den Kopf. „Aber sie hat gelernt, damit zu leben, und ist eigentlich in den letzten Jahren auch gut zurechtgekommen."

„Und du meinst, deshalb fasst sie eher Vertrauen zu Lennart als zu dir oder mir? Weil er sie an ihren Sohn erinnert?"

„Ich würde es zumindest vermuten."

„Und ich beginne langsam zu verstehen, warum Lisbet nicht ins Krankenhaus will", überlegte Hanna laut. Doch in dem Moment kam eine Schwester, um ihren Vater abzuholen, und das Gespräch wurde unterbrochen.

Dennoch wanderten ihre Gedanken immer wieder zu Lisbet. Hanna glaubte jetzt zu wissen, was mit der alten

Schwedin war. Und vielleicht konnte es ihr nun doch gelingen, Lisbet umzustimmen.

Gemeinsam mit Lennart.

„Sie meinen also, sie will sich nicht behandeln lassen, weil sie … zu ihrem verstorbenen Sohn möchte?“ Lennart runzelte die Stirn und sah Hanna skeptisch an. „Das kommt mir doch etwas … weit hergeholt vor, finden Sie nicht?“

Sie zuckte mit den Schultern und strich sich dann eine widerspenstige Strähne ihres blonden Haares aus dem Gesicht – eine Geste, die Lennart schon öfter bei ihr gesehen hatte und die ihm aus irgendeinem Grund gefiel. Vielleicht weil er so ihre Augen und ihre Finger gleichzeitig beobachten konnte, und sei es auch nur für einen flüchtigen Augenblick.

Er schüttelte kaum merklich den Kopf. Was waren das denn schon wieder für unsinnige Gedanken?

„Ich weiß nicht recht“, antwortete sie. „Ja, ich wäre wahrscheinlich auch nicht einfach so darauf gekommen. Keine Ahnung, ob es stimmt. Vielleicht ist der Grund auch ein anderer. Vielleicht glaubt sie, keine Hilfe annehmen zu dürfen, weil ihr Sohn keine bekommen hat.“

„Sie meinen also, dass sie glaubt, es nicht verdient zu haben weiterzuleben. Wegen ihres Sohns.“ Er trank einen Schluck von seinem Kaffee, den die Bedienung kurz zuvor serviert hatte. Es war früher Nachmittag. Vor etwa einer Viertelstunde hatten Hanna und er sich in diesem Café getroffen.

Von der Einrichtung her hatte es sich kaum verändert, auch wenn hier inzwischen kein Eis mehr serviert wurde und auch der Name Jöndal nicht mehr über der Eingangstür prangte. Aber es war immer noch genauso gemütlich, wie sie es aus ihrer Kindheit in Erinnerung hatte.

Hanna hatte Lennart am Vormittag angerufen und den Vorschlag gemacht, vor ihrem Besuch bei der alten Lisbet noch einen Kaffee trinken zu gehen. Lennart hatte sich darüber gefreut, bedauerte aber, dass Maja nicht dabei sein konnte, weil sie später direkt zu Lisbet fahren wollten. Er hätte gern das Strahlen gesehen, das immer auf dem Gesicht seiner kleinen Tochter erschien, wenn Hanna in der Nähe war.

Er nahm sich vor, Hanna auf jeden Fall nach ihrem gemeinsamen Besuch bei Lisbet mit hineinzubitten, wenn sie ihn zu Hause absetzte. Natürlich ausschließlich Maja zuliebe …

Wem willst du das denn weismachen? Schieb doch nicht immer deine kleine Tochter vor! Sie hat ja wohl kaum etwas damit zu tun, dass du in Hannas Gegenwart jedes Mal ganz unruhig wirst und dein Herz anfängt, heftiger zu schlagen!

„Ich könnte es mir vorstellen, ja." Hanna nippte an ihrem Cappuccino. „So etwas kommt öfter vor, als man denkt, und das würde in diesem Fall erklären, warum sie so stur ist."

Lennart dachte kurz nach. Womöglich hatte Hanna tatsächlich recht, und der Verlust ihres Sohnes war der Grund für Lisbets starrköpfiges und auch merkwürdiges Verhalten. „Aber was könnte man dann tun?", fragte er. „Denn wenn es so ist, wie Sie sagen, dürfte es schwer werden, die alte Dame umzustimmen."

„So sehe ich das auch. Allerdings …"

„Ja?"

„Na ja, es war doch wohl offensichtlich, dass Lisbet Sie mag, Lennart. Ich vermute mal, Sie erinnern sie irgendwie an ihren Sohn. Und genau das könnte uns zugutekommen."

„Deshalb hat sie so schnell Vertrauen zu mir gefasst." Er nickte. „Ich hatte mich schon darüber gewundert. Aber ja, jetzt, wo Sie es sagen … Das ändert natürlich einiges.

Im Grunde müsste ich ihr nur klarmachen, dass ich es sehr schade fände, wenn …"

„… Lisbet sich nicht behandeln lässt, genau", führte Hanna seinen Satz zu Ende. Sie lächelte, wurde dann aber ernst und sah Lennart in die Augen. „Wären Sie denn dazu bereit? Ich meine, Sie kennen Lisbet im Grunde nicht, und …" Sie zuckte mit den Schultern. „Nun ja, es sind halt nicht Ihre Probleme, in die ich Sie da reinziehe."

Einen Moment lang sagte er nichts, erwiderte nur ihren Blick, der ihn regelrecht gefangen nahm. Ihre Augen glänzten leicht, und er versuchte, darin zu lesen, um herauszufinden, was wirklich in dieser Frau, die er noch immer nicht einschätzen konnte, vorging. Ihre Sorge um die alte Lisbet war keineswegs gespielt, das konnte er mit Sicherheit sagen. Hanna Winterberg hängte sich voll in ihre Arbeit, das Schicksal ihrer Patientin ließ sie keineswegs kalt. Sie wollte Lisbet helfen und war bereit, dafür sogar zu recht ungewöhnlichen Mitteln zu greifen. Denn für einen Arzt war es sicher nicht an der Tagesordnung, andere Menschen für so etwas um Unterstützung zu bitten.

Hanna tat es, und dafür hatte sie seinen Respekt. Dennoch fragte er sich zum wiederholten Male, wie eine Frau, der so viel an ihren Patienten lag, bereit sein konnte, gewisse Vorgänge in dem Krankenhaus, in dem sie eigentlich arbeitete, unter den Teppich zu kehren.

Vorgänge, die womöglich einen Behandlungsfehler betrafen, der einer jungen Frau das Leben gekostet hatte.

Seiner Frau.

Lena …

Schon spürte er wieder, wie Wut ihn ihm hochkochte. Doch dann kamen plötzlich wieder diese Zweifel auf. Da war etwas in Hannas Blick, das seine Wut gleich wieder im

Keim erstickte. Und er fragte sich, ob Hanna tatsächlich ein schlechter Mensch sein konnte, der bereitwillig über Leichen ging, nur um die eigene Karriere nicht zu gefährden.

„Lennart?“ Ihre Stimme riss ihn aus seinen Gedanken, und jetzt wirkte Hanna leicht irritiert und auch ein wenig erschrocken. „Ist etwas mit Ihnen? Habe ich etwas Falsches gesagt?“

Er schüttelte den Kopf. „Nein, nein, es ist … Ich hab nur über etwas nachgedacht. Aber sagen Sie, warum wollten Sie sich eigentlich hier mit mir treffen?“, erkundigte er sich, vor allem um das Thema zu wechseln, aber auch, weil er spürte, dass Hanna irgendwie melancholisch wirkte, seit sie hier draußen auf der Terrasse des Cafés saßen. Immer wieder blickte sie sich um, beobachtete die Gäste, die Kellnerinnen und wirkte dabei seltsam niedergeschlagen.

Sie zuckte mit den Schultern. „Ich wollte halt gern eine Tasse Kaffee mit Ihnen trinken, bevor wir uns auf den Weg machen.“

„Darüber freue ich mich auch“, erwiderte er ehrlich. „Aber warum dieses Café? Sie scheinen es zu kennen. Waren Sie früher oft hier? Als sie noch in Vaxholm gewohnt haben?“

Sie zögerte einen Moment, nickte dann aber. „Als Kind war ich oft hier, ja. Aber da war das hier noch ein Eiscafé.“ Sie lächelte, was sein Herz sofort höher schlagen ließ. „Alle Kinder haben Petter Jöndal und sein Eiscafé geliebt. Es gab ganz viele Sorten, und oft hat er, wenn ein Kind nur Geld für eine Kugel hatte, einfach eine zweite dazugegeben.“

„Und welche Sorten mochten Sie am liebsten?“

„Erdbeere und Schokolade. Das habe ich geliebt!“ Ihre Augen strahlten. „Und ab und zu waren meine Mutter und auch unsere Haushälterin zusammen mit mir hier und haben diese riesigen Eisbecher bestellt, mit extra viel Sahne und Früchten.“

„Ihr Vater war nie dabei?"

Sie senkte den Blick, und ihr Gesichtsausdruck wurde ernst. „Leider nein. Keine Zeit." Sie lächelte wieder, dieses Mal aber wirkte ihr Lächeln bitter. „So ist das nun mal, wenn man einen Arzt zum Vater hat. Aber das ist in Ordnung, es ist lange her, und seit ich wieder hier bin, verstehe ich mich eigentlich ganz gut mit meinem Vater. Und dieses Café hier", sie machte eine alles umfassende Handbewegung, „weckt nicht nur Erinnerungen in mir. Es ist noch etwas anderes, das mich nachdenklich macht."

„Nämlich?"

„Ein damit verbundenes Schicksal, das meinem Vater und mir momentan Sorgen bereitet." Sie winkte ab. „Aber ich will Sie nicht schon wieder mit Problemen behelligen, die ich mit meinen Patienten habe."

„Sie behelligen mich nicht", stellte er klar. „Und wenn ich helfen kann, mach ich das gern. Außerdem bin ich ein guter Zuhörer."

„Ich weiß das wirklich zu schätzen", sagte sie und trank ihren Cappuccino aus, „aber ich denke, wir sollten jetzt langsam los. Unsere Patientin erwartet uns sicher schon."

Als sie die Tasse abstellte, bemerkte Lennart einen kleinen Tupfer Milchschaum auf ihrer Nasenspitze. „Moment, Sie haben da was", sagte er, beugte sich vor und wischte mit dem Daumen über ihre Nase. Dabei fing er ihren Blick auf und verharrte. Warum war ihm vorher nie aufgefallen, dass ihre Augen die Farbe der Ostsee an einem strahlenden Sommertag hatten?

Die Luft zwischen ihnen fing an zu knistern, und er verspürte den schier überwältigenden Drang, mit den Fingern durch ihr goldblondes Haar zu fahren. Nur mit Mühe gelang es ihm, sich davon abzuhalten. Und dann schien auch sie zu erkennen, was da zwischen ihnen vorging. Schüchtern lächelnd wandte sie das Gesicht ab.

„Wir …“ Sie räusperte sich. „Wir sollten jetzt wirklich aufbrechen.“

Einige Zeit später näherten sie sich langsam der Insel, auf der die alte Lisbet ihr Haus hatte.

Während der Fahrt hatten sie nicht mehr viel gesprochen. Hanna war nachdenklich geworden. Was vor allem daran lag, dass sie einfach nicht schlau aus Lennart wurde – etwas, das sie nervös machte, ihn in ihren Augen aber auch ungemein faszinierend erscheinen ließ. Er war ein so widersprüchlicher Mensch. In einem Moment die Zuvorkommenheit in Person, im nächsten abweisend und kühl. Ja, beinahe wütend. Diese Schwankungen waren ihr während ihrer Unterhaltung im Café immer wieder aufgefallen. Natürlich wusste sie, woher die Wut kam, die immer wieder in ihm aufkeimte, wenn er mit ihr, Hanna, zusammen war. Es hatte gewiss etwas mit dem Tod seiner Frau zu tun. Und sie verstand gut, warum er ihr gegenüber einen gewissen Groll hegte. Was sie nicht begriff, war, weshalb er trotzdem Zeit mit ihr verbringen wollte. Und dass er sich ihr gegenüber oft so freundlich und aufmerksam verhielt.

Und vor allem irritierte sie ihre eigene Reaktion auf ihn. Vorhin, als er ihr den Milchschaum von der Nasenspitze gewischt hatte … Er war so sanft, geradezu zärtlich gewesen, dass sie unter seiner Berührung beinahe dahingeschmolzen wäre.

Sofort wies sie sich in ihre Schranken. Das war doch völlig übertrieben! Solche Gedanken sollte sie nicht einmal zulassen. Sie wollte heiraten – und zwar einen Mann, mit dem sie nicht erst seit gestern zusammenlebte. Jan-Fredrik und sie waren ein Paar, ein Team, das nichts auseinanderbringen konnte und …

Sie stockte, als sie erkannte, dass sie sich selbst belog. Ein Team, das nichts auseinanderbringen konnte? Und wie kam es dann, dass Jan-Fredrik sie oft wie Luft behandelte? Wie ein lästiges Anhängsel? Und sofort beleidigt reagierte, wenn mal etwas nicht so lief, wie er es sich vorstellte?

Und vor allem solltest du dich fragen, wie es dann sein kann, dass du nicht nur aus Göteborg wegwolltest, um deinem Vater zu helfen, sondern um zu dir selbst zu finden. Und um Abstand zu Jan-Fredrik zu gewinnen. Gesteh es dir doch endlich selbst ein: Du bist unglücklich an seiner Seite geworden, und du vertraust ihm nicht mehr seit der Sache mit Lennarts Frau …

Der Gedanke an Lennart brachte Hanna wieder in die Gegenwart zurück. Forschend musterte sie ihn. Er hatte das Steuer der *Havshäxä* übernommen, damit sie kurz den Inhalt ihrer Arzttasche überprüfen konnte. Wenn Apotheke oder Arzneischrank in weiter Ferne waren, musste man auf alle Eventualitäten vorbereitet sein. Deshalb achtete sie stets darauf, alles Nötige für den Fall der Fälle bei sich zu haben.

Doch im Augenblick interessierte sie sich mehr für Lennart.

Sie war froh, dass er eingewilligt hatte, mit Lisbet zu sprechen. Wenn ihre Theorie stimmte, dann würde die alte Dame sehr viel eher bereit sein, auf ihn zu hören als auf sie. Es musste schrecklich sein, als Elternteil das eigene Kind zu überleben. Hanna mochte gar nicht darüber nachdenken.

Kurz darauf erreichten sie die Insel, auf der Lisbet lebte. Lennart ging zuerst von Bord und vertäute die *Havshäxä* am Anlegesteg. Dann nahm er Hanna die Arzttasche ab und wartete, bis sie ebenfalls ausgestiegen war.

„Ich … möchte mich noch einmal bei Ihnen bedanken“, sagte sie. „Es ist keineswegs selbstverständlich, was Sie hier tun.“

Er blieb stehen und ergriff ihre Hand. Die Berührung ließ ihr den Atem stocken. „Die Art und Weise, wie Sie sich für Ihre Patientin einsetzen, ist es ebenso wenig“, gab er zurück, und es klang vollkommen ehrlich und ernst gemeint. „Ich weiß, ich habe es Ihnen zu Anfang nicht gerade leicht gemacht. Aber inzwischen bin ich davon überzeugt, dass Sie eine wirklich gute Ärztin sind.“ Er lächelte. „Weil Sie in dem aufgehen, was Sie tun.“

In Hannas Brust breitete sich ein warmes, wohliges Gefühl aus. Sie wusste nicht genau, woher das kam. Doch es war angenehm. Sehr sogar.

Ihre Wangen glühten, und sie wandte hastig den Blick ab, damit Lennart es nicht mitbekam.

Was er natürlich trotzdem tat.

Ohne ihre Hand loszulassen, ging er weiter Richtung Haus. Hanna blinzelte irritiert, sagte jedoch nichts. Im Gegenteil. Sie wünschte sich, dass er ihre Hand ewig so halten würde.

Lisbet hatte sie offenbar bereits erwartet, denn sie hatten gerade die erste Verandastufe erklommen, als sich die Haustür auch schon öffnete.

„Wie nett, dass Sie es tatsächlich geschafft haben, Nachbar“, begrüßte sie zuerst Lennart, ehe sie sich mit einem strahlenden Lächeln Hanna zuwandte. „Und Sie natürlich auch. Ich freue mich.“ Sie trat zur Seite, um die beiden einzulassen. „Hoffentlich haben Sie Appetit mitgebracht. Ich habe extra heute Morgen noch einen Kuchen gebacken.“

„Aber das wäre doch nicht nötig gewesen“, warf Lennart ein und traf damit anscheinend schon wieder genau den richtigen Nerv, denn Lisbet errötete leicht.

„Oh doch“, widersprach sie energisch. „Das finde ich aber sehr wohl.“ Sie ging voran und führte ihre Gäste ins Wohnzimmer, wo der Esstisch bereits festlich gedeckt war.

Hanna schmunzelte. Es war schön, Lisbet so gut gelaunt und ungezwungen zu sehen, einfach wunderbar. Ungewohnt, aber wunderbar. Und über Lennart staunte sie fast ebenso sehr. Er sprühte geradezu vor Charme, war höflich und zuvorkommend – der perfekte Gentleman.

Nicht, dass er sich ihr gegenüber in letzter Zeit noch einmal ruppig oder unfreundlich verhalten hätte. Aber sie spürte beinahe immer, dass irgendetwas dicht unter der Oberfläche bei ihm brodelte. Etwas Gefährliches. Wie ein Vulkan, der jederzeit ausbrechen konnte.

Es machte ihr Angst, zog sie aber gleichzeitig nur noch mehr an. Wie es schien, war sie seiner männlichen Ausstrahlung hilflos ausgeliefert.

Lisbet kam mit einem Tablett, das viel zu schwer für sie aussah, zurück ins Wohnzimmer. Ehe Hanna aufstehen konnte, um ihr zu helfen, war Lennart bereits zur Stelle. Lisbet dankte ihm überschwänglich, als er das Tablett für sie auf dem Tisch abstellte.

„Ich hoffe, Sie mögen Erdbeerkuchen mit Sahne“, sagte sie dann, während sie ihnen allen der Reihe nach Kaffee einschenkte.

„Einer meiner Lieblingskuchen“, entgegnete Lennart. „Meine Mutter hat ihn früher immer für mich gebacken, als ich noch klein war.“

Hanna war sich nicht sicher, aber für einen winzigen Moment glaubte sie, Schmerz in Lisbets Augen aufblitzen zu sehen.

Weil sie bei Lennarts Worten an ihren Sohn denken musste?

Einen Moment lang herrschte Schweigen. Schließlich räusperte Lennart sich. „Hanna hat mir erzählt, dass Sie nicht ins Krankenhaus gehen wollen, um sich behandeln zu lassen." Er nahm die Hand der alten Dame und drückte sie sanft. „Wollen Sie mir erzählen, warum?"

Sie zögerte kurz, und Hanna hoffte schon fast, dass die Wahrheit aus ihr hervorbrechen würde. Doch sie schüttelte den Kopf. „Das ist kein großes Geheimnis. Ich will einfach nur meine Insel nicht verlassen. Den größten Teil meines Lebens habe ich hier verbracht, und hier will ich auch eines Tages sterben."

Ernst schaute Lennart sie an. „Ist das wirklich alles? Oder gibt es noch einen anderen Grund?" Er machte eine kurze Pause. „Hat es vielleicht etwas mit Ihrem Sohn zu tun?"

Ungläubig riss Lisbet die Augen auf. „Sie wissen von Patrik?" Sie schluckte und kämpfte tapfer gegen die aufsteigenden Tränen an – ein Anblick, bei dem Hannas Herz sich vor lauter Mitgefühl schmerzhaft zusammenzog. „Woher?"

Lennart lächelte verständnisvoll. „Das ist doch im Grunde nicht wichtig", entgegnete er. „Aber ich habe recht, oder? Sie wollen sich nicht behandeln lassen, weil Sie Ihren Sohn verloren haben. Weil Sie sich schuldig fühlen, dass Sie noch am Leben sind. Weil Sie bei ihm sein wollen."

Lisbet schluckte hart. Der Kaffee, der langsam kalt wurde, und der Kuchen waren vergessen. Mit den Gedanken war sie ganz woanders. An einem fernen Ort in der Vergangenheit.

„Er war noch so jung", sagte sie. „Gerade einmal Anfang dreißig. Er hatte noch sein ganzes Leben vor sich, als es geschah." Sie stieß einen undefinierbaren Laut aus – eine Mischung aus Seufzen und Schluchzen. „Es war ein dummer Unfall. Er ist mit seinem Boot aufgelaufen und dabei so unglücklich gestürzt, dass er bewusstlos wurde. Das Boot sank, und Patrik ertrank. Sie haben ihn noch am selben Abend gefunden. Der Notarzt meinte, er hätte nichts gespürt. Aber macht es das wirklich einfacher? Oder besser?“

Unwillkürlich musste Hanna an Lena Eckström denken. Daran, dass sie auf dem OP-Tisch gestorben war. In tiefer Bewusstlosigkeit. Nicht ahnend, was um sie herum geschah.

Sie kam zu dem Schluss, dass es die Dinge ganz sicher nicht leichter machte. Zumindest nicht für diejenigen, die zurückblieben.

„Niemand hatte den Unfall bemerkt“, sprach Lisbet weiter. „Wäre jemand in der Nähe gewesen und hätte Hilfe geholt …“ Sie schüttelte den Kopf. „Mein Junge hätte nicht sterben müssen. Es ist nur geschehen, weil niemand da war, um ihn zu retten. Ich …“

Lennart, der Lisbets Hände noch immer in seinen hielt, neigte den Kopf ein Stück zur Seite. „Es tut sicher noch immer sehr weh, daran zu denken, nicht wahr?“

Die alte Dame nickte. „Sehr sogar. Ich … Alles hätte ich dafür gegeben, an seiner Stelle gestorben zu sein. Mich hätte es treffen sollen, nicht ihn. Doch nicht ihn!“

Hanna saß einfach nur da und schwieg. Sie war sich nicht sicher, ob Lisbet und Lennart ihre Anwesenheit überhaupt noch bemerkten. Und sie wollte auf keinen Fall diese besondere Form der Intimität stören, die zwischen ihnen herrschte.

Sie hatten beide jemanden verloren, den sie sehr liebten. Hanna konnte nur vermuten, wie sehr so ein Schicksal zwei Menschen miteinander verband.

„Ich habe Ihren Sohn nicht kennengelernt“, sagte Lennart. „Aber ich kann trotzdem nachempfinden, wie Sie sich fühlen. Meine Frau …“ Er brach ab, räusperte sich. „Ein Wagen nahm uns die Vorfahrt und prallte seitlich in uns rein. Ich saß hinterm Steuer und kam fast ohne einen Kratzer davon. Aber Lena …“

„Sie sagten, dass Sie zusammen mit Ihrer Tochter und Ihrer Schwiegermutter hier sind“, meinte Lisbet. „Heißt das … Ihre Frau ist …“

Er nickte. „Sie starb. Es tut noch heute weh, wenn ich daran denke. Und ich glaube, der Schmerz wird auch nie wirklich ganz aufhören. So ist es nun mal, wenn ein junges Leben sinnlos vergeudet wird. Aber meine kleine Tochter hielt mich davon ab, mich meinem Schmerz zu ergeben. Sie brauchte mich. Ich war alles, was ihr von unserer kleinen Familie noch geblieben ist.“

Lisbet sah auf. Ihr Blick war tränenverschleiert, doch sie wirkte ruhiger. Gefasster.

„Darf ich Sie etwas fragen?“ Forschend schaute Lennart sie an.

Ein trauriges Lächeln umspielte die Lippen der alten Dame. „Fragen Sie.“

„Stimmt es? Sträuben Sie sich deshalb so gegen eine Behandlung im Krankenhaus? Weil für Patrik auch jede Hilfe zu spät gekommen ist?“

Lisbet atmete tief durch. Und als sie antwortete, war ihre Stimme so leise, dass Hanna sie kaum hören konnte. „Vielleicht …“

„Und wenn ich Sie nun darum bitten würde, es sich noch einmal zu überlegen? Ich weiß, dass nichts auf der Welt Ihnen Ihren Sohn wiederbringen kann. Aber Ihr Patrik hätte ganz sicher nicht gewollt, dass Sie sich seinetwegen aufgeben.“

Hanna hielt den Atem an, war so gespannt wie ein Flitzbogen. Dies war der entscheidende Moment. Wie würde Lisbet reagieren?

„Ich …" Sie schloss die Augen, und eine Träne rollte ihr die Wange hinunter. „Ich denke, dass Sie vermutlich recht haben." Und als sie dann nickte, fiel Hanna ein regelrechter Felsbrocken von der Seele. „Also gut", sagte sie. „Ich werde mich untersuchen lassen – danach sehen wir weiter."

Hanna war in absoluter Hochstimmung, als sie etwa eine halbe Stunde später zu Lennarts Insel zurückkehrten. Ihr Plan war von Erfolg gekrönt gewesen. Lennart hatte es tatsächlich geschafft, Lisbet zur Vernunft zu bringen.

„Danke", stieß sie erleichtert hervor und drehte sich zu Lennart um, der direkt hinter ihr stand. So nah, dass ihr Herzschlag sich beschleunigte.

Er schaute sie an, musterte sie eindringlich mit seinen blauen Augen. „Wofür bedanken Sie sich? Ich habe nichts gemacht, was nicht auch jeder andere getan hätte."

„Das ist nicht wahr", entgegnete Hanna. „Die wenigsten Menschen kümmern sich heute noch um das Wohl ihrer Mitmenschen. Das ist also durchaus etwas Besonderes. Zumindest für mich."

Er lächelte. „Okay, dann … Ich hab es gern gemacht. Die alte Lisbet ist eine sehr nette Dame. Sie hat es verdient, dass jemand sich um sie kümmert. Und daher kann ich das Kompliment nur zurückgeben." Seine Miene wurde ernst. „Sie scheinen mir wirklich eine verflixt gute Ärztin zu sein."

Hanna spürte, wie ihr das Blut ins Gesicht schoss, und richtete hastig den Blick wieder nach vorn. Zum einen, um nicht am Ende auf einen Felsen aufzulaufen – vor allem aber, damit Lennart nicht bemerkte, dass sie errötet war.

Bald hatten sie die Insel erreicht. Maja erwartete sie bereits am Anlegesteg. Sie kam sofort auf Hanna zugelaufen, als diese von Bord stieg. Wie immer wortlos, aber mit einem breiten Lächeln auf den Lippen, umarmte sie Hanna, indem sie ihr die Arme um die Hüften schlang.

Sanft strich Hanna dem Mädchen übers Haar. „Ist ja schon gut", sagte sie. „Ich freue mich auch, dich zu sehen. Aber willst du deinem *Pappa* denn gar nicht Hallo sagen?"

Maja blickte zu ihr auf und schüttelte grinsend den Kopf. Dann nahm sie Hannas Hand und zog sie mit sich Richtung Haus.

„Mein Typ scheint hier ja überhaupt nicht mehr gefragt zu sein", stellte Lennart lachend fest. „Na warte, Kleines, das werde ich mir merken!"

Doch Maja lachte nur leise.

Sie erreichten das Haus, und das kleine Mädchen verschwand, vermutlich um seine Großmutter zu holen. Hanna und Lennart blieben allein zurück.

Obwohl es weiß Gott nicht das erste Mal war, dass sie unter sich waren, fing Hannas Herz doch jedes Mal aufs Neue an, heftiger zu klopfen. Sie verstand selbst nicht, was mit ihr los war. Aber war das überhaupt wichtig? Warum sollte sie die Zeit, die sie miteinander verbrachten, nicht einfach nur genießen? War das etwa verboten?

Hanna lehnte sich an das Geländer der Veranda und ließ den Blick über das Birkenwäldchen schweifen. Sie konnte das tiefe Blau der See durch die schlanken Stämme hindurchfunkeln sehen. Über allem lag ein unwirkliches gründgoldenes Licht, und für einen Moment fühlte sie sich wie in einem Märchen.

„Es ist wirklich wunderschön hier", sagte sie nach einer Weile. „Ich kann verstehen, dass Sie gern die Sommer hier verbracht haben."

Er stellte sich neben sie. „Nicht wahr? Diese Insel ist für mich schon immer ein magischer Ort gewesen. Wenn wir hier waren, konnte ich immer alles um mich herum vergessen. Es gab keine Sorgen und Probleme, keinen Stress, keine Hektik. Nur Ruhe und Frieden."

„Sind Sie deshalb mit Maja hergekommen?", fragte Hanna, einem jähen Impuls folgend. „Weil Sie hofften, dass sie ihre Trauer hier besser verarbeiten könnte?"

Er zögerte kurz, nickte dann aber. „Ja, und die Ärzte haben es uns auch geraten. Maja braucht einfach Zeit, um alles zu verarbeiten, und letztendlich ist das die einzige Möglichkeit, dass sie eines Tages wieder spricht. Und auch wenn das heute noch nicht der Fall ist, so hat sich ihr Zustand, wie ich finde, schon erheblich verbessert. Maja ist sehr viel offener geworden, seit wir hier sind. Vor allem, seit sie Sie kennengelernt hat." Ein trauriges Lächeln umspielte seine Lippen. „Es ist fast wieder ein bisschen wie früher. Mit dem Unterschied halt, dass sie noch immer kein Wort gesprochen hat."

Tröstend legte Hanna eine Hand auf seine. „Lassen Sie ihr Zeit", sagte sie. „Seelische Wunden mögen nicht so offensichtlich sein wie physische – das bedeutet aber nicht, dass sie schneller heilen. Ganz im Gegenteil sogar."

Ein paar Minuten lang stand Hanna einfach nur schweigend da und schaute zu, wie die Sonne langsam unterging, ihre Hand noch immer auf seiner. Es fühlte sich gut an, ihn zu berühren. Zu gut vielleicht sogar. Hanna spürte, wie ihr Atem ein klein wenig schneller ging. Und von der Stelle, wo ihre Hände sich berührten, breitete sich wohlige Wärme in ihrem ganzen Körper aus.

„Wo Maja und ihre Großmutter wohl bleiben?", fragte sie schließlich, als ihr klar wurde, dass schon eine ganze Weile vergangen war, seit das Mädchen im Haus verschwunden war.

Lennart schmunzelte. „Ich nehme an, dass die beiden uns ein wenig Zeit allein lassen wollten."

Überrascht schaute Hanna ihn an. „Sie meinen …?“

„Ulla mag Sie.“ Er zuckte mit den Schultern. „Sie ist der Meinung, dass ich schon zu lange allein bin. Seltsam, oder? Ich meine, es ist gerade mal ein Jahr vergangen, und Lena war immerhin ihre Tochter. Aber ich glaube, Ulla hätte es am liebsten gesehen, wenn ich schon nach einem halben Jahr eine andere Frau kennengelernt hätte. Sowohl für Maja als auch meinetwegen.“

„Jeder geht anders mit Tod und Trauer um“, stellte Hanna fest.

„Das stimmt. Und Ulla scheint vor allem praktisch zu denken. Tja, und wenn sie nun beschlossen hat, im Hintergrund ein paar Fäden zu ziehen, dann findet sie in Maja eine verlässliche Komplizin.“

Einen Moment lang fragte Hanna sich, ob sie schockiert oder gerührt sein sollte. Schließlich lachte sie. „Dann sollten wir den beiden vielleicht den Gefallen tun und bei ihrem kleinen Spielchen mitspielen.“ Mit diesen Worten nahm sie Lennart bei der Hand und führte ihn zu der hübschen Hollywoodschaukel, die am äußersten Rand der Veranda stand. Schwungvoll ließ sie sich darauf fallen. Dabei zog sie den völlig überrumpelten Lennart mit sich. Sie landeten halb übereinander auf der Sitzfläche, und Hanna kicherte vergnügt – bis zu dem Moment, als sie in Lennarts Gesicht blickte.

Er wirkte wie erstarrt.

Hastig rappelte er sich auf, tunlichst darauf bedacht, sie nicht mehr als unbedingt nötig zu berühren. „Es ist wohl besser, wenn Sie jetzt gehen“, stieß er gepresst hervor.

Irritiert schaute Hanna ihn an. „Aber … was ist denn los? Es tut mir leid, wenn ich zu weit gegangen sein sollte. Ich versichere Ihnen, dass ich mir nichts dabei gedacht habe. Ich …“

Seine Miene blieb finster. „Gehen Sie jetzt“, sagte er. „Bitte!“

Hanna verstand gar nichts mehr. Sie wusste nicht, was sie getan hatte, um ihn derartig zu verärgern. Fest stand nur, dass sie es irgendwie fertiggebracht hatte.

Mit zittrigen Knien stand sie auf, strich sich übers Haar und suchte verzweifelt nach den richtigen Worten. Doch ihr wollte einfach nichts Gescheites einfallen.

Schließlich entschied sie, gar nichts zu sagen, sondern straffte einfach nur die Schultern und nickte; dann stieg sie mit steifen Schritten die Verandastufen hinunter und machte sich, ohne sich noch einmal umzublicken, auf den Weg zurück zur *Havshäxä*.

Tränen verschleierten ihr den Blick, doch irgendwie schaffte sie es, sie zurückzuhalten. Es war ein dummer Fehler gewesen, zu glauben, dass sie und Lennart wirklich vernünftig miteinander umgehen konnten. Die Kluft zwischen ihnen war zu groß. Was wussten sie denn auch schon voneinander. Ihre erste Begegnung war alles andere als angenehm verlaufen. Und seitdem ging Lennart davon aus, dass sie mehr über den Tod seiner Frau wusste. Und das stimmte ja auch. Sie wusste, dass der zuständige Chirurg, ihr Lebensgefährte, einen Fehler begangen hatte. Es war nicht sicher, dass dieser Fehler Lena das Leben gekostet hatte oder ob sie möglicherweise auch so gestorben wäre – das konnte jetzt niemand mehr sagen. Aber Fakt war nun einmal, dass sie, Hanna Winterberg, über Dinge Bescheid wusste, die die Klinik verbergen wollte. Und dass sie bei diesem Spiel mitgespielt hatte.

Aber was hätte sie auch anderes tun sollen? Seit einem Jahr stellte sie sich diese Frage nun schon. Immer und immer wieder. Jeden Tag. Jede Nacht. Und immer wieder kam sie zu demselben Schluss.

Nichts.

Sie hätte nichts tun können. Das Krankenhaus hätte alles abgestritten. Sie hätte keine Beweise für ihre Behauptungen gehabt, schließlich ihren Job verloren und wäre wegen Verleumdung verklagt worden. Und selbst wenn sie damit durchgekommen wäre – sie hätte Jan-Fredriks Karriere damit zerstört.

Die Karriere eines fähigen Arztes, der noch vielen Menschen das Leben retten würde.

Aber rechtfertigte das wirklich ihr Vorgehen? Hätte sie es nicht zumindest versuchen müssen?

Sie wusste es nicht – nur, dass Lennart allen Grund hatte, sauer und wütend auf sie zu sein. Weil er ahnte, dass sie nicht ehrlich war. Und vermutlich war es besser, sie führte sich das jetzt vor Augen als später, wenn es richtig wehtun würde.

Denn eines konnte sie inzwischen nicht mehr verleugnen: Sie empfand weit mehr für Lennart als für irgendeinen flüchtigen Bekannten. Dabei konnte sie sich nicht einmal erklären, warum. Sie kannte ihn nicht besonders gut, und zu Anfang waren es vor allem Schuldgefühle gewesen, die sie bei seinem Anblick verspürt hatte.

Zwar konnte sie diese noch immer nicht ganz abschütteln, aber sehr viel stärker als alles andere war das Bedürfnis, ihm nah sein zu wollen. Hanna wünschte sich, dass er all seine Gedanken, all seine Wünsche mit ihr teilte. Und kurz hatte sie sich der Illusion hingegeben, dass es vielleicht tatsächlich funktionieren könnte.

Was für eine dumme Idee …

Sie hatte den Bootssteg gerade erreicht, als sie plötzlich eilige Schritte hinter sich hörte. Ohne sich umzudrehen, wusste sie, dass es Lennart war.

Obwohl ein Teil von ihr am liebsten die Flucht ergreifen

wollte, blieb sie stehen und wandte sich langsam um. „Ich gehe ja schon“, flüsterte sie. „Was wollen Sie denn noch?“

Er trat auf sie zu. Langsam, wie um sie nicht zu verschrecken.

„Es … Ich …“ Mit beiden Händen fuhr er sich durchs Haar. „*Förbannat!*“, fluchte er dann. „Es tut mir leid, Hanna. Ich habe die Beherrschung verloren. Das hätte mir nicht passieren dürfen.“

Sie schüttelte den Kopf. „*Nej*“, sagte sie. „Mir tut es leid. Irgendwie schaffe ich es ja scheinbar immer wieder, Sie vor den Kopf zu stoßen. Auch wenn ich dieses Mal wirklich keine Ahnung habe, in welches Fettnäpfchen ich getreten sein könnte.“ Fragend schaute sie ihn an. „Was ist da vorhin passiert, Lennart? Warum waren Sie so wütend auf mich?“

Er senkte den Blick, zögerte. Es war offensichtlich, dass es ihm nicht leichtfiel, über dieses Thema zu sprechen. Doch schließlich räusperte er sich. „Es war wegen der Hollywoodschaukel“, stieß er hervor. „Sie konnten es nicht wissen, Hanna, aber dort habe ich früher immer mit Lena gesessen und den Sonnenuntergang betrachtet. Es mag albern sein, aber seit dem Tag, an dem sie starb, habe ich dort immer nur allein gesessen. Ich …“ Er schüttelte den Kopf. „Ich konnte einfach nicht damit umgehen, als Sie plötzlich …“

Hanna spürte, wie ihr Herz schneller pochte. Es war, als hätte er ihr einen Blick in seine Seele gestattet, und sie war zugleich gerührt und geschmeichelt, dass er ihr derart vertraute.

„Deshalb waren Sie so entsetzt“, sagte sie leise. „Ob Sie es glauben oder nicht, ich kann Sie gut verstehen. Es muss schwer sein, Tag für Tag aufs Neue mit Ihrem Verlust konfrontiert zu werden und …“ Sie schluckte hart. „Und es tut mir leid, dass ich die Dinge für Sie vermutlich nicht unbedingt leichter mache …“

Er trat noch näher. So nah, dass sie zu ihm aufblicken musste, um ihm in die Augen zu sehen. „Was genau meinen Sie damit?“, fragte er leise.

„Das wissen Sie doch … Oder wollen Sie mir etwa weismachen, dass ich Sie nicht ständig an das erinnere, was mit Ihrer Frau geschehen ist?“

Einen Moment lang schwieg er, und mit jeder Sekunde, die verstrich, wurde Hanna das Herz schwerer. Doch schließlich schüttelte er den Kopf. „So ist es gar nicht“, sagte er. „Es stimmt, dass ich sehr wütend war, als ich Sie wiedergesehen habe. Aber Sie haben meine Tochter gerettet, Hanna. Und Maja ist in den vergangenen Tagen regelrecht aufgeblüht. Sie tun ihr gut. Außerdem …“ Er kam noch einen Schritt auf sie zu, sodass sie einander jetzt fast berührten.

Einen Augenblick lang stockte ihr der Atem. „Ja?“, brachte sie heiser hervor.

„Außerdem fühle ich mich so sehr zu Ihnen hingezogen, dass ich einfach nichts dagegen tun kann.“ Langsam neigte er den Kopf, ohne den Blick von ihr zu lösen. Hannas Herz hämmert so heftig, als wolle es jeden Moment zerspringen. Und dann – endlich! – senkten sich seine Lippen auf ihren Mund.

Hanna hatte das Gefühl, vollkommen die Kontrolle über sich zu verlieren. Ein heiseres Stöhnen entrang sich ihrer Kehle, und sie schlang die Arme um Lennarts Nacken, weil ihre Beine sie nicht länger tragen wollten.

Es war ein herrliches Gefühl. Sanft strich seine Zunge über ihre Lippen, und tief in ihrem Inneren schien sich ein pulsierender Ball aus purem Feuer zu bilden, dessen Hitze durch ihren ganzen Körper strömte.

Sie konnte nicht mehr atmen, ihr Puls raste, und sie war nicht in der Lage, auch nur einen klaren Gedanken zu fassen.

Lennart umfasste ihr Gesicht, seine Daumen streichelten sanft über ihre Wangen. Er war so zärtlich und zugleich so leidenschaftlich, dass Hanna die Welt um sich herum vergaß.

Nichts zählte mehr außer Lennart und den unglaublichen Gefühlen, die er in ihr auslöste. Sie schmiegte sich noch enger an ihn, und als sich seine Lippen von ihren lösten und er stattdessen ihre Kehle und ihren Hals liebkoste, hatte sie das Gefühl, vor Lust vergehen zu müssen.

Sie spürte seinen heißen Atem auf ihrer Haut, während seine Lippen langsam immer höher wanderten. Dann hörte sie seine Stimme unmittelbar an ihrem Ohr.

„Vielleicht könnte ich vergessen", flüsterte er. „Wenn ich nur wüsste, was damals wirklich mit Lena geschehen ist …"

Hanna war, als hätte jemand einen Eimer Eiswasser über ihr ausgeleert. Keuchend taumelte sie zurück und starrte ihn fassungslos an.

„Was?", stieß sie entsetzt hervor. „Haben … haben Sie mich deshalb geküsst? Um Informationen aus mir rauszukitzeln?"

Ruhig begegnete er ihrem Blick. „Ich habe Ihnen lediglich erklärt, wie ich empfinde."

Sie nickte. „Ja. Ja, das haben Sie allerdings. Und ich danke Ihnen dafür, dass Sie mir gerade noch rechtzeitig die Augen geöffnet haben." Abrupt wirbelte sie herum und lief das letzte Stück bis zur *Havshäxä*. Was war bloß in sie gefahren, sich auf Lennart Eckström einzulassen? Sie musste vollkommen den Verstand verloren haben! Dummerweise milderte diese Erkenntnis nicht den Schmerz, den sie tief in ihrem Inneren verspürte.

Tieftraurig machte sie sich auf den Rückweg nach Vaxholm, der ihr an diesem Abend schier endlos erschien.

9. KAPITEL

Ihren Vater traf Hanna etwas später in der heimischen Küche an. Wie so oft saß er am Tisch, hatte das verletzte Bein hochgelegt und hielt den Kopf gesenkt. Fast sah es aus, als ob er schliefe, nur seine geöffneten Augen verrieten, dass er wach war.

Jedes Mal, wenn Hanna ihn so sah, geriet sie ins Grübeln. Seit ihrer Ankunft auf Vaxholm hatte sie das Gefühl, dass er nicht mehr derselbe war. Kaum noch etwas erinnerte an den früher so energiegeladenen Schärenarzt, der genau wusste, was er wollte, und der für seine Arbeit alles getan hätte. Ganz egal, was früher geschehen war, immer hatte er einen Weg gefunden, sich trotz allem um seine Patienten zu kümmern.

Er hatte so sehr für seine Arbeit gelebt, dass Hanna nicht selten eifersüchtig gewesen war und geglaubt hatte, seine Patienten interessierten ihn mehr als seine Familie.

Doch wie hatte er sich jetzt verändert! Es schien fast so, als hätte er überhaupt keine Energie mehr, um sich um seine Arbeit zu kümmern. Dass er Hanna nicht einmal bei ihren täglichen Patientenbesuchen begleiten wollte, konnte doch nicht nur an seinem verletzten Bein und daran liegen, dass er sich matt fühlte. Da steckte mehr dahinter. Doch was konnte das sein? Es irritierte Hanna, dass er ihr die ganze Verantwortung übergeben hatte – da er doch praktisch mit keiner ihrer bisherigen Entscheidungen im Leben einverstanden gewesen war.

Er blickte auf, als sie sich ihm gegenüber an den Tisch setzte. „Lisbet will sich im Krankenhaus untersuchen und dann sicher auch behandeln lassen“, verkündete sie die frohe Botschaft. „Und das so schnell wie möglich.“

Einen Augenblick schien es Dr. Winterberg die Sprache verschlagen zu haben. Er sah seine Tochter an, und in seinem Blick lag ein Ausdruck grenzenloser Erleichterung. Sogar ein kleines Lächeln umspielte seine Lippen – eine wahre Seltenheit bei ihm, zumindest in der letzten Zeit. „Ist das wahr?", fragte er leicht ungläubig nach. „Du hast es wirklich geschafft, sie umzustimmen?"

„Na ja, nicht ich allein. Ich habe dir doch erzählt, dass mich Lennart Eckström unterstützt hat. Und letztendlich war er es auch, der Lisbet überzeugt hat, nicht ich. Es ist wirklich so, dass er sie an ihren verstorbenen Sohn erinnert und dass sie sich wegen des tragischen Verlusts von damals nicht behandeln lassen wollte." Sie seufzte. „Aber jetzt scheint alles gut zu werden. Zumindest wird sie sich untersuchen lassen, und dann sehen wir weiter. Aber wie gesagt, es ist nicht mein Verdienst."

„Doch, das ist es", widersprach Dr. Winterberg seiner Tochter entschieden. „Es mag sein, dass dieser Lennart dir geholfen hat, wofür ihm auch Anerkennung und Dank gebührt. Aber du hast von Anfang an Einfühlungsvermögen und den richtigen Instinkt bewiesen, während ich …" Er schüttelte den Kopf. „Ich war zu verbohrt. Ich habe Lisbet nicht wirklich verstanden, war ungeduldig und manchmal auch zu grob zu ihr. Habe ihr Vorwürfe gemacht, weil sie sich einfach nicht behandeln lassen wollte und …" Er winkte ab. „Genug davon. Ich … ich würde jetzt gern noch etwas allein sein. Und du solltest schlafen gehen. Immerhin hast du einen anstrengenden Tag hinter dir."

Hanna nickte. Sie merkte deutlich, dass ihr Vater, was Lisbet betraf, erleichtert war. Gleichzeitig war es aber auch offensichtlich, dass ihn noch etwas beschäftigte. Nur zu gern hätte sie mit ihm darüber gesprochen. Ein aufrichtiges Vater-Tochter-Gespräch geführt. Etwas, das sie noch nie getan hatten. Doch sie spürte, dass jetzt nicht der richtige Zeitpunkt war. Und wenn sie eines wusste, dann, dass es nichts brachte, auf ihren Vater einzureden oder ihn zu irgendetwas zu drängen.

Zudem konnte sie nicht leugnen, dass sie selbst in diesem Moment vermutlich auch keine gute Gesprächspartnerin gewesen wäre. Das Problem war, dass ihr zu viele andere Dinge im Kopf herumgingen. Dinge, die sich einzig und allein um eine ganz bestimmte Person drehten.

Lennart.

Auch als sie etwas später in ihrem Bett lag, kreisten ihre Gedanken einzig und allein um ihn. Oder besser gesagt um das, was zwischen ihnen vorgefallen war.

Sie konnte einfach nicht glauben, dass sie sich tatsächlich dazu hatte hinreißen lassen, ihn zu küssen. Allerdings musste sie sich eingestehen, dass sie nichts in der vergangenen Zeit so sehr genossen hatte wie diesen Kuss.

Wie war ihr Leben in Göteborg denn gewesen? Schon vor dem Zwischenfall vor einem Jahr war alles wie ein immer gleiches Uhrwerk abgelaufen: aufstehen, ein schnelles Frühstück, auf zur Arbeit, Überstunden, nach Hause, etwas essen und dann ab ins Bett. Unterhaltungen mit Jan-Fredrik oder gar Unternehmungen mit ihm hatten praktisch nie stattgefunden.

Nach dem Vorfall war alles noch viel schlimmer geworden. Was sicher auch an ihr selbst lag. An ihr und ihren Vorwürfen, die sie Jan-Fredrik gemacht hatte. Weil er nicht auf ihrer Seite stand. Das Problem war bloß, dass sie nie versucht hatte, wirklich mit ihm darüber zu sprechen.

Dadurch hatten sie sich immer weiter voneinander entfernt. Aus ihrer Beziehung war ein Nebeneinander statt ein

Miteinander geworden, ohne Zärtlichkeiten, ohne Sex, ohne Liebe …

Nicht zum ersten Mal seit ihrer Ankunft fragte Hanna sich, wie sie das Ganze überhaupt schon ein Jahr lang ausgehalten hatte. Warum hatte sie sich das angetan? Weshalb hatte sie keinen Schlussstrich gezogen?

Weil du es nicht kannst. Aus irgendeinem Grund hängst du immer noch an Jan-Fredrik und willst ihn nicht verlieren.

Aber warum hatte sie sich dann von Lennart küssen lassen?

Sofort glaubte sie wieder, seine Lippen auf ihrem Mund zu spüren. Der Kuss war wunderschön gewesen. Die sanften Berührungen, sein Atem auf ihrer Haut, seine Wärme … Einen Moment lang war sie wie verzaubert gewesen.

Doch dann hatte die Realität sie mit einem Schlag eingeholt.

Sie wusste, im Grunde konnte sie froh darüber sein, dass Lennart gerade noch im rechten Augenblick sein wahres Gesicht gezeigt hatte. Ihr war jetzt natürlich klar, dass er sich nur aus einem einzigen Grund mit ihr abgegeben hatte: weil er sich Informationen über den Tod seiner Frau von ihr erhoffte.

Informationen aus erster Hand.

Hanna schloss die Augen und atmete tief durch, als eine Welle der Enttäuschung über sie hinwegrollte. Im Grunde hatte sie von Anfang an geahnt, dass er irgendetwas im Schilde führte. Wann hatte sie aufgehört, auf ihre warnende innere Stimme zu hören?

Vermutlich in dem Moment, in dem du dich Hals über Kopf in ihn verliebt hast …

Unsinn! Hanna konnte nur den Kopf über sich selbst schütteln. Sie kannte Lennart noch gar nicht lange genug, um verliebt in ihn zu sein. Ihrer Erfahrung nach war Liebe etwas, das sich erst nach längerem Zusammensein einstellte. Und manchmal eben auch gar nicht. Auf jeden Fall nicht schon nach ein paar wenigen Tagen.

Dass sie irgendetwas für ihn empfand, ja, das traf wohl zu. Aber dabei konnte es sich nur um etwas Flüchtiges, etwas Unbedeutendes handeln. Aber wenn dem so war, weshalb schmerzte es dann so sehr, der Realität ins Gesicht zu blicken?

Seufzend zog sie sich das Kissen über den Kopf. Warum konnte sie nicht endlich damit aufhören zu grübeln? Es war nur ein Kuss gewesen. Nichts Weltbewegendes. Nichts, weswegen man sich solche Gedanken machen musste.

Und doch tat sie es.

Sei vernünftig. Er hat dich nur benutzt, das muss dir doch klar sein! Ein Mann wie er hat es nicht verdient, dass du ihm auch nur eine einzige Träne nachweinst!

Aber warum fühlte sie sich dann so schrecklich? Weshalb war sie so furchtbar enttäuscht von ihm?

Plötzlich musste sie an Jan-Fredrik denken, und ein unterdrücktes Stöhnen entrang sich ihrer Kehle. Seit ihrer Ankunft auf Vaxholm hatte sie kaum einen Gedanken an ihn verschwendet. Angesichts der Tatsache, dass er der Mann war, den sie hatte heiraten wollen, erschien ihr das sehr verwunderlich. Sicher, es mochte in letzter Zeit nicht immer glatt zwischen ihnen gelaufen sein. Aber dass sie ihn anscheinend überhaupt nicht vermisste, irritierte sie. Vor allem da ihr Lennart praktisch ständig im Kopf herumspukte.

Sollte es nicht eigentlich genau umgekehrt sein? Was stimmte bloß nicht mit ihr?

Wenn sie ganz ehrlich zu sich selbst sein wollte, dann hatte sie bereits ein paar Mal kurz davor gestanden, Lennart die ganze Wahrheit zu sagen. Es war ein Fehler gewesen, Jan-Fredrik aus Angst vor den Konsequenzen zu decken. Vermutlich hatten sich die Dinge zwischen ihnen auch deshalb so entwickelt, wie sie nun waren.

Sie konnte keinen Respekt mehr für Jan-Fredrik empfinden. Weder für ihn noch für sich selbst. Sie hatten den einfachen Weg gewählt, und nun mussten sie dafür bezahlen.

Wie teuer, das war Hanna vielleicht erst jetzt wirklich klar geworden.

Mit einem aufsteigenden Dreiklang verkündete ihr Handy, das neben ihr auf dem Nachttisch lag, den Eingang einer Textnachricht. Ihr war eigentlich nicht danach, trotzdem nahm sie es zur Hand.

Die Nachricht stammte von Jan-Fredrik.

Wenn man vom Teufel spricht …

Ihr Herz fing an zu hämmern. Es mochte albern sein, aber sie fühlte sich wie ertappt. So als hätte sie etwas Verbotenes getan.

Was auch durchaus zutrifft. Immerhin hast du einen anderen Mann geküsst!

Es stimmte, und sie durfte es nicht beschönigen: Sie hatte etwas Verbotenes getan. So tickte sie nun einmal: Hätte sie Jan-Fredrik dabei ertappt, wie er eine andere Frau küsste, oder hätte er ihr dergleichen gebeichtet, wäre es sofort aus und vorbei für sie gewesen. Sie konnte viel ertragen – dass er sie häufig wie Luft behandelte, sie nicht ernst nahm, ihr keinerlei Wünsche von den Augen ablas oder schon lange nicht mehr zärtlich zu ihr war. All diese Demütigungen hatte sie ertragen – und noch mehr: Die Tatsache, dass er ein Jahr zuvor nicht bereit gewesen war, ehrlich zu sein, und sich stattdessen hinter die Klinikleitung gestellt hatte, wog wahrscheinlich am schwersten. Dennoch hielt sie noch immer zu ihm.

Hätte er aber etwas mit einer anderen, wäre nichts mehr zu retten. Hanna wusste, dass es Frauen gab, für die ein bisschen flirten oder vielleicht auch ein Kuss nicht das Ende der Welt bedeuteten. Doch für sie, Hanna, fing Fremdgehen bereits beim Austausch von Zärtlichkeiten an.

Und genau deshalb wog der Kuss mit Lennart viel schwerer, als sie es sich momentan eingestehen wollte. Denn er bedeutete, dass sie etwas getan hatte, was sie Jan-Fredrik niemals würde verzeihen können.

Die Erkenntnis traf sie wie ein Schlag ins Gesicht. Wenn man ihre Ansichten zugrunde legte, hatte sie Jan-Fredrik betrogen. Mit dem Mann, dessen Frau ihm vor einem Jahr unter den Händen weggestorben war.

Oh mein Gott, was hast du getan?

Sie schloss die Augen und versuchte krampfhaft, an etwas anderes zu denken; dann atmete sie tief durch und öffnete die Nachricht.

Habe schon eine ganze Weile nichts von dir gehört. Hast du vor, irgendwann wieder nach Göteborg zurückzukehren? Ich wüsste gern, woran ich bin. Jan-Fredrik.

Hanna seufzte, während sie spürte, wie erneut Ärger in ihr hochstieg. Das war wieder typisch Jan-Fredrik! Von Anfang an war klar gewesen, dass sie herkam, um ihrem Vater zu helfen. Und dass sie einige Wochen hierbleiben würde, daraus hatte sie auch nie einen Hehl gemacht. Und jetzt? *Er tut ja gerade so, als sei ich dabei, mich zwischen ihm und Vaxholm zu entscheiden.*

Und? Ist das denn so abwegig? Oder deutet er die Anzeichen nicht eher genau richtig? Du bist schließlich nicht nur wegen deines Vaters hier, vergiss das nicht.

Sie konnte es nicht leugnen: Ihr Vater war nicht der einzige Grund, warum sie hier war. Zwar hatte sie nie vorgehabt, für immer in Vaxholm zu bleiben, aber durchaus ein wenig Freiraum gebraucht, um sich über einiges klar zu werden.

Auch über Jan-Fredriks und ihre Beziehung. Und über ihre Zukunft.

Wahrscheinlich war es ein großer Fehler gewesen, die Sache mit sich selbst ausmachen zu wollen und Jan-Fredrik über ihre wahren Pläne im Unklaren zu lassen. Was hatte sie denn vorgehabt? Ihn vor vollendete Tatsachen zu stellen, wenn sie wieder zurückkam? Auch nicht gerade die feine englische Art, dachte sie bitter.

Was blieb, war die Frage, was sie nun tun sollte. Jan-Fredrik zurückrufen und ihm sagen, was in ihr vorging? Ihn zumindest wissen lassen, dass sie wegen der Sache vor einem Jahr nicht mehr wirklich wusste, wohin sie gehörte? Wo ihr Platz im Leben war?

Das wäre wohl das Beste. Und deshalb beschloss sie, genau das zu tun.

Mit zittrigen Fingern rief sie Jan-Fredriks Nummer aus dem Speicher ihres Handys auf und drückte die Wahltaste …

Zwei Tage später fühlte Hanna sich kein bisschen besser.

Als sie zwei Tage zuvor Jan-Fredrik angerufen hatte, war der wieder einmal nicht zu Hause gewesen. Auch auf seinem Handy hatte sie es versucht, aber auch dort war nur die Mailbox angesprungen. Und so hatte sie ihm einfach eine Nachricht hinterlassen und ihm gesagt, dass ihr Vater weiterhin ihre Hilfe benötigte und sie deshalb noch in Vaxholm bleiben musste. Ansonsten sei alles in Ordnung.

Nun, Ersteres stimmte: Ihr Vater brauchte sie noch. Letzteres hingegen war eine glatte Lüge. Nichts war in Ordnung, rein gar nichts, und inzwischen begann Hanna sich dafür zu hassen, dass sie Jan-Fredrik nicht von Anfang an die Wahrheit gesagt hatte. War sie denn wirklich so feige?

Sie hatte beschlossen, ihn in den nächsten Tagen erneut anzurufen und zu versuchen, vernünftig und in aller Ruhe mit ihm zu sprechen.

Doch Jan-Fredrik, ihre Beziehung und der Vorfall im Krankenhaus waren nicht die einzigen Probleme, die ihr zu schaffen machten. Denn immer, wenn sie an Jan-Fredrik denken musste, kam ihr neuerdings auch ein anderer Mann in den Sinn.

Lennart.

Irgendwie hatte Hanna es geschafft, ihn und den Kuss, so gut es ging, aus ihrem Kopf zu verbannen. Und das war auch dringend notwendig. Immerhin verließen ihre Patienten sich auf sie. Und dieses Vertrauen wollte sie auf keinen Fall enttäuschen.

Bei ihrem letzten Besuch am Tag zuvor war sogar Petter Jöndal endlich ein wenig aufgetaut. Wie es aussah, hatte auch er, ähnlich wie Lisbet, mit den Dämonen der Vergangenheit zu kämpfen. Mit dem Unterschied, dass in seinem Fall vor allem Scham und Schuldgefühle eine Rolle spielten.

Er fühlte sich verantwortlich dafür, dass sich seine Familie in einer solchen Misere befand. Soweit sie von ihrem Vater erfahren hatte, waren die Jöndals einst recht wohlhabend gewesen. Und genau mit diesem sozialen Abstieg schien Petter nicht zurechtzukommen.

Offenbar war er der Ansicht, dass seine Frau und sein Sohn ohne ihn besser dran wären. Und er versuchte auf seine ganz eigene Art und Weise, sie zu ihrem Glück zu zwingen. Dass er seine kleine Familie damit nur umso mehr verletzte, schien er nicht zu sehen. Und er war auch nicht bereit gewesen, Hanna zuzuhören, als sie versuchte, ihm die Wahrheit vor Augen zu führen.

Schließlich hatte sie die Sache auf sich beruhen lassen. Wenn sie eines gelernt hatte, dann, dass es keinen Sinn machte, Petter zu drängen. Darauf reagierte er nur wütend. Und wenn er zornig war, konnte man überhaupt nicht mehr vernünftig mit ihm reden.

Hanna blieb nichts anderes übrig, als die Angelegenheit zu vertagen. Aber sie war zuversichtlich, dass sie irgendwann einen Weg finden würde, an Petter heranzukommen. Bei Lisbet war es ja letztendlich auch gelungen – wenn auch nicht ohne Lennarts Unterstützung.

Sie schüttelte den Kopf. An Lennart zu denken war das Letzte, was sie im Augenblick gebrauchen konnte. Sie musste versuchen, ihn zu vergessen. Es gab genügend andere – wichtigere – Dinge, um die sie sich zu kümmern hatte.

Wie zum Beispiel Lisbet.

Hanna war froh, kurzfristig einen Termin im Krankenhaus für Lisbet bekommen zu haben. Die Angelegenheit duldete einfach keinen Aufschub. Schon heute würde sie Lisbet abholen und ins Krankenhaus begleiten. Zunächst hatte Lisbet protestiert und dann gesagt, sie schaffe es schon allein, doch schließlich war es Hanna gelungen, sie wieder zur Vernunft zu bringen. Sie konnte verstehen, dass Lisbet Angst vor der Untersuchung hatte und auch davor, zunächst einmal einige Tage in einer für sie völlig fremden Umgebung verbringen zu müssen, doch diese Angst musste ihr einfach genommen werden, und dies betrachtete Hanna nun als ihre Aufgabe.

Sie befand sich bereits auf dem Weg zu der Insel, auf der die ältere Dame seit Jahr und Tag lebte, um sie abzuholen. Hanna hoffte inständig, dass Lisbet es sich nicht in der Zwischenzeit wieder anders überlegt hatte. Die Untersuchung im Krankenhaus war so wichtig. Sie konnte den Unterschied zwischen einem baldigen Tod und einigen weiteren schönen Jahren für Lisbet bedeuten.

Das Herz klopfte ihr bis zum Hals, als sie die *Havshäxä* ein paar Minuten später am Anlegesteg festmachte. Sie wusste selbst nicht, warum sie so nervös war. Am Vortag hatte Lisbet am Ende ihres Telefonats sehr einsichtig geklungen. Es gab also keinen Grund, sich Sorgen zu machen – oder doch?

Aus ihrem Krankenhausalltag wusste Hanna nur zu gut, dass manche Patienten es sich immer wieder anders überlegten. Sie verstanden zwar im ersten Moment, wenn man sich mit ihnen unterhielt, was man ihnen sagen wollte und was gut und richtig für sie war, doch sobald sie wieder allein waren, kehrten die Zweifel zurück. Die Zweifel und auch die Angst. Und schon geriet die ursprüngliche Entscheidung wieder ins Wanken.

Doch bei Lisbet kam noch etwas anderes hinzu, und daran musste Hanna jetzt denken. Genauer gesagt *jemand* anderes.

Jemand, der heute fehlte.

Lennart.

Nur ihm war es zu verdanken, dass Lisbet sich hatte überzeugen lassen, ins Krankenhaus zu gehen. Und wahrscheinlich wäre es am besten gewesen, wenn er jetzt, da Hanna die Patientin zum Krankenhaus begleitete, auch dabei wäre.

Sie hatte sogar mit dem Gedanken gespielt, Lennart anzurufen und ihn genau darum zu bitten. Doch sie hatte es einfach nicht über sich gebracht. Sie seufzte tief. Nicht nachdem er sich so verhalten hatte.

Aber was hast du denn erwartet? meldete sich sogleich ihre innere Stimme. Lennart geht nun mal vollkommen zu

Recht davon aus, dass du mehr über die Hintergründe vom Tod seiner Frau weißt, als du zugeben willst. Ist es da nicht ganz natürlich, dass er versucht, dich zum Reden zu bringen?

Ja, das war es wohl. Und je mehr Zeit verging, desto klarer wurde ihr, dass sie so, wie sie es im Moment tat, nicht weitermachen konnte. Der Wunsch, Lennart zu sagen, was sie wusste, schlummerte schon eine ganze Zeit in ihr. Und er wurde von Tag zu Tag stärker. Doch gleichzeitig war ihr klar, dass sie nicht dazu in der Lage war. Sie konnte dem Mann, mit dem sie zusammenlebte, einfach kein Messer in den Rücken rammen. Auch wenn zwischen Jan-Fredrik und ihr nicht mehr alles so war wie früher – sie fühlte sich ihm noch immer verbunden. Und ja, einen Klinikskandal heraufzubeschwören, war im Grunde das Letzte, was sie wollte.

Wie sie es auch drehte und wendete, sie saß zwischen zwei Stühlen. Die Frage war nur, wie sie sich in Zukunft verhalten sollte.

Sie erreichte Lisbets Insel und bemerkte zu ihrer Überraschung, dass noch ein weiteres Boot auf der gegenüberliegenden Seite des Stegs festgemacht war.

Sie runzelte die Stirn. Hatte Lisbet Besuch?

Und tatsächlich, als sie etwas später die Stufen zu Lisbets Veranda hinaufstieg, vernahm sie eine eindeutig männliche Stimme.

Eine männliche Stimme, die sie gut kannte.

Lennart …

Ihr Herz setzte einen Schlag aus, nur um anschließend umso heftiger gegen ihre Rippen zu hämmern. Vermutlich sollte sie froh darüber sein, dass er sich nicht einfach so aus der Affäre gezogen hatte und offenbar hier war, um Lisbet zu unterstützen. Doch irgendwie wollte ihr das nicht so recht gelingen.

Der Gedanke, ihm noch einmal gegenüberzutreten, schnürte ihr schier die Kehle zu. Sie schloss die Augen und riss sie sofort wieder auf, als sie sein Gesicht vor sich zu sehen glaubte. Ihre Lippen kribbelten, so als hätte er sie gerade eben erst geküsst.

Reiß dich zusammen, Hanna! Du bist eine erwachsene Frau und wirst ja wohl mit einem harmlosen Kuss zurechtkommen! Immerhin habt ihr nicht miteinander geschlafen!

Sie biss sich auf die Unterlippe, um den Laut zu unterdrücken, der sich bei letzterem Gedanken ihrer Kehle entrang. Der Kuss war nun weiß Gott schlimm genug. Ein Segen, dass die Dinge nicht noch weiter außer Kontrolle geraten waren.

Und doch konnte sie nicht anders, als einen winzigen Hauch von Bedauern zu empfinden.

Du bist ja verrückt!

Sie straffte die Schultern, klopfte an und trat, ohne eine Antwort abzuwarten, ein. Lisbet begrüßte sie mit einem strahlenden Lächeln. Und auch Lennart, der am Esstisch saß, eine dampfende Tasse Kaffee vor sich, wirkte vollkommen entspannt und gelassen.

So als hätte er nicht versucht, ihr auf perfide Art und Weise Informationen zu entlocken. Als hätte es diesen Kuss niemals gegeben.

Warum nur konnte sie ihn nicht einfach vergessen? Was stimmte nicht mit ihr, dass sie sich von einer solch unbedeutenden Kleinigkeit so aus der Fassung bringen ließ?

Sie zwang sich zu einem Lächeln und trat auf Lisbet zu, die sich gerade aus ihrem Ohrensessel erhob. „Ich weiß, ich habe es schon mehrmals gesagt, aber ich bin froh, dass Sie sich entschieden haben, sich helfen zu lassen“, sagte sie und umarmte die ältere Dame. Als sie sich wieder von ihr löste, bedachte sie Lennart mit einem knappen Nicken.

„Als ich Lisbet heute Morgen anrief, hat sie mir gesagt, dass heute ihr großer Tag ist", erklärte Lennart, ohne dass sie ihn danach gefragt hätte. „Da wollte ich es mir natürlich nicht nehmen lassen, für sie da zu sein."

Obwohl Hanna es nicht wollte, musste sie doch zugeben, dass sie überrascht und auch ein wenig beeindruckt war. Lennart schien sich wirklich für das Schicksal der alten Dame zu interessieren. Doch das änderte nichts an der Tatsache, wie die Dinge zwischen ihnen lagen. „Können wir dann los?"

„Meine Tasche habe ich schon gepackt", erklärte Lisbet. „Sie steht drüben im Schlafzimmer. Wären Sie wohl so freundlich, sie zu holen, Lennart?"

Er nickte. „Aber natürlich."

Als Lisbet und Hanna allein waren, seufzte die alte Dame. „Ist er nicht ein wirklicher Schatz?", schwärmte sie. „Ich hatte nicht erwartet, dass er nach unserem Gespräch vorgestern noch einmal herkommen würde. Als er heute früh anrief und dann eben vor der Tür stand, war ich richtig perplex. Aber er meinte, dass er mich nicht einfach so allein ins Krankenhaus fahren lassen würde, wo er mich doch schließlich dazu überredet hat, die Untersuchung machen zu lassen."

Hanna verspürte keine große Lust, sich über Lennart zu unterhalten. Andererseits sollte Lisbet von den Spannungen zwischen ihm und ihr nicht unbedingt etwas mitbekommen. „Ja", entgegnete sie ausweichend. „Das ist wirklich sehr fürsorglich von ihm …"

Zum Glück kam Lennart mit Lisbets Reisetasche zurück, ehe die ältere Dame etwas erwidern konnte.

„Wollen wir dann?" Sie hakte sich bei Lisbet unter und führte sie, ohne eine Antwort abzuwarten, zur Tür.

Als sie ins Freie traten, hatte Hanna endlich das Gefühl, wieder etwas freier atmen zu können. Und solange Lennart hinter ihr ging, brauchte sie ihn zumindest nicht anzusehen.

Dafür spürte sie, wie seine Blicke sich in ihren Rücken bohrten.

„Ich würde vorschlagen, dass wir Ihr Boot nehmen, Hanna“, sagte Lennart.

Es gefiel ihr nicht, dass er offenbar vorhatte, sein Boot hier zu lassen. Das bedeutete, dass sie ihn später, nachdem sie Lisbet im Krankenhaus abgesetzt hatten, wieder hierher würde zurückbringen müssen.

Doch ihr fiel kein vernünftiger Grund ein, seinen Vorschlag abzulehnen. Es wäre tatsächlich albern, mit zwei Booten nach Stockholm und wieder zurück zu fahren. Also biss sie die Zähne zusammen und fügte sich schweigend in ihr Schicksal.

Sie machte die Leinen los, während Lennart zuerst die Tasche an Bord brachte und dann Lisbet beim Einsteigen half. Hanna war froh darüber, dass die alte Dame ihn so in Beschlag nahm. Auf diese Weise musste sie sich wenigstens nicht selbst mit ihm befassen.

Dennoch hatte sie während der ganzen Fahrt das Gefühl, dass er sie beobachtete. Sie spürte es als ein Kribbeln im Nacken, fast wie eine körperliche Berührung. Und es fiel ihr alles andere als leicht, es zu ignorieren.

Hanna war beinahe erleichtert, als sie schließlich Stockholm erreichten. Sie ließen die *Havshäxä* an einem öffentlichen Anleger zurück und fuhren den Rest der Strecke bis zum Krankenhaus mit dem Taxi.

Nachdem in der Klinik schließlich alle Formalitäten erledigt waren, atmete Hanna erleichtert auf. Nun mussten sie

Lisbet nur noch auf ihr Zimmer bringen, dann würde die Verantwortung für alles Weitere an die Ärzte hier im Krankenhaus übergehen.

Nicht, dass sie sich nicht weiterhin um die alte Dame kümmern wollte. Das würde sie sehr wohl. Aber in ihrer aktuellen Funktion als Schärenärztin hatte sie alles in ihrer Macht Stehende getan.

„Es ist ja richtig hübsch hier", sagte Lisbet, als sie den Raum betraten, in dem sie für die nächsten Tage unterkommen würde. Die Wände waren in einem freundlichen Rosé gestrichen. Kunstdrucke, die Szenen aus der Region zeigten, schufen eine heimelige Atmosphäre. Die alte Dame lächelte leicht beschämt. „Irgendwie habe ich mir ein Krankenhauszimmer viel nüchterner und steriler vorgestellt. Aber ich glaube, dass ich mich hier eine Weile lang durchaus wohlfühlen könnte."

„Da bin ich auch ganz sicher", sagte Hanna und zwinkerte ihr zu.

Lennart nickte ebenfalls. Lächelnd schaute er anschließend in Hannas Richtung, und ihr stockte für einen Moment der Atem – bis sie sich wieder daran erinnerte, was am Abend zwei Tage zuvor zwischen ihnen vorgefallen war, und sie abrupt den Blick senkte.

Hör endlich damit auf, dich immerzu von ihm verunsichern zu lassen! Er ist nur ein Mann. Niemand, der für dich irgendeine Rolle spielen sollte.

Doch sosehr sie es sich auch wünschte, sie konnte es nicht so sehen. Das merkte sie immer wieder, wenn sie ihn anschaute. Wenn ihre Blicke sich begegneten.

Durch irgendeinen Zauber war es ihm gelungen, Macht über sie zu erlangen. Und Hanna hatte keine Ahnung, wie sie damit umgehen sollte.

Am besten wohl, indem du ihm zukünftig aus dem Weg gehst. Jetzt, wo Lisbet im Krankenhaus ist, gibt es keinen Grund mehr für dich, ihn wiederzusehen.

Keinen außer Maja.

Das kleine Mädchen konnte nichts dafür, dass sie und sein Vater nicht miteinander zurechtkamen. Und Hanna hatte das Gefühl, dass sie wirklich etwas für Maja tun konnte. Und ja, sie fühlte sich verpflichtet, ihr zu helfen. Immerhin war es Jan-Fredriks Fehler gewesen, der sie zur Halbwaise gemacht hatte.

Und sie, Hanna, hatte ihn gedeckt.

Sie schloss die Augen, als die Schuldgefühle sie übermannten. Und nicht zum ersten Mal fragte sie sich, wie lange sie noch so weitermachen konnte. Gleichzeitig war ihr klar, dass ihr im Grunde kaum eine andere Möglichkeit blieb. Sie war das kleinste Rädchen im Getriebe, konnte nichts ausrichten, zumal ihr Beweise fehlten. Und niemals würde es ihr gelingen, Jan-Fredrik dazu zu bringen, die Wahrheit zu sagen. Ihn davon zu überzeugen, dass es das Beste war, ehrlich zu sein.

Und warum lebst du dann an seiner Seite? Wie kannst du noch mit diesem Mann zusammen sein?

Sie spürte, wie ihr die Tränen in die Augen stiegen, und blinzelte sie hastig fort. Jetzt war nicht der richtige Zeitpunkt für so etwas. Sie wusste, dass es selbst für sie wie eine Ausrede klang und dass sie schon seit einem Jahr eine ernsthafte Auseinandersetzung mit sich selbst immer wieder vor sich herschob, aber jetzt war sie hier im Krankenhaus bei Lisbet.

„Brauchen Sie noch etwas, Lisbet?“, fragte sie und zwang sich zu lächeln. Sie wollte auf keinen Fall, dass die alte Dame ihr ansah, wie unbehaglich sie sich in Lennarts Gegenwart fühlte. „Kann ich Ihnen noch etwas besorgen, bevor wir uns wieder auf den Weg machen?“

Dankbar schüttelte Lisbet den Kopf. „Sie beide haben schon genug für mich getan." Kurz zögerte sie. „Wenn Sie mich vielleicht ab und an besuchen könnten ... Ich habe ja sonst niemanden, den ich fragen könnte."

„Natürlich", entgegnete Hanna strahlend. „Und meinem Vater werde ich auch Bescheid sagen. Er hat sich übrigens ebenfalls große Sorgen um Sie gemacht."

Die alte Dame hob eine Braue. „Hat er das?" Sie lächelte versonnen. „Ja, ich glaube, das hat er wirklich. Ihr Vater ist ein guter Mann und ein hervorragender Arzt. Ich glaube, er hat es in letzter Zeit nicht allzu leicht."

Hanna horchte auf. „Was meinen Sie damit?"

„Die letzten Male, als er bei mir war, wirkte er irgendwie bedrückt. Ich glaube, das Alter macht ihm zu schaffen, Kindchen. Weniger, weil er sich vor dem Tod fürchtet, wenn Sie mich fragen. Er hat Angst davor, nicht mehr gebraucht zu werden. Überflüssig zu sein."

Überrascht schaute Hanna die ältere Dame an. Es wunderte sie, wie gut Lisbet den Schärenarzt mit nur wenigen Sätzen charakterisiert hatte.

Für sie selbst war das Verhalten ihres Vaters noch immer mehr oder minder ein Rätsel. Sicher, Malin hatte auch schon mehrfach etwas Ähnliches angedeutet wie Lisbet. Aber so wirklich schlau war Hanna daraus nicht geworden.

Sie setzte sich auf den Stuhl, der neben Lisbets Bett stand. „Können Sie mir vielleicht einen Rat geben?", fragte sie. „Ich glaube nämlich, dass Sie ganz recht haben mit dem, was Sie sagen. Es ist nur so, dass mein Vater mit mir nicht über dieses Thema sprechen will. Er redet überhaupt nicht sehr viel über seine Gefühle."

Lisbet lachte auf. „Er ist ein Mann, Hanna. Was erwarten Sie von ihm?"

Darüber musste nun auch Hanna schmunzeln. Sie hatte Lisbet bisher nur als Patientin betrachtet. Und vielleicht war sie auch aufgrund der Tatsache, dass die alte Dame die notwendige Behandlung so lange hinausgezögert hatte, voreingenommen gewesen. Nun erkannte sie, dass Lisbet eine Frau mit einem großen Herzen und einer noch größeren Lebenserfahrung war.

„Ehrlich, Lisbet", meinte sie schließlich. „Wissen Sie vielleicht, wie ich meinem Vater helfen kann?"

„Ich fürchte, dass ihm niemand seine Ängste nehmen kann. Aber ein Teil des Problems ist sicher auch, dass er niemanden hat, dem er sein Lebenswerk vermachen kann."

Hanna schluckte. Die Worte der alten Dame trafen sie weitaus härter, als sie es selbst für möglich gehalten hätte. Im Grunde wusste sie doch längst, was ihr Vater sich wirklich wünschte. Aber diesen Wunsch konnte sie ihm einfach nicht erfüllen, so leid es ihr auch tat. Wenn er wieder auf dem Damm war, würde sie nach Göteborg zurückkehren. Sie würde am Krankenhaus arbeiten und ihr altes Leben wieder aufnehmen. Ihre Zeit als Schärenärztin würde sie sicher in guter Erinnerung behalten, aber mehr auch nicht.

Aber warum eigentlich?

Die Frage überraschte sie selbst ein wenig. Aber sie brachte sie auch zum Nachdenken. Was hielt sie denn eigentlich in Göteborg? Ihr Job? Wenn sie ehrlich zu sich selbst sein wollte, war sie schon lange nicht mehr wirklich glücklich mit der Art und Weise, in der mit den Patienten im Krankenhaus umgegangen wurde. Sie sehnte sich danach, mehr Zeit für die Kranken erübrigen zu können. So wie bei ihrer Arbeit als Schärenärztin …

Und sonst? Da war natürlich Jan-Fredrik. Aber was war das zwischen ihnen? Liebte ihn sie ihn wirklich noch? Oder war es nicht vielmehr die Gewohnheit, die sie aneinander fesselte?

Nein! Du bist ja verrückt geworden, auch nur darüber nachzudenken, hierzubleiben. Überleg doch mal! Nach der Schule hast du gar nicht schnell genug von hier verschwinden können. Du ziehst doch jetzt nicht wirklich ernsthaft in Erwägung, auf die Schären zurückzukehren!

Sie räusperte sich. „Mir ist bewusst, dass er sich wünscht, ich würde seine Nachfolge antreten, aber …“ Ratlos zuckte sie mit den Schultern. „Das hier ist einfach nichts für mich, verstehen Sie? Im Gegensatz zu meinem Vater habe ich mich hier nie wirklich heimisch gefühlt. Ich bin eine Großstadtpflanze durch und durch.“

„Ach ja?“ Spöttisch lächelnd hob Lisbet eine Braue. „Das wäre mir ehrlich gesagt gar nicht aufgefallen. Im Gegenteil – ich hatte den Eindruck, dass Sie sich sogar sehr gut bei uns eingelebt haben.“

„Das Gefühl habe ich allerdings auch“, stimmte Lennart ihr zu. Er hatte die ganze Zeit nur schweigend zugehört, sodass Hanna beinahe vergessen hatte, dass er auch noch da war.

Nun brachte er sich schlagartig wieder in Erinnerung. Und das, wie sie ärgerlich feststellte, mit einem Kommentar, den sie ganz und gar nicht gebrauchen konnte.

Zum Dank bedachte sie ihn mit einem eisigen Blick. „Ich glaube nicht, dass Sie das beurteilen können“, sagte sie an ihn gewandt. Dann richtete sie ihre Aufmerksamkeit wieder auf Lisbet. „Ich weiß ja, dass Sie es nur gut meinen – sowohl für mich als auch für meinen Vater. Aber ich gehöre einfach nicht hierher. Die Schären sind nicht meine Welt. Wenn ich hierbliebe, würde ich über kurz oder lang kreuzunglücklich werden.“

Die alte Dame nickte verständnisvoll. „Es ist natürlich

einzig und allein Ihre Entscheidung, Hanna. Ich kann Ihnen nur sagen, wie ich darüber denke, mehr nicht. Aber manchmal ist es nicht unbedingt verkehrt, sich die Meinung eines Außenstehenden anzuhören."

„*Tack*", sagte Hanna. Sie stand auf, beugte sich vor und hauchte Lisbet einen Kuss auf die Stirn. „Ich weiß Ihre Offenheit wirklich zu schätzen."

Lennart und sie verabschiedeten sich, und als sie kurz darauf auf den Krankenhauskorridor traten, war sie wieder da, diese seltsam verkrampfte Atmosphäre.

Schweigend ging Hanna zu den Aufzügen, ohne darauf zu achten, ob Lennart ihr folgte oder nicht. Sie spürte seinen Blick im Rücken und atmete tief durch. Ein bisschen musste sie es noch mit ihm aushalten, danach brauchte sie ihn niemals wiederzusehen.

Der Aufzug kam, sie ging hinein und blieb mit dem Rücken zu Lennart stehen. Sie waren allein, und Hanna spürte, wie die Luft in der geräumigen Kabine zu knistern begann.

Was war bloß mit ihr los? Warum konnte sie nicht einfach nur wütend auf ihn sein? War es wirklich nötig, dass sie sich trotz allem noch zu ihm hingezogen fühlte?

Als sie plötzlich seine Hand auf ihrer Schulter spürte, schrak sie zusammen. Schnell wirbelte sie herum und funkelte ihn finster an. „Lassen Sie das bitte, ja?" Wütend stemmte sie die Hände in die Hüften. „Hören Sie, ich habe Sie nicht gebeten, Lisbet und mich zu begleiten. Es war sehr nett von Ihnen, ja. Und ich finde es beachtlich, wie sehr Sie sich um die alte Dame kümmern, obwohl Sie sie nicht einmal wirklich kennen. Sie haben sie dazu gebracht, sich untersuchen und anschließend behandeln zu lassen. Dafür danke ich Ihnen. Aber glauben Sie bitte nicht, dass ich mich Ihnen gegenüber deshalb irgendwie verpflichtet fühlen würde."

Er hob eine Braue. „Sie sind immer noch wütend auf mich“, stellte er fest.

„Wundert Sie das?“ Sie schüttelte den Kopf. „Ich meine, nach dem, was vorgestern war?“

„Was war denn vorgestern?“

Sie zuckte die Achseln. „Sie haben mich ganz schön an der Nase rumgeführt. Weiß der Himmel, was in mich gefahren ist, mich von Ihnen küssen zu lassen!“

Er schmunzelte. „Soweit ich mich erinnere, war es alles andere als ein einseitiger Kuss. Ganz im Gegenteil sogar!“

Das Blut schoss ihr ins Gesicht. „Mag schon sein“, entgegnete sie bissig. „Aber da wusste ich ja auch noch nicht, wie verlogen Sie sind. Haben Sie wirklich geglaubt, auf diese schäbige Art und Weise an Informationen zu kommen? Wenn Sie wissen wollen, was damals im OP geschehen ist, warum haben Sie mich dann nicht einfach gefragt?“

„Hätten Sie mir denn was gesagt?“

Hanna senkte den Blick. Sie wusste selbst nicht, warum sie das eben von sich gegeben hatte. Wenn sie Lennart gegenüber offen war, würde sie in Teufels Küche geraten. Die Klinikleitung hatte ihr ganz offen damit gedroht, ihr in einem solchen Fall nicht nur zu kündigen, sondern sie auch wegen Verleumdung zu verklagen. Und sie wusste durchaus, dass Jan-Fredrik alles abstreiten würde. Und da sie auch sonst über keinerlei Beweise verfügte, hätte sie weit mehr als nur schlechte Karten. Doch das allein war es gar nicht mal, das sie davon abhielt, die Wahrheit ans Licht zu bringen oder zumindest darauf aufmerksam zu machen, dass damals etwas schiefgegangen war, das nun vertuscht werden sollte.

Nein, da war noch etwas anderes.

Jemand anderer.

Jan-Fredrik …

Sicher, er würde alles abstreiten. Und die Klinik würde hinter ihm stehen. Dennoch, für den Fall, dass die Sache ins Rollen geriet, konnte es durchaus problematisch für ihn werden. Und selbst wenn er hinterher nicht schuldig gesprochen wurde, weil ihm einfach nichts nachgewiesen werden konnte, wäre da ein Makel auf seiner ehemals weißen Weste, den er nicht mehr wegbekommen würde. Möglicherweise würde er deswegen sogar seine Approbation verlieren. Konnte sie das dem Mann, mit dem sie zusammenlebte, wirklich antun?

Nein, genau das konnte sie eben nicht.

Deshalb hatte sie bisher geschwiegen, und deshalb durfte sie auch Lennart gegenüber nichts verlauten lassen. Denn eines stand fest: Sollte sie ihm etwas erzählen, würde der nicht lange zögern und weiter gegen die Klinik vorgehen. Er würde ihren Namen als Quelle nennen und das, was er von ihr erfahren hatte, öffentlich machen.

Sie wusste, dass Lennart monatelang versucht hatte, der Klinik irgendein Versäumnis nachzuweisen. Dass er sogar so weit gegangen war, einen Privatermittler einzuschalten, in der Hoffnung, die Wahrheit ans Licht bringen zu können. Doch dann hatte er die Sache auf sich beruhen lassen. Wahrscheinlich, weil jedes weitere Vorgehen erfolglos gewesen wäre.

Mit neuen Informationen aber würde er alles wieder ins Rollen bringen. Und dieses Mal, das wusste sie, würde er nicht eher ruhen, bis er die wahren Umstände aufgedeckt hatte.

Sie verwarf den Gedanken und zuckte mit den Schultern. „Wer weiß?“, sagte sie. „Vielleicht hätte ich das, vielleicht auch nicht. Aber eins steht fest: Nichts rechtfertigt das, was Sie getan haben. Mit den Gefühlen eines anderes Menschen zu spielen, ist wirklich das Allerletzte.“

„Haben Sie die denn?“, hakte er nach. „Gefühle für mich?“

Seine Frage ließ sie erstarren. Zum Glück bewahrten sie die sich öffnenden Aufzugtüren davor, eine Antwort geben zu müssen.

Sie atmete tief durch und trat hinaus ins Foyer des Krankenhauses. „Das ist doch lächerlich“, stieß sie hervor, während sie auf die automatische Eingangspforte zustrebte. „Und nun kommen Sie, ich habe nicht den ganzen Tag Zeit.“

Lennart beeilte sich, sie einzuholen. „Nicht? Schade, ich hatte gehofft, dass wir uns gemeinsam noch ein paar nette Stunden in Stockholm machen könnten.“

Wie angewurzelt blieb sie stehen und drehte sich zu ihm um. „Wie bitte?“

Er lächelte entwaffnend. „Sie haben mich schon verstanden. Ich würde Sie gern zum Essen einladen. Ich kenne ein hübsches Lokal in Gamla Stan und …“

„Nein!“ Wütend funkelte sie ihn an. „Auf keinen Fall! Ich dachte, ich hätte mich klar und verständlich ausgedrückt.“

Seufzend fuhr er sich durchs Haar. „Ja, das haben Sie. Aber ich würde den Fehler, den ich gemacht habe, gern wiedergutmachen. Lassen Sie es mich wenigstens versuchen. Bitte.“

Sie wusste selbst nicht, warum sie einlenkte. Sie wollte es eigentlich gar nicht, doch irgendetwas an seinem Blick ließ sie weich werden. Lennart wirkte ehrlich zerknirscht. Entweder war er der beste Schauspieler, dem sie je begegnet war, oder ihm tat sein Verhalten tatsächlich leid.

Sie wusste nicht genau, welche Alternative ihr lieber wäre …

„Also schön“, sagte sie trotzdem. „Gehen wir essen. Aber ich werde für mich selbst zahlen.“

Er zuckte mit den Achseln. „Ganz wie Sie wollen. Hauptsache, Sie geben mir die Gelegenheit, mich zu erklären.“

„Ich bin schon sehr gespannt.“

10. KAPITEL

Das kleine Lokal befand sich im Herzen von Gamla Stan, der Altstadt von Stockholm. Die kopfsteingepflasterten Gassen waren gesäumt von kleinen Cafés und Restaurants, die fast alle über Terrassen oder zumindest einige Tische im Außenbereich verfügten. Es gab Boutiquen und Läden, in denen Kunsthandwerk ausgestellt wurde. Unter normalen Umständen wäre Hanna gern hier und da stehen geblieben, um sich die Sachen anzusehen. Doch in Lennarts Gegenwart fiel es ihr schwer, sich zu entspannen.

In einer schmalen Seitenstraße, die auf den Stortorget, den einstigen Marktplatz Stockholms, zulief, führte Lennart sie schließlich durch einen niedrigen Durchgang in einen Hinterhof.

Hanna blinzelte überrascht, als sie sah, was sich darin verbarg.

Der Hof war um einiges größer, als sie angenommen hatte. Und er war mit Tischen und Stühlen ausgestattet, die allesamt bis auf den letzten Platz besetzt waren. Efeu rankte sich an den Wänden der umliegenden Gebäude empor, und in schweren Kübeln blühten Blumen in üppiger Pracht.

„Na?“ Lennart lächelte. „Gefällt es Ihnen? Das Lokal ist ein echter Geheimtipp. Es verirrt sich so gut wie nie ein Tourist hierher. Wenn man unter sich sein will, ist man hier an der richtigen Adresse. Und das Essen …“ Er seufzte. „Ich sage nur, hier gibt es das beste Elkstek, das ich je hatte.“

Er hatte kaum zu Ende gesprochen, als ein älterer Mann mit graumelierten Schläfen auf sie zueilte. Er lächelte strahlend, als er Lennart erkannte.

„Wie lange ist das her?“, fragte er und klopfte dem jüngeren Mann auf die Schulter. „Ich dachte schon, du lässt dich überhaupt nicht mehr bei mir blicken!“

„Tut mir leid, Gustaf“, entgegnete Lennart. „Ich bin in letzter Zeit nicht häufig in Stockholm gewesen. Ansonsten hätte ich sicher schon früher mal bei dir vorbeigeschaut.“ Er wandte sich an Hanna. „Hanna, das ist Gustaf Milsdottir, ein alter Freund von mir und Inhaber dieses fantastischen Lokals. Gustaf, das ist Hanna Winterberg.“

Der ältere Mann ergriff Hannas Hand und deutete einen Kuss an. „Es freut mich ungemein, Ihre Bekanntschaft zu machen.“

„Immer noch der alte Charmeur, wie ich sehe“, stellte Lennart fest, doch Hanna glaubte, einen Hauch von Missbilligung in seiner Stimme mitschwingen zu hören.

Aber warum? Weshalb sollte er etwas dagegen haben, dass sein Freund mit ihr flirtete? Vor allem, da dieser mindestens zwanzig Jahre älter war als sie und außerdem verheiratet, wenn sie den schmalen goldenen Ring an seinem Finger richtig deutete.

Als Lennart weitersprach, schien jedoch alles wieder normal, sodass Hanna vermutete, dass sie sich geirrt hatte. „Was kannst du uns denn empfehlen, Gustaf?“

„Das Biff Lindström ist heute unser Tagesgericht.“

Lennart nickte. „Das klingt ganz wunderbar.“ Er blickte sich um. „Du hast doch hoffentlich noch ein Plätzchen für uns frei?“

„Na, was denkst du denn? Für dich doch immer, alter Freund!“ Er verschwand kurz im Inneren seines Lokals, nur um im nächsten Moment mit einem weiteren kleinen Tisch zurückzukehren. Diesen stellte er etwas abseits von den anderen, umringt von Blumen, ab. Ein jüngerer Mann in Livree eines Kellners folgte mit zwei Stühlen und einer Tischdecke, die er sich unter den Arm geklemmt hatte. „Nur noch einen winzigen Moment Geduld, es ist gleich alles für euch bereit. Kann ich euch schon etwas zu trinken bringen? Einen schönen Wein vielleicht?"

„Sehr gern", sagte Lennart. Dann schaute er Hanna fragend an. „Das ist für Sie doch hoffentlich in Ordnung?"

Sie nickte. „Ja, natürlich. Warum eigentlich nicht?"

Nachdem Tisch und Stühle aufgestellt waren, setzten sie sich. Als Gustaf mit dem Wein kam, brachte er auch einen Kerzenständer und eine Vase mit einer zartgelben Rose mit. Lächelnd zündete er die Kerze an. „So ist es doch romantischer, nicht wahr?"

Hanna spürte, wie sie errötete. Dies war nun wirklich kein romantisches Tête-à-Tête – zumindest von ihrer Seite her nicht. Sie war nur hier, um Lennart die Gelegenheit zu geben, sich zu erklären. Das war sie ihm schuldig, mehr aber auch nicht.

„Also?", fiel sie daher auch gleich mit der Tür ins Haus, als sie wieder unter sich waren. „Was wollten Sie mir so unbedingt erklären?"

Das Lächeln verschwand aus Lennarts Gesicht, so als wäre es fortgewischt worden. Er wirkte plötzlich sehr ernst. Seufzend fuhr er sich durchs Haar. „Zuallererst möchte ich mich noch einmal bei Ihnen entschuldigen. Mein Verhalten war unverzeihlich. Ich weiß selbst nicht, welcher Teufel mich geritten hat, derart die Kontrolle zu verlieren."

Sie nickte – mehr um seine Entschuldigung zur Kenntnis zu nehmen als alles andere.

Als er weitersprach, klang seine Stimme belegt. Gedankenverloren ließ er den Blick in die Ferne schweifen. Hanna war nicht sicher, ob er sich überhaupt noch bewusst war, dass sie ihm zuhörte.

„Ich war verzweifelt, als ich Lena damals verlor. Mir war, als hätte man mir bei lebendigem Leib das Herz rausgerissen. Ich konnte es nicht verstehen. Sie war doch noch so jung. Viel zu jung zum Sterben. Ich glaube, wäre Maja nicht gewesen, ich wäre daran zugrunde gegangen. Dennoch konnte ich nicht einfach alles vergessen und zur Tagesordnung übergehen.“

„Natürlich nicht“, entgegnete Hanna. „Wie sollten Sie auch?“

Ein trauriges Lächeln umspielte seine Lippen. „Alle Welt schien genau das von mir zu erwarten. Das Leben geht weiter, hörte ich immer wieder. Und das tat es auch – nur dass ich das Gefühl hatte, irgendwo auf halbem Wege zurückgeblieben zu sein. Also klammerte ich mich an den Gedanken, die Wahrheit über Lenas Tod herauszufinden und die Schuldigen zur Verantwortung zu ziehen. Aber das offizielle Statement der Krankenhausleitung lautete, dass es sich um einen tragischen Unglücksfall gehandelt hätte.“

Hannas Herz fing an zu hämmern. „Aber daran glaubten Sie nicht.“

Er schüttelte den Kopf. „Nein, daran konnte ich einfach nicht glauben. Ich *wollte* es nicht, verstehen Sie? Ich war wie besessen von dem Gedanken, dass irgendjemand für Lenas Tod büßen müsse. Als ob sie das wieder lebendig gemacht hätte …“

„Sie waren verletzt“, stellte Hanna fest. „Und furchtbar zornig. Das ist ganz normal. Sie hatten gerade einen tragischen Verlust erlitten. Ihre Frau wurde plötzlich und unvermutet aus dem Leben gerissen.“

„Ja – und zu Anfang konnten die meisten Leute es ja auch noch verstehen. Aber als die Monate ins Land gingen und ich immer noch wie ein Verrückter versuchte, eine Wahrheit ans

Licht zu bringen, von der ich nicht einmal sicher sein konnte, dass sie existierte … Ulla war die Einzige, die damals wirklich zu mir hielt. Aber auch sie hat mir klar und deutlich zu verstehen gegeben, dass ich damit aufhören müsse. Dass ich mich selbst zerstören würde, wenn ich so weitermachte wie bisher."

„Und?" Fragend schaute Hanna ihn an. „Haben Sie aufgehört?"

Er nickte. „Ob Sie es glauben oder nicht – ja. Ich kam zu dem Schluss, dass meine Verbissenheit am Ende niemanden weiterbringen würde. Am wenigsten meine Tochter. Daher entschied ich mich, meine Energie lieber darauf zu verwenden, ihr dabei zu helfen, wieder ins Leben zurückzufinden." Seine Augen schimmerten feucht. „Wissen Sie, dass ich inzwischen schon gar nicht mehr weiß, wie ihre Stimme klingt? Ein Jahr lang hat sie jetzt kein Wort mehr gesprochen. Ein sechsjähriges Mädchen! Plötzlich verstummt. Ich kann es noch immer nicht fassen …"

Seine offenen Worte hatten Hanna tief berührt. Aber sie hatten auch ihre Schuldgefühle wieder an die Oberfläche gebracht, die sie so verzweifelt zu unterdrücken versuchte.

Sie konnte ihm dabei helfen, die Wahrheit herauszufinden. Aber zu welchem Preis? Und würde sie ihm damit wirklich einen Gefallen tun? Denn nach allem, was sie gehört hatte, war sie sich da gar nicht mehr so sicher.

„Deshalb bin ich mit Maja und Ulla raus auf die Schären gefahren", sprach er weiter. „Auf unserer Insel haben wir die glücklichste Zeit ihrer Kindheit verbracht. Ich hoffte, dass es ihr dabei helfen würde, sich zu fangen. Dass sie wieder anfangen würde zu sprechen. Die Ärzte waren auch dieser Ansicht. Aber erst tat sich gar nichts. Und dann waren Sie plötzlich da …" Er atmete tief durch. „Mir war, als würde alles wieder aus mir hervorbrechen. All die Wut, die ich empfand. Die Verzweiflung und die Hoffnungslosigkeit."

Hanna schluckte hart. „Ich … Es tut mir leid. Ich wusste ja nicht …"

„Um Gottes willen, entschuldigen Sie sich nicht bei mir! Sie haben meine Tochter gerettet. Nicht auszudenken, was alles hätte geschehen können, wenn Sie nicht da gewesen wären! Ich hätte Maja auch noch verlieren können …"

„Sagen Sie doch so was nicht. Ich war bloß zur richtigen Zeit am richtigen Ort …"

„Trotzdem – wenn sich jemand entschuldigen sollte, dann bin ich es. Ich habe vollkommen den Kopf verloren, als Sie plötzlich vor mir standen. Auf einmal war er wieder da, dieser unstillbare Durst nach Vergeltung. Ich sah meine Chance gekommen, doch noch die Wahrheit aufzudecken – und ich fürchte, dazu war mir jedes Mittel recht."

Hanna schaute ihn direkt an. „Und jetzt? Hat sich daran etwas geändert?"

Er schien darüber nachzudenken und nickte schließlich. „Ja", sagte er. „Ich will ehrlich zu Ihnen sein: Natürlich will ich noch immer wissen, was damals genau vorgefallen ist. Aber ich denke, es ist besser für alle Beteiligten, wenn ich die Angelegenheit auf sich beruhen lasse. Denn weder Lena noch Maja – und auch nicht ich selbst – hätte etwas davon, wenn ich einen Kampf kämpfe, den ich am Ende ohnehin nicht gewinnen könnte." Er hielt kurz inne und sah sie direkt an. „Vor allem aber war es absolut falsch, zu versuchen, Sie als Informantin zu missbrauchen, Hanna. Das war nicht richtig, und ich bereue es zutiefst."

Erleichterung durchströmte Hanna wie eine wärmende Welle. Sie konnte nicht anders, als zu lächeln. Es war geradezu lächerlich, wie froh sie über seine Worte war.

Und darüber, dass er sie offenbar wirklich ernst meinte.

„Es … es hat mich ziemlich getroffen, dass Sie sich mir offenbar nur genähert haben, um an Informationen zu gelangen", gestand sie mit gesenktem Blick. „So war es doch – oder?"

Er stand auf, kam um den Tisch herum und hockte sich neben sie. Dann legte er ihr einen Finger unters Kinn und hob ihr Gesicht an.

„Nein", sagte er. „So war es nicht." Er seufzte. „Zumindest nicht ausschließlich. Ich habe es versucht, ja. Und es gibt nichts, womit ich mein schreckliches Verhalten rechtfertigen könnte. Aber …" Er stockte. „Es ist mir nicht schwergefallen, verstehen Sie? Also, was ich sagen will, ist, dass ich mich nicht verstellen und Ihnen auch nichts vorspielen musste. Sie …" Er senkte den Blick und zögerte kurz. „Sie wirken sehr reizvoll auf mich, Hanna, und ich mag Sie."

Hanna sah ihn an. Aus irgendeinem Grund spürte sie, dass er seine Worte aufrichtig meinte, und das, was er gesagt hatte, berührte sie tief. Langsam hob sie die Hände und umfasste sein Gesicht. Es war ihr egal, dass sie sich mitten auf der Terrasse eines öffentlichen Restaurants befanden. Dass jeder sie sehen, sie beobachten konnte. Sie richtete sich ein Stück auf und küsste Lennart.

Sanft und hingebungsvoll.

Lennart hatte keine Ahnung, wie es dazu gekommen war. Alles, was er wusste, war, dass er plötzlich Hannas Lippen auf seinen spürte.

Die Berührung war federleicht, wie das Flattern eines Schmetterlingsflügels. Trotzdem ließ sie ihm den Atem stocken.

Wie von selbst vergruben sich seine Hände in Hannas seidigem Haar. Er vertiefte den Kuss hungrig, sehnsüchtig. Die

Welt um ihn herum schien hinter einem Schleier des Vergessens zu verschwinden.

Die Gespräche der anderen Gäste traten ebenso in den Hintergrund wie das Klappern von Besteck und Tellern, bis er nur noch seinen eigenen Herzschlag hören konnte.

Hanna hatte die Augen geschlossen, doch Lennart sah, dass sie sich unter den Lidern bewegten. Ihr Gesicht aber wirkte vollkommen entspannt.

Entzückt betrachtete er sie. Nahm ihre Anmut in sich auf. Ihre Haut war so hell und makellos, dass er nicht widerstehen konnte, sie zu berühren. Er streichelte ihre Wangen und entlockte Hanna ein heiseres Seufzen, das ihren Kuss vibrieren ließ. Dann umfasste er ihr Gesicht mit beiden Händen, löste seine Lippen von ihren und flüsterte: „Wie wunderschön du bist …“

Ihre Lider flatterten, und schließlich schaute er ihr direkt in die atemberaubend blauen Augen.

Es lag etwas in diesem Blick, das ihn tief berührte. Verletzlichkeit, vielleicht sogar ein wenig Furcht. Aber auch sehr viel Sehnsucht.

Die Sehnsucht danach, geliebt zu werden?

Der Gedanke erschreckte ihn, und so war er fast ein wenig froh, als der Kellner an ihren Tisch trat, um Ihnen die Speisekarten zu überreichen.

Hastig erhob Lennart sich und setzte sich wieder an seinen Platz. „Eine Karte brauche ich nicht. Ich nehme das Biff Lindström.“

Hanna nickte. „Ja, ich auch. Das klingt ganz köstlich.“

Als sie wieder allein waren, hatte sich die Stimmung zwischen ihnen verändert. Sie war nicht angespannt, aber es lag ein gewisses Knistern in der Luft, das Lennart beinahe körperlich spüren konnte.

Hannas Hand lag flach auf dem Tisch, und er streckte den Arm aus, um seine daraufzulegen. Hanna blickte ihn an. Er sah, wie eine leichte Röte ihre Wangen färbte, doch sie entzog ihm ihre Hand nicht.

Er wertete das als positives Zeichen.

„Ich habe das vorhin ernst gemeint“, sagte er schließlich, verwundert darüber, wie rau seine Stimme plötzlich klang. Vermutlich lag es daran, dass ihm das, was er sagen wollte, nicht leicht über die Lippen kam. Womöglich war es aber auch die Art und Weise, wie Hanna ihn anschaute. Er atmete tief durch. „Ich bedaure, dass ich mich dir gegenüber wie ein Idiot verhalten habe.“

Ihre Mundwinkel zuckten, dann lachte sie leise. „Ja, ich denke, Idiot beschreibt es recht anschaulich. Auch wenn ich jetzt verstehen kann, warum du so gehandelt hast.“ Eindringlich schaute sie ihn an. „Tu das bitte nie wieder.“

Er schüttelte den Kopf. „Nein, niemals. Das verspreche ich dir.“

Sie saßen einfach nur da, bis schließlich das Essen serviert wurde. Doch die Stille zwischen ihnen war nicht unangenehm. Es war wie das Schweigen zwischen zwei Menschen, die nicht sprechen mussten, um sich in der Gegenwart des anderen wohlzufühlen.

Das Essen war köstlich, doch Lennart musste sich immer wieder daran erinnern, die Gabel zum Mund zu heben. Es war wie verhext: Er vergaß alles um sich herum, wenn er Hanna anschaute.

Was war bloß los mit ihm? Was waren das für seltsame Gedanken, die ihm durch den Kopf gingen?

Er wusste es nicht. Nur eines konnte er mit absoluter Sicherheit sagen: Er hatte jedes einzelne Wort von dem, was er gesagt hatte, ernst gemeint.

Er bedauerte, dass er versucht hatte, sie auszuhorchen. Vor allem aber bedauerte er die Art und Weise, wie er es getan hatte.

Sie zu küssen und sie dann danach zu fragen, ob sie etwas über den Tod seiner Frau wusste … Wie hatte er so etwas nur tun können? Wenn er darüber nachdachte, fand er es selbst ganz abscheulich.

Doch er war wie verblendet gewesen. Nachdem er geglaubt hatte, endlich mit Lenas Tod abgeschlossen zu haben, hatte Hannas Auftauchen alles wieder an die Oberfläche geholt. Und mit den Erinnerungen war der unwiderstehliche Drang gekommen, die Verantwortlichen zur Rechenschaft zu ziehen.

In seinen Augen war Hanna seine letzte und womöglich einzige Chance, die Wahrheit herauszufinden. Und er war bereit gewesen, alles dafür zu tun. Selbst wenn es bedeutete, sie rücksichtslos zu benutzen.

Erst jetzt wurde ihm klar, wie falsch das gewesen war. Und was er beinahe damit angerichtet hätte …

„Das war köstlich", sagte Hanna und riss ihn damit aus seinen Gedanken. Sie legte das Besteck zur Seite und strahlte. „Ich glaube, das war das beste Biff Lindström, das ich je in meinem Leben gegessen habe. Und wie schon gesagt: Malin, unsere ehemalige Haushälterin, ist eine ganz fantastische Köchin."

„Gustaf wird sich freuen, das zu hören", entgegnete Lennart lächelnd. „Er hat sich hier wirklich etwas aufgebaut. Obwohl das Lokal so abgeschieden, ja, beinahe schon versteckt liegt, sind fast immer sämtliche Tische auf Wochen im Voraus ausgebucht." Er zwinkerte verschwörerisch. „Aber für einen alten Freund hat er immer noch ein Plätzchen frei." Fragend schaute er sie an. „Möchtest du vielleicht noch ein Dessert?"

Sie schien kurz darüber nachzudenken, schüttelte dann aber den Kopf. „Nein", sagte sie. „Aber ein kleiner Spaziergang wäre schön. Ich bin schon so lange nicht mehr in Stockholm gewesen – wenn man mal von der kurzen Durchreise auf dem Weg nach Vaxholm absieht."

So ganz wusste Lennart selbst nicht, warum er sich so über ihren Vorschlag freute. Vermutlich, weil er angenommen hatte, dass sie nach ihrem Kuss so schnell wie möglich nach Hause zurückkehren wollte. Dass dem offenbar nicht so war, zeigte ihm, dass sie ihm wirklich verziehen hatte.

„Ja", sagte er. „Das ist eine gute Idee. Bei mir ist es auch schon sehr lange her, dass ich mir zum letzten Mal Zeit für einen richtigen Stadtbummel genommen habe." Er drehte sich um und winkte Gustaf heran. „Bringst du uns die Rechnung?"

„Zwei separate Rechnungen bitte", sagte Hanna. „Ich möchte gern selbst für mein Menü bezahlen."

Sie rechnete offensichtlich damit, dass Lennart protestieren würde – doch es war Gustaf, der ihr Vorhaben scheitern ließ. „Unsinn", verkündete er strahlend. „Natürlich muss keiner von euch beiden auch nur eine Krone zahlen. Das Essen und der Wein gehen auf Kosten des Hauses." Lachend klopfte er Lennart auf die Schulter. „Für Stammkunden muss man hin und wieder auch mal was springen lassen. Das ist doch wohl ganz selbstverständlich. Schließlich heißt es doch: Kleine Geschenke erhalten die Freundschaft."

„Nun, wenn das so ist", entgegnete Lennart. „Vielen Dank. Aber ich möchte mich wenigstens mit einem saftigen Trinkgeld revanchieren, wenn du nichts dagegen hast."

Gustaf lachte erneut. „Nein", sagte er. „Ganz und gar nicht. Meine Angestellten werden deine Großzügigkeit bestimmt zu schätzen wissen."

Lennart zückte seine Geldbörse, und auch Hanna ließ es

sich nicht nehmen, etwas beizusteuern. Dann verabschiedeten sie sich herzlich und verließen den Hinterhof.

Als sie den Stortorget erreichten, waren dort gerade mehrere Touristengruppen unterwegs.

„Vielleicht sollten wir uns lieber einen etwas weniger überlaufenen Ort suchen“, schlug Lennart vor.

Hanna lachte, dann nahm sie seine Hand und zog ihn mit sich. „Komm mit. Ich weiß genau, wo wir hingehen sollten.“

Normalerweise war es nicht Lennarts Art, sich spontan von jemandem entführen zu lassen. Doch Hanna wirkte so glücklich, so ausgelassen, dass er ihr überallhin gefolgt wäre.

Sie nahmen die Straßenbahn und erreichten schließlich Djurgården. Lennart schmunzelte. „Und was machen wir hier? Willst du dir das Vasa-Museum anschauen?“

„*Nej*“, erwiderte sie. „Um ehrlich zu sein, war Kultur nicht unbedingt das, woran ich gedacht habe. Aber hier gibt es einen Ort, den ich früher geliebt habe. Meine Mutter war manchmal mit mir hier, meistens an meinem Geburtstag oder zu besonderen Anlässen.“

Lennart nickte. „Ich kann mir schon denken, welchen Ort du meinst.“ Er lächelte. „Kann es sein, dass du vom Gröna Lund Tivoli sprichst?“

„Woher wusstest du das?“

Er zuckte mit den Schultern. Es passte einfach zu Hanna, dass sie den Vergnügungspark von Stockholm liebte. Sie war eben nicht nur eine hinreißende Frau, sondern tief in ihrem Herzen auch ein kleines Mädchen geblieben. Und genau das war es, was er so an ihr mochte.

Sie war nicht so ernsthaft wie die meisten Frauen in ihrem Alter. In diesem Punkt ähnelte sie Lena. Sehr sogar. Die beiden waren etwas ganz Besonderes. Den meisten begegnete ein solcher Mensch, wenn überhaupt, einmal im Leben. War es nicht ein unglaubliches Wunder, dass ihm gleich zweimal ein solches Glück zuteilwurde?

Er schüttelte kaum merklich den Kopf. Was waren das für unglaublich dumme Gedanken? Was tat er hier überhaupt? Er konnte doch nicht ernsthaft Hanna mit Lena vergleichen – eine Frau, die er kaum kannte, und die Liebe seines Lebens. Majas Mutter.

Außerdem sollte er eines auf keinen Fall vergessen: Auch wenn es ihm leidtat, wie er Hanna behandelt hatte – Fakt war nun einmal, dass sie mehr über die Sache im Krankenhaus wusste, als sie zugab. Und auch wenn er sich vorgenommen hatte, die Angelegenheit ruhen zu lassen, war Hanna noch immer so etwas wie eine Gegnerin. Er durfte ihr nicht vertrauen, durfte sie nicht zu nah an sich heranlassen – und vor allem nicht sein Herz an sie verlieren.

Niemals.

Und trotzdem konnte er nicht anders, als sich wie ein kleines Kind auf ihren gemeinsamen Besuch im Freizeitpark zu freuen.

„Ich wusste es einfach." Lächelnd nahm er ihre Hand. „Und ich muss sagen, dass mir die Idee sehr gut gefällt." Er grinste. „Ich zahle den Eintritt – du spendierst die Zuckerwatte. Einverstanden?"

Hanna wusste selbst nicht genau, was in sie gefahren war, Lennart derart zu überrumpeln. Es war eine ganz spontane Idee gewesen. Ihre Mutter war tatsächlich früher oft mit ihr hergekommen, und es war stets ein ganz besonderes Ereignis für sie gewesen.

Als sie nun durch die Eingangspforte des Freizeitparks traten, fühlte sie sich fast ein wenig in die Vergangenheit zurückversetzt. Zu einigen der schönsten Stunden ihrer Kindheit.

Zu Hause auf Vaxholm war Ada Winterberg vor allem die respektable Ehefrau des Schärenarztes gewesen – in Gröna Lund ausnahmsweise einmal nur ihre Mutter.

Natürlich hatten sich die Attraktionen im Laufe der Jahre verändert, doch vieles war noch immer genauso wie früher. Als sie ein Fahrgeschäft erreichten, das sie aus ihrer Kindheit kannte, fingen ihre Augen an zu leuchten.

Sie ergriff Lennarts Hand und zog in Richtung *Tekopparna* – einem Karussell mit riesigen Teekannen, Tassen und Untertassen, die unter einem blauen Baldachin im Kreis herumwirbelten.

Keine zwei Minuten später ging die wilde Fahrt los. Lachend klammerte Hanna sich an Lennart. Sie fühlte sich frei und ausgelassen wie schon seit langer Zeit nicht mehr. Und auch Lennart schien sich zu amüsieren, wenn er es auch nicht ganz so deutlich zeigte. Doch das Schmunzeln, das auf seinen Lippen lag, sprach Bände.

„Noch eine Runde?“, fragte er, als die Fahrt schließlich zu Ende ging.

Begeistert nickte Hanna. „Oh ja. Und danach würde ich gern mit dir aufs *Kättingflygaren* gehen. Hast du Lust?“

„Alles, was du willst“, entgegnete er und ergriff ihre Hand. „Ich möchte, dass dies heute dein Tag wird.“

Staunend schaute sie ihn an. Ihr Herz hämmerte wie verrückt, und sie bekam ganz weiche Knie, was einerseits daran lag, dass Lennart ihre Hand hielt. Nicht zuletzt aber auch an seinen Worten.

Wie versprochen fuhr er als Nächstes mit ihr Kettenkarussell, und danach kaufte sie für sie beide Zuckerwatte, die sie lachend vertilgten.

Sie merkte kaum, wie die Zeit verging. Erst als die Dämmerung hereinbrach, wurde ihr klar, wie spät es bereits war.

„Wir sollten uns besser auf den Heimweg machen“, sagte sie nicht ohne Bedauern. „Die Schären sind kein so ungefährliches Pflaster, wie viele sich das vorstellen. Nach Einbruch der Dunkelheit sollte man besser nicht unterwegs sein, wenn es nicht unbedingt nötig ist.“

Lennart nickte. „Vielleicht noch ein letztes kleines Tänzchen?“

Er deutete zu einem Pavillon, in dem Musik gespielt wurde, zu deren Klängen einige Pärchen tanzten.

Es schien eine Ewigkeit her, dass Hanna zum letzten Mal getanzt hatte. Jan-Fredrik war nie ein großer Freund davon gewesen, mit ihr auszugehen. Er verbrachte seine Abende lieber mit einem Glas Wein vor dem Fernseher. Etwas, das Hanna schon immer bedauert, mit dem sie sich aber notgedrungen arrangiert hatte.

Lennarts Vorschlag ließ ihre Wangen glühen. „Ja“, sagte sie. „Sehr gern sogar.“

Er ergriff ihre Hand. „Na, dann komm. Worauf warten wir noch?“

Sie hatten den Pavillon kaum erreicht, da zog Lennart sie auch schon auf die Tanzfläche, und sie fand sich in seinen Armen wieder.

Es war atemberaubend. Sie blickte zu ihm auf, und seine blauen Augen hielten sie gefangen. Ihr Herz hämmerte wie verrückt. Geschmeidig wiegten sie sich im Takt der Musik. Hanna hatte das Gefühl, wie auf Wolken zu schweben. Es war ihr vollkommen egal, ob sie nachher im Stockdunkeln zurückfahren mussten. Sie wünschte, dass dieser Moment niemals enden würde.

Als die Musik verstummte, seufzte sie enttäuscht auf. Am liebsten wollte sie Lennart gar nicht mehr loslassen, doch er sollte auch nicht denken, dass sie zu anhänglich war.

Doch offenbar hatte sie sich umsonst Gedanken gemacht, denn im nächsten Moment zog er sie an sich und verschloss ihren Mund mit seinen Lippen.

Ihr stockte der Atem, und ihr Herz begann zu rasen. Nach kurzem Zögern schlang sie ihm die Arme um den Nacken, während er ihre Taille umfasste.

Sie waren einander so nah, dass seine Wärme sie wie ein Mantel einhüllte. Sein männlicher Duft raubte ihr den Verstand. Sie schloss die Augen und versuchte vergeblich, die Kontrolle zu bewahren.

Ein leises Seufzen entrang sich ihrer Kehle, als er sich von ihr löste und sie zum Abschluss federleicht auf die Stirn küsste. „Komm“, sagte er. „Wir sollten jetzt wirklich gehen.“

Als sie durch die Eingangstore des Freizeitparks wieder nach draußen traten, winkte Lennart ein Taxi heran. Er hielt Hanna die Tür auf, sodass sie einsteigen konnte, und nannte dem Fahrer dann ihr Ziel.

Hanna fühlte sich wie betäubt, und gleichzeitig flatterten Schmetterlinge in ihrem Bauch. Es war seltsam, wie Lennart es immer scheinbar mühelos schaffte, ihr den Boden unter den Füßen wegzuziehen.

Als er sich neben sie auf die Rückbank setzte, legte er ihr einen Arm um die Schulter. Es war eine zugleich besitzergreifende wie auch beschützende Geste, die ihr Herz schneller schlagen ließ.

„Wir sollten das unbedingt mal wiederholen“, sagte er. „Was meinst du?“

Hanna nickte. Sie hielt es für besser, ihm nicht zu deutlich zu zeigen, wie sehr sie sich genau das wünschte. Sie hatte ihn ohnehin sehr viel näher an sich herangelassen, als gut für sie war. Zumindest war es das, was ihre innere Stimme ihr sagte. Ihr Herz aber wollte ihm am liebsten noch sehr viel näherkommen.

Sie erreichten den Hafen und machten das Boot klar. Kurz darauf befanden sie sich auf offener See. Die Sonne stand jetzt bereits sehr tief am Himmel und tauchte den Horizont in ein glühendes Magenta, während über ihnen schon die ersten Sterne funkelten.

Deutlich war Hanna, die vorne am Ruder stand, sich der Tatsache bewusst, dass Lennart direkt hinter ihr war und sie anschaute. Sein Blick brannte wie Feuer auf ihrer Haut. Und dann spürte sie seine Hände auf ihren Schultern und umklammerte das Steuerrad der *Havshäxä* so fest, dass ihre Knöchel weiß hervortraten.

Ihr stockte der Atem.

Sie verzehrte sich nach seiner Berührung, fürchtete sie im selben Augenblick aber auch. Weil sie nicht wusste, was geschehen würde, wenn sie erst einmal die Kontrolle aus der Hand gab. Wenn sie zuließ, wonach sie sich insgeheim schon die ganze Zeit sehnte …

„Lennart, ich …“ Sie atmete tief durch, als ihr die Stimme versagte. „Es ist schon spät, und ich bin müde. Ich würde vorschlagen, ich bringe dich jetzt zu deinem Boot, und dann fahre ich gleich nach Vaxholm zurück.“

„Du willst ganz sicher nicht noch auf einen Sprung mit zu mir kommen? Vielleicht auf ein Gläschen Wein?“ Er massierte ihr die Schultern. Es war ein herrliches Gefühl. Hanna unterdrückte ein Seufzen, als er mit geschickten Fingern die Verspannungen, von deren Existenz sie nicht einmal etwas geahnt hatte, aus ihren Muskeln massierte.

Wie Wachs fühlte sie sich unter seinen Händen. Und einen Moment lang wünschte sie sich nichts sehnlicher, als auf seinen Vorschlag einzugehen.

Doch sie wusste auch, dass es ein Fehler wäre. Sie war nicht in der Verfassung, ihm zu widerstehen, wenn er weitere Annäherungsversuche unternahm. Und das alles ging ihr einfach zu schnell. Sie konnte sich nicht auf ihn einlassen.

Nicht ehe sie mit Jan-Fredrik gesprochen und geklärt hatte, wie es mit ihnen weitergehen sollte.

Sie musste ehrlich gestehen, dass sie nicht wusste, ob sie überhaupt noch mit ihm zusammen sein wollte. Ob sie es überhaupt noch *konnte*.

Was empfand sie eigentlich für ihn? Liebte sie ihn noch? Hatte sie ihn jemals wirklich geliebt? Und was für Gefühle hatte er für sie?

Schweren Herzens schüttelte sie den Kopf. „Nein", sagte sie. „Nein, lieber nicht. Der Tag war wunderschön, aber wir sollten es dabei belassen."

Als sie die Schäreninsel der alten Lisbet erreichten, wo sein Boot am Steg in der leichten Dünung dümpelte, schenkte sie ihm ein schüchternes Lächeln.

„Du bist mir doch hoffentlich nicht böse deswegen, oder?"

„Nein", gab er zurück. „Warum sollte ich? Auch wenn ich zugeben muss, dass ich dich nur ungern ziehen lasse. Aber vermutlich hast du recht. Wir sollten es langsam angehen lassen. Ich will nichts kaputtmachen, indem ich dich zu etwas dränge, zu dem du noch nicht bereit bist."

Sie trat auf ihn zu, stellte sich auf die Zehenspitzen und hauchte ihm einen Kuss auf die Wange. „*Tack*", sagte sie und meinte es wirklich ehrlich.

Ehe sie sich zurückziehen konnte, umfasste er ihr Gesicht mit beiden Händen und fuhr mit dem Daumen zärtlich über ihre Lippen.

Hannas Körper begann zu kribbeln. Sie atmete heftig, das Herz hämmerte ihr gegen die Rippen.

„Lennart, bitte …“

Lächelnd strich er ihr übers Haar, ehe er einen Schritt zurücktrat und von der *Havshäxä* auf den Steg stieg. „Gute Nacht“, wünschte er und winkte ihr noch einmal zu. Hanna ließ den Motor an und lenkte das Boot zurück aufs Meer.

Immer wieder schaute sie zurück, bis seine Gestalt von der Umgebung verschluckt wurde. Schließlich richtete sie den Blick wieder nach vorn, doch mit ihren Gedanken war sie noch immer bei Lennart.

Der Tag war einfach wunderschön gewesen. Sie hatte nicht damit gerechnet, dass es zwischen ihnen so sein konnte, hatte eine Seite von Lennart kennengelernt, die sie bis dahin noch nicht gekannt hatte.

Eine Seite, zu der sie sich noch stärker hingezogen fühlte, als es ohnehin schon der Fall gewesen war.

Sie wusste nur eins: Schon jetzt sehnte sie sich danach, ihn wiederzusehen. Auf der anderen Seite fragte sie sich, ob das wirklich eine gute Idee wäre.

Musste sie sich nicht zuerst einmal darüber klar werden, was sie wirklich wollte?

Genau diese Frage stellte sich Hanna auch wieder, als sie etwas später auf ihrem Zimmer das Handy aus der Hosentasche zog und Louisas Nummer wählte.

Hanna wusste, es war schon spät, und sie hatte nicht einmal eine Ahnung, welche Schicht ihre Freundin im Moment hatte, doch sie wollte trotzdem versuchen, sie zu erreichen. Sie brauchte jetzt einfach jemanden zum Reden.

Sie drückte die Wähltaste, und schon nach dem dritten Tuten wurde abgenommen.

„Das wurde aber auch Zeit, dass du dich endlich mal meldest, Süße! Ich hab schon geglaubt, du hast mich vergessen!“

Der Klang von Louisas fröhlicher Stimme zauberte sofort ein Lächeln auf Hannas Lippen. Doch gleich im nächsten Augenblick kämpfte sie mit den Tränen. „Gott, was bin ich froh, dass du da bist!“, brach es aus ihr hervor.

„Oje, was ist denn mit dir los?“, fragte Louisa besorgt. „Das klingt ja gar nicht gut. Ist dein Vater wieder unmöglich zu dir gewesen? Weißt du was? Hol ihn mir an den Apparat, dann kann er sich was anhören!“

Hanna lächelte traurig. „*Nej*“, erwiderte sie. „Ausnahmsweise hat mein Vater nichts damit zu tun. Ich … Ach, was soll ich sagen? Da ist dieser Mann, den ich getroffen habe …“

„Du triffst dich mit einem Mann? Ist nicht wahr!“ Louisa stieß einen Laut aus, der irgendwo zwischen einem Lachen und einem Schrei lag. „Wer ist es? Wie lange kennst du ihn schon? Warum erfahre ich erst jetzt davon? Oh mein Gott, du musst mir unbedingt alles erzählen!“

Obwohl ihr nicht nach Lachen zumute war, konnte Hanna doch ein Schmunzeln nicht unterdrücken. Die Begeisterung ihrer besten Freundin war einfach ansteckend. Es war typisch für Louisa, dass sie sich so für Hanna freute. Ihre Freundin hatte ihr immer mit Rat und Tat zur Seite gestanden, wenn sie nicht weiterwusste. Und vielleicht, so dachte sie, hatte Louisa auch einen Rat für die verfahrene Situation, in der sie im Augenblick steckte.

Das Problem war nur, dass sie mit Louisa nie über das gesprochen hatte, was sich ein Jahr zuvor im OP abgespielt hatte. Hanna hatte dieses schmutzige Geheimnis mit niemandem geteilt. Bescheid wussten nur die Personen, die damals anwesend gewesen waren, sowie die Klinikleitung. Niemand sonst. Auch nicht ihre beste Freundin. Und Hanna wusste auch, warum.

Weil sie nie gebilligt hätte, dass du einfach den Mund hältst und den Mantel des Schweigens über das Geschehene legst …

„Es ist leider ein bisschen kompliziert", erklärte sie ausweichend. „Louisa, es gibt da etwas, wovon du nichts weißt." Sie atmete tief durch. Vielleicht war es an der Zeit, sich endlich einem anderen Menschen zu öffnen. Auch auf die Gefahr hin, dass Louisa sie verurteilen oder sauer auf sie sein würde. Es musste einfach sein. Sie schleppte diese Sache schon viel zu lange mit sich herum.

„Das klingt ja ziemlich dramatisch. Was ist denn passiert?"

„Es hat mit Jan-Fredrik zu tun." Sie atmete tief ein, wie um auszuholen für das, was nun folgte. „Ich weiß etwas, das seine Karriere zerstören könnte, wenn es ans Tageslicht kommt."

„Sieh mal einer an." Louisa seufzte hörbar auf. „Warum wundert es mich nicht, dass der gute Herr Doktor Mist gebaut hat? Du weißt ja, ich habe ihn nie wirklich leiden können. Er ist nicht gut für dich, und ich glaube auch nicht, dass er dich tatsächlich liebt. Aber davon hast du ja nie etwas hören wollen."

„Bitte, keine Predigt jetzt. Das kann ich im Augenblick überhaupt nicht gebrauchen."

„Schon gut, schon gut. Ich nehme auch mal an, dass du nicht unbedingt ins Detail gehen willst, was diese Sache betrifft, oder?"

„Zumindest jetzt noch nicht. Und schon gar nicht am Telefon. Du sollst nur wissen, dass ich feige war. Zu feige, um klar Stellung zu beziehen. Ich habe geschwiegen und glaube, dass ich damit einen großen Fehler begangen habe."

„Fehler sind dazu da, gemacht zu werden. Aus Fehlern lernt man."

„Also verachtest du mich nicht?"

Louisa lachte. „Süße, ich weiß ja nicht mal, um was genau es geht. Doch eins weiß ich mit Sicherheit: Was auch immer vorgefallen sein mag – ich könnte dich niemals verachten.

Aber – was hat das alles mit diesem anderen Mann zu tun, von dem du gesprochen hast?"

„Er ist ebenfalls von dieser Sache betroffen." Seufzend fuhr sie sich durchs Haar. „Ich kann es dir nicht besser erklären. Noch nicht."

„Aber da ist noch mehr, oder?", hakte Louisa nach. „Ich meine, dieser andere Mann – hast du dich in ihn verliebt?"

Wieder einmal stellte Hanna fest, dass ihre Freundin offenbar Gedanken lesen konnte. „Keine Ahnung", erwiderte sie. „Ich weiß nur, dass ich mehr für Lennart – diesen anderen Mann – empfinde, als ich eigentlich zulassen dürfte. Und ich fühle mich wirklich mies dabei, ihm vorzuenthalten, was geschehen ist. Aber wenn ich ihm die Wahrheit sage, werde ich mit ziemlicher Sicherheit meinen Job verlieren. Und für Jan-Fredrik könnte die ganze Sache sogar noch schlimmer ausgehen."

„Jetzt mal ganz ruhig, Süße. Du bist ja völlig durch den Wind! Ich verstehe zwar immer noch nicht ganz, was los ist, aber eins kann ich dir sagen: Du solltest dir in Ruhe darüber klar werden, was du willst. Und am Ende gibt es nur eins, auf das du hören solltest."

„Und das wäre?"

„Dein Herz, Hanna", erklärte Louisa. „Hör einfach darauf, was dein Herz dir sagt."

11. KAPITEL

Wann fährst du eigentlich das nächste Mal zu Petter Jöndal raus?", erkundigte sich Hannas Vater, als sie am nächsten Morgen gemeinsam am Frühstückstisch saßen.

Malin hatte wie immer reichlich aufgetischt: Brot und Brötchen standen ebenso zur Auswahl wie selbstgemachte Marmeladen, verschiedene Wurst- und Käsesorten sowie Obst und Müsli. An diesem Morgen hatte sich Hanna für eine Portion Müsli mit Milch und frischen Früchten entschieden. Nach dem gestrigen Tag fühlte sie sich noch ziemlich erledigt, und ein Energieschub war jetzt genau das, was sie brauchte. Der frisch aufgebrühte, herrlich aromatisch duftende Kaffee tat sein Übriges.

Hanna zuckte mit den Schultern. „Eigentlich dachte ich, dass ich heute Nachmittag bei ihm vorbeischaue. Wieso? Hast du vielleicht Lust, mich zu begleiten?"

Einen Moment lang hoffte sie, dass er einwilligen würde, denn zunächst sagte er nichts, sondern bestrich schweigend eine Brötchenhälfte mit Aprikosenmarmelade.

Doch dann schüttelte er den Kopf. „Lieber nicht", sagte er. „Ich fühle mich immer noch nicht so gut. Vielleicht sollte ich mich gleich wieder hinlegen."

„Aber du bist doch gerade erst aufgestanden", entgegnete Hanna überrascht. So langsam bereitete ihr das Verhalten ihres Vaters ernsthafte Sorgen. Er wurde immer verschlossener, immer eigenbrötlerischer. Und allmählich fragte sie sich, wo das noch enden sollte. Sein Bein war auf jeden Fall im Augenblick das kleinste seiner Probleme.

Und das zeigte sich auch jetzt wieder deutlich, als er seufzend sagte: „Ich bin eben nicht mehr der Mann, der ich früher einmal war. Ich werde alt, Hanna. Und nichts in meinem Leben hat mich darauf vorbereitet, wie sich das anfühlt …"

Sie griff über den Tisch hinweg nach seiner Hand. „Du gehörst noch lange nicht zum alten Eisen, *Pappa*", gab sie zurück. „Warum machst du dich so verrückt? Du kannst gut und gerne noch einige Jahre arbeiten und danach deinen Lebensabend genießen."

„Pah – Lebensabend!" Er spie das Wort aus, als wäre es etwas Abscheuliches, Widerwärtiges. „Wenn du damit meinst, meine Tage damit zu verbringen, am Morgen schon darauf zu warten, dass ich endlich wieder ins Bett gehen kann – darauf würde ich mit Freuden verzichten."

„Aber so muss es doch nicht sein, *Pappa,* du …"

„Lassen wir das", fiel er ihr barsch ins Wort. „Du kannst mich nicht verstehen, mein Kind. Wie solltest du auch?" Ächzend griff er nach seinen Krücken, die an den Tisch gelehnt standen, und erhob sich schwerfällig von seinem Stuhl. Malin, die am Herd gestanden und das Gespräch schweigend verfolgt hatte, kam sofort herbeigeeilt, um ihn zu stützen, doch davon wollte er nichts wissen. Brummig wandte er sich ab. Das angebissene Marmeladenbrötchen blieb unbeachtet auf seinem Teller zurück. „Erzähl mir heute Abend, wie es zwischen Petter und dir gelaufen ist", bat er. „Ich gehe mich jetzt ausruhen."

Damit verließ er, so schnell es seine Krücken und sein verletztes Bein zuließen, die Küche.

Betroffen schaute Hanna ihm nach. Sie wünschte, sie wüsste etwas zu sagen, um ihn aufzumuntern. Doch auf der anderen Seite war sie sich ziemlich sicher, dass es nichts gab, was sie tun konnte.

Trotzdem beschloss sie, sich in den nächsten Tagen etwas Zeit für ihren Vater zu nehmen. Auch wenn ihre Beziehung nicht immer die allerbeste gewesen war, so liebte sie ihn doch von ganzem Herzen.

Er war und blieb ihr Vater. Und sie wollte, dass es ihm gut ging.

Dass er glücklich war.

„Das wird schon wieder." Malins Stimme riss sie aus ihren Gedanken. Die herzensgute Haushälterin setzte sich ihr gegenüber an den Tisch und blickte sie aufmunternd an. „Dein Vater macht gerade eine schwere Zeit durch. Aber auch das geht vorüber."

„Ja, zumindest hoffe ich das." Hanna nickte.

„Die Sache mit eurer Patientin ... Lisbet heißt sie, glaube ich. Also, dass sie ins Krankenhaus gegangen ist, hat ihm viel bedeutet."

„Hat er darüber gesprochen?", hakte Hanna nach.

Malin lächelte. „Ein bisschen. Du weißt ja, wie dein Vater ist. Ein großer Redner war er nie. Aber ich glaube ..."

„Ja?"

„Wenn du herausfinden willst, was ihn wirklich bedrückt, dann liegt der Schlüssel dazu in genau diesem Fall."

„Du meinst, ich sollte mit ihm über Lisbet sprechen? Aber das habe ich doch schon, mehrfach sogar."

„Vielleicht solltest du mal ein wenig nachhaken."

Nachdenklich runzelte Hanna die Stirn. Es stimmte, ihr war auch schon aufgefallen, dass ihrem Vater die Sache mit Lisbet sehr naheging, und sie hatte sich gefragt, warum das so war.

Sie beschloss, so bald wie möglich mit ihrem Vater darüber zu sprechen. Aber das musste warten. Erstens erschien ihr Vater ihr dafür momentan nicht in der Verfassung, und zweitens musste sie sich um ihre Patienten kümmern.

Dennoch fühlte sie sich alles andere als wohl, als sie an diesem Morgen zu ihrer Runde aufbrach. Es gefiel ihr nicht, den Schärenarzt allein lassen zu müssen. Nicht, dass sie glaubte, dass tatsächlich ein akuter Grund zur Sorge bestand. Aber trotzdem …

Als sie mit der *Havshäxä* hinausfuhr und sich langsam der Insel näherte, auf der Lennart mit seiner Tochter und seiner Schwiegermutter wohnte, ertappte sie sich dabei, dass ihre Gedanken in eine ganz andere Richtung abschweiften.

Am vergangenen Abend, nach dem Telefonat mit Louisa, hatte sie sich fest vorgenommen, zunächst einmal Ordnung in das Chaos zu bringen, das im Augenblick in ihrem Kopf herrschte. Es war ihr wie eine vernünftige Idee vorgekommen. Etwas, das ihr dabei helfen würde, sich darüber klar zu werden, was sie wirklich wollte. Und deshalb war sie fest entschlossen gewesen, Abstand von Lennart zu halten und auch nicht mehr an ihn zu denken.

Jetzt, bei Tageslicht betrachtet, wusste sie nicht mehr, was sie sich dabei gedacht hatte. Als ob sie sich Lennart einfach so aus dem Kopf schlagen könnte!

Seufzend fuhr sie sich durchs Haar. Sie wusste selbst nicht so genau, was eigentlich mit ihr los war. Es war alles andere als typisch für sie, sich so zu verhalten. Aber so wie für Lennart hatte sie bisher auch noch für keinen anderen Mann empfunden.

Und ganz gewiss nicht für Jan-Fredrik.

Kurz entschlossen stellte sie den Motor der *Havshäxä* ab und zückte ihr Handy. Dann wählte sie Jan-Fredriks Handynummer.

Es dauerte eine ganze Weile, bis er sich meldete. Hanna war schon kurz davor gewesen, es aufzugeben. Als sie schließlich seine Stimme hörte, durchzuckte es sie wie ein Blitz.

„Hanna?“

Vor Schreck hätte sie beinah das Handy fallen lassen. Ihr zweiter Impuls war es, einfach aufzulegen. So zu tun, als hätte sie gar nicht versucht, ihren Lebensgefährten in Göteborg anzurufen.

Doch das wäre feige gewesen. Seit wann gehörte sie zu den Frauen, die beim ersten Anzeichen von Schwierigkeiten die Flucht ergriffen?

Sie räusperte sich. „Ja, ich bin's", sagte sie dann. „Hast du einen Moment Zeit für mich, oder störe ich gerade?"

Kurz zögerte er, seufzte dann aber. „Es ist zwar ein wenig ungünstig, aber ein paar Minuten kann ich erübrigen. Also, was gibt's so Dringendes?"

Besonders erfreut schien er nicht darüber zu sein, dass sie sich meldete. Und das, obwohl sie sich die ganze Zeit nicht gesehen und abgesehen von ein paar kurzen SMS nicht einmal miteinander kommuniziert hatten.

Zu ihrer eigenen Überraschung empfand sie deshalb keine Enttäuschung. Eher ein Gefühl von Ernüchterung.

„Hör zu, Jan-Fredrik, es gibt da ein paar Dinge, die wir miteinander besprechen sollten. Aber das machen wir vielleicht besser, wenn du ein bisschen mehr Zeit hast. Kann ich dich vielleicht heute Abend noch mal anrufen?"

„Heute Abend habe ich schon eine Verabredung", erwiderte er nüchtern. „Aber nächsten Sonntag könnte ich ein paar Minuten für dich erübrigen, wenn es unbedingt sein muss."

Hanna umklammerte das Telefon fester. Sie spürte, wie sie langsam, aber sicher ärgerlich wurde. *Wenn es unbedingt sein muss ...* Was bildete er sich eigentlich ein? Besonders viel konnte sie ihm ja nicht bedeuten, wenn er sie so gleichgültig behandelte.

„Wenn du dir schon nicht für mich Zeit nehmen willst,

dann interessiert dich vielleicht trotzdem, wen ich hier in den Stockholmer Schären getroffen habe."

„Wen denn?", fragte er, und sie hätte am liebsten aufgelegt, so gelangweilt, wie er klang.

Sie wusste, dass es ein Fehler war. Dass sie die Dinge nur unnötig verkomplizierte, indem sie einfach so mit der Wahrheit herausplatzte. Aber sie konnte sich einfach nicht zügeln. „Sagt dir der Name Lennart Eckström was?"

Ein paar Sekunden lang herrschte Schweigen am anderen Ende der Leitung. Ein deutliches Zeichen dafür, dass sie es geschafft hatte, Jan-Fredrik wirklich kalt zu erwischen.

„Du hast ihm gegenüber doch nichts ausgeplaudert, oder?"

Warum wunderte es sie nicht, dass dies seine einzige Sorge war? Es interessierte ihn nicht im Geringsten, wie sie mit der Situation zurechtgekommen war und noch immer zurechtkommen musste. Natürlich nicht. Denn für Jan-Fredrik drehte sich die ganze Welt nur um eine einzige Person: sich selbst.

„Wenn du damit meinst, ob ich ihm erzählt habe, was damals im OP passiert ist, dann lautet die Antwort: Nein, ich habe ihm nichts gesagt. Aber ich frage mich inzwischen durchaus, ob ich damals nicht einen Fehler gemacht habe, indem ich zugestimmt habe, die ganze Angelegenheit unter den Teppich zu kehren. Und ehrlich gesagt frage ich mich das schon länger."

„Jetzt hör mir mal gut zu, Hanna", fauchte er wütend. „Du wirst schön weiterhin deinen hübschen Mund halten, sonst ..."

„Sonst was?" Hanna konnte es nicht fassen. Wollte er ihr jetzt auch noch drohen?

„Ich werde dafür sorgen, dass du deinen Job verlierst", sagte er gefährlich leise. „Die Klinikleitung wird ganz sicher nicht erfreut sein, wenn sie davon erfährt, dass du nach all der Zeit die Wahrheit ausposaunen willst."

Nur mit Mühe widerstand Hanna dem Drang, ihr Handy einfach ins Wasser zu schleudern. Doch das Gerät konnte ja nichts dafür. Es war Jan-Fredrik, der sie zur Weißglut brachte.

Er und sein selbstgerechtes Verhalten.

„Glaubst du, darüber bin ich mir nicht im Klaren? Aber ich fürchte für dich, dass diese Vorstellung inzwischen längst nicht mehr so erschreckend für mich ist wie womöglich noch vor einem Jahr."

„Du wirst niemals wieder einen Fuß in die Tür eines Krankenhauses bekommen", warnte er weiter.

Hanna lachte. Was hatte sie eigentlich die ganze Zeit an ihm gefunden? Hatte sie sich wirklich den Kopf darüber zerbrochen, wie es ihm ergehen mochte, wenn sie sich doch entschloss, die Wahrheit zu sagen? Hatte sie tatsächlich Angst gehabt, ihm schaden zu können?

Nun, es war ganz offensichtlich, dass es sich andersherum nicht so verhielt. Dass er nichts für sie empfand und sich nicht um sie sorgte. Nicht wenn er ihr so offen die Pistole auf die Brust setzte, nur um seinen eigenen Hals zu retten.

Sie atmete tief durch. „Es wird dich vielleicht wundern, aber auch das ist mir nicht mehr wichtig. Ich bin schon lange nicht mehr glücklich damit, wie in Krankenhäusern mit Patienten umgegangen wird. Vielleicht lasse ich mich einfach irgendwo als Ärztin nieder, wer weiß? Ich habe festgestellt, dass mir die Arbeit als Allgemeinmedizinerin durchaus Freude macht."

Offenbar hatte sie auf Jan-Fredrik sehr überzeugend gewirkt, denn er schien einen Wechsel seiner Taktik für notwendig zu halten.

„Und ich bin sicher, dass du im Moment einen ganz hervorragenden Job als Schärenärztin leistest", sagte er. „Die Patienten deines Vaters sind zu beneiden, eine so kompetente Vertretungsärztin bekommen zu haben. Aber wir wissen doch beide, dass deine wahre Bestimmung eine andere ist, nicht wahr? Du willst nicht nur einer Handvoll Menschen helfen, Hanna. Du willst *wirklich* etwas verändern."

„Und als Nächstes erzählst du mir noch, dass ich als Assistenzärztin in der Pilgatan-Klinik dazu jemals Gelegenheit bekommen werde? Hör auf damit", sagte sie. „Ich kaufe dir nicht ab, dass du plötzlich deine weiche Seite wiederentdeckt haben willst. Du versuchst doch nur, dich bei mir einzuschmeicheln, damit ich dein schmutziges kleines Geheimnis nicht ausplaudere." Sie schüttelte den Kopf. „Aber das höre ich mir nicht länger an. Ich glaube, es ist besser, wenn wir an dieser Stelle einen Schlussstrich ziehen, Jan-Fredrik. Das mit uns war schon zum Scheitern verurteilt, seit du und Professor Lindeman mich dazu gedrängt habt, gegen mein Gewissen zu handeln. Ich hätte niemals auf euch hören sollen."

Mit diesen Worten beendete sie das Gespräch und schaltete ihr Handy auf lautlos. Das tat sie normalerweise nicht, schon allein, um jederzeit für ihre Patienten erreichbar zu sein. Doch sie kannte Jan-Fredrik. Er würde pausenlos versuchen, sie anzurufen, und das konnte sie im Augenblick wirklich nicht gebrauchen.

Wie konnte er nur so eiskalt und berechnend sein? Und damit meinte sie nicht nur das Gespräch von eben. Nein, vor allem dachte sie daran, wie er sich schon vor einem Jahr verhalten hatte, und das nicht nur ihr gegenüber. Wie hatte er die ganze Sache vertuschen können? Wie hatte er sich auf die Seite der Klinik stellen können?

Und damit auch gegen seine Lebensgefährtin?

Selbst als der Leiter der Klinik Hanna offen gedroht hatte, dass sie es bereuen würde, wenn sie nicht schwieg, hatte Jan-Fredrik tatenlos zugesehen. Nein, mehr noch: Er hatte sogar mitgemacht, sie zu überreden, den Mund zu halten.

Hanna atmete scharf ein. Sie war so wütend auf ihn, dass sie es kaum in Worte zu fassen vermochte. Und sie war wütend auf sich selbst, weil sie tatsächlich auch nur eine Sekunde erwogen hatte, ihr Leben mit ihm zu verbringen.

Ein Teil von ihr wollte am liebsten sofort zu Lennart eilen und ihm endlich die Wahrheit sagen. Doch eine leise innere Stimme riet ihr davon ab.

Es war keine gute Idee, eine Entscheidung von solcher Tragweite zu treffen, wenn man derart wütend und aufgebracht war. Also versuchte sie, sich zu beruhigen, ließ den Motor der *Havshäxä* wieder an und steuerte das Boot zu der Insel, auf der die Jöndals lebten.

Vielleicht konnte sie ihren Zorn wenigstens nutzen, um an anderer Stelle etwas Gutes zu erreichen. Mit freundlichen Worten allein kam sie nämlich bei ihrem Problempatienten Petter keinen Schritt weiter. Es wurde Zeit, dass sie andere Register zog.

Rasch vertäute sie das Motorboot am Steg und eilte dann den Weg zum Haus hinauf. Sie hielt sich nicht mit Höflichkeiten auf und trat durch die Haustür, ohne vorher angeklopft zu haben.

Überrascht schauten Rike Jöndal und ihr Sohn, die am Esstisch saßen, sie an. „Frau Doktor, was …?“

Petter fläzte sich dösend auf der Couch. Der scharfe Geruch, der von ihm ausging, machte klar, dass er trotz der frühen Stunde schon einiges getrunken hatte.

„Würden Sie mich bitte einen Moment mit Ihrem Mann

allein lassen?", bat Hanna mit einer Stimme, die keinen Widerspruch duldete. „Es wird nicht allzu lange dauern."

Die ältere Frau nickte, nahm ihren Sohn bei der Hand und trat mit ihm hinaus auf die Veranda. Hanna war nun mit Petter allein, doch davon schien dieser kaum etwas mitzubekommen. Er lag mehr auf der Couch, als dass er saß. Seine Augen waren halb geschlossen, und hin und wieder stieß er Laute aus, die wie leises Schnarchen klangen.

Hanna hätte nicht für möglich gehalten, dass sie noch wütender werden könnte, als sie es ohnehin schon war. Doch Petter belehrte sie eines Besseren.

„Du meine Güte, wachen Sie auf! Ich möchte mit Ihnen reden!" Als er sich nicht rührte, trat sie auf ihn zu und beugte sich über ihn; dann umfasste sie seine Schultern und schüttelte ihn.

Der Alkoholgestank, der ihr dabei in die Nase stieg, verursachte ihr Übelkeit. Sie versuchte, durch den Mund zu atmen, doch auch das half nicht viel. Petter roch wie eine heruntergekommene Kneipe am Morgen nach einer wilden Feier.

Erst als er plötzlich zu sprechen begann, bemerkte sie, dass er überhaupt nicht schlief.

„Vielleicht will ich aber nicht mit Ihnen reden", entgegnete er. „Verschwinden Sie!"

Er lallte längst nicht so stark, wie sie es angesichts seines geschätzten Alkoholpegels angenommen hätte. Vermutlich war er inzwischen einfach zu sehr an sein Gift gewöhnt, um die Folgen noch großartig zu spüren.

Hanna wusste selbst nicht, warum der Gedanke sie so traurig stimmte, doch ihre Wut verrauchte zumindest ein wenig. Nicht genug jedoch, um Petter seinen Willen zu lassen.

„Das könnte Ihnen so passen", murmelte sie, ging in die Küche und füllte ein Glas, das auf der Arbeitsplatte stand, mit Wasser. Dann ging sie zu Petter zurück und schüttete ihm die kalte Flüssigkeit ins Gesicht.

Damit hatte er offenbar nicht gerechnet. Keuchend setzte er sich auf und starrte Hanna aus großen Augen an. „Was, zum Teufel, sollte das?“, fauchte er dann.

„Ich versuche nur, Sie in einen Zustand zu versetzen, in dem ein einigermaßen vernünftiges Gespräch mit Ihnen möglich ist.“ Sie neigte den Kopf ein Stück zur Seite. „Und, wie sieht’s aus? Sind Sie jetzt bereit, mir ein wenig von Ihrer geschätzten Aufmerksamkeit zu schenken?“

Begeistert wirkte er nicht unbedingt. Störrisch verschränkte er die Arme vor der Brust und ignorierte das Wasser, das ihm aus den strähnigen Haaren tropfte. Doch immerhin lief er nicht davon, was Hanna als kleinen Sieg verbuchte. Wenn es vielleicht auch vor allem daran lag, dass er nicht mehr ganz sicher auf den Beinen war.

Sie zog sich einen Stuhl heran und stellte ihn Petter gegenüber ab, ehe sie sich setzte. „Sie müssen damit aufhören“, sagte sie dann und beugte sich zu ihm vor. „Ziehen Sie die Notbremse, ehe Sie am Ende noch alles verlieren, was Ihnen im Leben etwas bedeutet.“

Er murmelte etwas Unverständliches und senkte den Blick. Seine Hände schienen mit einem Mal unglaublich interessant zu sein.

„Es nutzt nichts, die Augen vor der Realität zu verschließen, Petter. Sie steuern im Moment geradewegs auf den Abgrund zu. Und ich glaube, Sie wissen, dass ich damit nicht nur Ihre Gesundheit meine.“

Als er nun aufblickte, lag etwas in seinen Augen, das sie schon öfter an ihm bemerkt hatte. Er wirkte traurig.

Einsam.

Geschlagen.

„Was wissen Sie denn schon von meinem Leben?“, fragte er bitter. „Sie haben doch gar keine Ahnung, wie es sich anfühlt, jemand wie ich zu sein. Schauen Sie sich an! Der alte Herr Doktor muss furchtbar stolz auf sein perfektes Fräulein Tochter sein. Ich glaube nicht, dass Sie in Ihrem Leben schon einmal einen Fehler gemacht haben.“

Hanna konnte ihn nur ungläubig anstarren. „Das meinen Sie nicht ernst, oder? Wir alle machen Fehler. Das ist es, was uns zu Menschen macht. Und eben auch die Tatsache, dass wir wieder aufstehen und weiterkämpfen, wenn wir zu Boden gegangen sind.“

„Ich habe versucht, mich wieder aufzurappeln. Sie mögen es mir vielleicht nicht glauben, aber das habe ich tatsächlich. Bloß sind die Dinge am Ende eben doch so, wie sie nun mal sind. Ich kann das, was geschehen ist, nicht rückgängig machen. Ganz gleich, was ich auch tue, meine Familie wird immer unter mir zu leiden haben. Sie müssen die mitleidigen Blicke der Menschen ertragen und die Demütigung, ihr normales Leben mit eigenem Haus, Auto und Sommerresidenz gegen das hier“, er vollführte eine alles umfassende Geste, „eingetauscht zu haben.“

Hanna schaute sich um. Das Sommerhäuschen war nicht gerade besonders groß, aber es verfügte über allen erdenklichen Komfort. Es gab schlimmere Orte, an denen man sein Leben fristen konnte. Sehr viel schlimmere. In ihrer Anfangszeit in Göteborg hatte sie neben dem Studium in einer Suppenküche gearbeitet. Dort war sie Menschen begegnet, die nicht einmal ein Dach über dem Kopf hatten. Menschen, die von Sozialhilfe lebten und sich jedes kleine Extra vom Munde absparen mussten.

Diesen Menschen war es wirklich schlecht gegangen. Aber viele von ihnen hatten trotzdem gekämpft.

Nicht so Petter.

Er hatte einfach aufgegeben, als die Dinge kompliziert zu werden drohten. Und das war es, was seiner Familie wirklich Kummer bereitete. Nicht die Tatsache, dass es ihnen an irgendwelchen materiellen Dingen fehlte.

„Sie haben eine bewundernswerte Frau und einen Sohn, auf den Sie stolz sein können", sagte sie. „Gemeinsam leben Sie in einem hübschen Häuschen auf einer kleinen Insel mitten in den Stockholmer Schären. Ich muss schon sagen, Sie haben mein vollstes Mitgefühl."

„Ihre Ironie können Sie sich sparen", stieß er wütend hervor. „Sie wissen genau, dass unsere Lage ein wenig anders ist als das, was Sie da beschreiben. Meine Familie hat etwas Besseres verdient als einen alten Saufkopf wie mich, der leichtsinnig ihre Existenz aufs Spiel gesetzt hat."

„Ganz genau", stimmte Hanna ihm zu, und ihr entging nicht, dass er leicht zusammenzuckte. „Ihre Familie hat tatsächlich etwas Besseres verdient als einen Mann, der sich hinter seinen Fehlern versteckt, anstatt sich aufzurappeln und sein Leben wieder in den Griff zu bekommen."

Er runzelte die Stirn. Seine Augen wurden schmal. „So wie Sie das sagen, klingt es, als ob es ganz einfach wäre. Glauben Sie mir ruhig, wenn ich Ihnen sage, dass ich mein altes Leben mit Freuden wieder zurücknehmen würde, wenn ich es könnte. Aber ich kann es nicht. Was vergangen ist, ist vergangen. Damit muss ich mich ebenso abfinden wie jeder andere auch."

„Der Unterschied ist nur, dass Sie es eben nicht tun. Sie klammern sich an Ihre Vergangenheit, so als ob es kein Morgen gäbe. Und merken dabei gar nicht, wie Sie sich damit die Zukunft verbauen." Sie bedachte ihn mit einem ernsten Blick. „Sowohl Ihre eigene als auch die Ihrer Frau und Ihres

Sohnes. Denn sosehr Sie sich auch anstrengen mögen, die beiden vor den Kopf zu stoßen, es wird Ihnen nicht gelingen. Und soll ich Ihnen sagen, warum? Weil sie Sie lieben, Sie alter Hornochse!"

Überrascht schaute Petter sie an. Offenbar hatte er nicht damit gerechnet, dass sie so offene Worte für ihn finden würde. Wenn sie ehrlich zu sich selbst sein wollte, wunderte sie sich fast selbst ein bisschen darüber. Es war sonst nicht ihre Art, so mit Patienten umzuspringen. Doch dies war die einzige Sprache, die ein Mann wie Petter Jöndal zu verstehen schien.

„Was sagen Sie?", fragte sie nach einer Weile sanft. „Denken Sie nicht, dass es sich lohnen könnte, noch einmal in Ruhe über Ihre Entscheidungen nachzudenken? Und wenn Sie damit fertig sind und vielleicht zu dem Schluss kommen, dass sie es doch noch einmal versuchen wollen – Sie wissen, wo Sie mich erreichen können. Rufen Sie mich an, Petter. Jederzeit." Sie lächelte. „Das ist mein voller Ernst. Ich kann Ihnen helfen – allerdings nur, wenn Sie sich von mir helfen lassen."

Als sie ihm in die Augen schaute, waren diese klar wie schon sehr lange nicht mehr. Der Nebel, den der Alkohol hinterlassen hatte, war verflogen. Beinahe erinnerte er Hanna wieder an sein früheres Selbst. Den Mann, der in seinem weißen Kittel hinter der Theke seiner Eisdiele gestanden und für jeden, der vorbeikam, ein Lächeln übriggehabt hatte.

„Ich … ich weiß nicht, was ich sagen soll", entgegnete er schließlich leise. „Im Grunde weiß ich ja, dass Sie recht haben und dass ich es mir zu einfach gemacht habe. Aber was soll ich denn tun? Wer gibt einem alten Mann wie mir noch einen Job? Und selbst wenn – die Bank hat mir die Hypothek für den Laden gekündigt. Ich werde den Rest meines

Lebens für etwas bezahlen, das ich nicht einmal mehr besitze. Selbst das Haus hier gehört mir im Grunde nicht mehr. Es ist nur Glück, dass sich bisher kein zahlungskräftiger Käufer gefunden hat."

Hanna legte ihm eine Hand auf den Arm. Sie konnte gut verstehen, wie er sich fühlte. Es war die Hoffnungslosigkeit seiner Situation gewesen, die ihn zu dem Menschen gemacht hatte, der er heute war. Er hatte keinen Ausweg mehr gesehen und den Kampf aufgegeben, ehe er richtig begonnen hatte.

„Wir werden eine Lösung finden", beruhigte sie ihn. „Aber zuallererst müssen Sie mit dem Trinken aufhören, Petter. Nicht nur um Ihretwillen, sondern auch Ihrer Familie zuliebe."

Er nickte. „Und Sie glauben, dass ... ich das schaffen kann?"

„Wenn Sie es wirklich wollen – ja. Und Sie müssen das nicht allein durchstehen. Es gibt sehr gute Ärzte, die auf Suchterkrankungen spezialisiert sind, und Therapien, die Alkoholikern Hilfestellung dabei geben, trocken zu werden." Sie lächelte. „Ganz davon abgesehen, werden Ihr Sohn und Ihre Frau ganz gewiss alles tun, um Sie zu unterstützen. Und mein Vater und ich sind schließlich auch noch da. Alles, was Sie tun müssen, ist, den ersten Schritt zu machen." Sie streckte ihm die Hand hin. „Sind Sie dazu bereit?"

Er schlug ein, und Hanna fühlte, wie eine Woge der Erleichterung über sie hinwegrollte. Endlich hatte sie das Gefühl, einen entscheidenden Sieg errungen zu haben. Und ein leises Schluchzen von der Tür her verriet ihr, dass nicht nur sie so empfand.

Als sie sich umdrehte, sah sie Rike Jöndal dort stehen. Tränen schimmerten in ihren Augen, und sie hatte sich die Hand auf den Mund gelegt. Doch zum ersten Mal, seit Hanna sie nach ihrer Ankunft auf Vaxholm gesehen hatte, wirkte sie nicht todunglücklich, sondern vielmehr erleichtert.

„Ist das wirklich dein Ernst?“, fragte sie, den Blick unverwandt auf ihren Mann gerichtet. „Bist du wirklich bereit, dir helfen zu lassen?“

Er schaute weg, nickte aber, und Rike eilte auf ihn zu und umarmte ihn stürmisch. Lächelnd zog Hanna sich zurück und verließ das Haus. Für den Moment hatte sie alles erreicht, was sie erreichen konnte. Sie würde am folgenden Tag wieder bei den Jöndals vorbeischauen. Die Familie brauchte jetzt erst einmal ein bisschen Zeit für sich.

12. KAPITEL

Als Hanna zehn Minuten später mit der *Havshäxä* ablegte, war das Hochgefühl, das sie empfunden hatte, schon beinah wieder verflogen. Sie freute sich darüber, dass sie den Jöndals helfen konnte. Bei der Lösung ihrer eigenen Probleme kam sie allerdings nicht ganz so gut voran.

Unwillkürlich musste sie wieder an Jan-Fredrik denken. Zwar war sie noch immer verärgert, aber ihre heiße Wut war verraucht. Immerhin trug er nicht allein die Verantwortung dafür, dass sich die Dinge auf diese Weise zwischen ihnen entwickelt hatten. Zu einer Partnerschaft gehörten immer zwei Menschen, und beide mussten daran arbeiten, dass die Beziehung funktionierte. Und wenn Hanna ehrlich war, musste sie eingestehen, dass es daran nicht nur auf Jan-Fredriks Seite gehapert hatte.

Seit dem Vorfall vor einem Jahr war es einfach nicht mehr so wie vorher gewesen. Sie waren nie das bis über beide Ohren verliebte Paar gewesen, aber durch den Tod von Lennarts Frau war auch das letzte bisschen Leichtigkeit aus ihrer Beziehung verschwunden.

Lennart …

Der Gedanke an ihn weckte nun wieder vollkommen andere, aber mindestens ebenso unwillkommene Gefühle in ihr. Obwohl sie sich erst am Tag zuvor gesehen hatten, sehnte sie sich schon wieder nach ihm. Und auch wenn sie wusste, dass es keine besonders gute Idee war, gab sie schließlich der Versuchung nach, seine Insel anzusteuern.

Nur um Majas willen, versuchte sie sich selbst einzureden. Doch im Grunde ihres Herzens wusste sie durchaus, dass sie sich selbst etwas vormachte. Natürlich lag Maja ihr am Herzen – doch es war der Vater des Mädchens, den sie wirklich sehen wollte.

Und warum auch nicht? fragte sie sich selbst. Die Sache zwischen Jan-Fredrik und ihr war vorbei – zumindest soweit es sie betraf. Natürlich wollte sie dies noch einmal persönlich mit ihm besprechen, doch sie konnte sich nicht vorstellen, ihre Beziehung unter diesen Umständen weiter aufrechtzuerhalten. Und sie war sich ziemlich sicher, dass auch Jan-Fredrik daran nicht unbedingt interessiert war.

Außer womöglich, um sie davon abzuhalten, die Wahrheit über den schrecklichen Vorfall auf den Tisch zu bringen. Mittlerweile fragte sie sich sogar, ob er nicht überhaupt nur aus diesem Grund so lange mit ihr zusammengeblieben war.

Der Gedanke war ernüchternd. Sie hätte nie für möglich gehalten, dass ihr Leben einmal einen solchen Verlauf nehmen würde. Ein Job, der sie Tag für Tag aufs Neue frustrierte, liiert mit einem Mann, der sie nicht wirklich liebte. Warum tat sie sich das eigentlich an?

Sie erreichte die Insel und machte das Boot am Anleger fest. Als sie kurz darauf festen Boden unter den Füßen hatte, fragte sie sich, ob sie nicht gerade dabei war, einen riesigen Fehler zu begehen. Nach der Auseinandersetzung mit Jan-Fredrik und dem Gespräch mit Petter Jöndal befand sie sich in einer emotionalen Ausnahmesituation. Es war äußerst unvernünftig, in einem solchen Moment irgendwelche weitreichenden Entscheidungen zu treffen. Das wusste sie alles genau – und doch konnte sie sich nicht davon abhalten, genau das zu tun. Es war verrückt. Und dennoch fühlte es sich richtig an.

Maja kam ihr freudestrahlend entgegen, als Hanna den Weg zum Haus hinaufging. Zuerst umarmte das kleine Mädchen Hanna, dann nahm es sie bei den Händen und zog sie mit sich in Richtung Veranda. Das alles, ohne ein Wort zu sagen. Wie immer. Und dennoch hatte Hanna durchaus das Gefühl, dass die Kleine Fortschritte machte. Auch wenn sie noch immer nicht sprach, so schien es doch so, als sei sie offener, zugänglicher geworden. Ein gutes Zeichen? Vor allem lächelte und lachte sie viel, etwas, das sie, wie sie von Lennart wusste, nahezu ein Jahr lang ebenfalls nicht getan hatte.

Sie sah Lennart auf der Hollywoodschaukel, als sie sich der Veranda näherten. Sofort erinnerte sie sich daran, was er zu ihr gesagt hatte. Darüber, wie er und seine Frau … Hastig schob sie den Gedanken beiseite.

Er schien überrascht zu sein, sie zu sehen. Sofort stand er auf und kam auf sie zu. Da er offenbar nicht wusste, wie er sie begrüßen sollte, ergriff sie die Initiative. Sie umarmte ihn kurz, trat dann aber rasch wieder zurück.

Trotzdem spürte sie sofort, wie sich wohlige Wärme in ihr ausbreitete – und das lag einzig und allein an Lennart. Wie war es möglich, dass eine flüchtige Berührung schon ausreichte, sie so empfinden zu lassen? Dabei kannte sie ihn doch im Grunde kaum. Die Tatsache, dass sie sich vor über einem Jahr einmal im Krankenhaus begegnet waren, konnte man wohl kaum als echtes Kennenlernen bezeichnen.

Noch dazu, da die Umstände damals alles andere als ideal gewesen waren …

Sie atmete tief durch.

„Ich habe nicht mit dir gerechnet“, sagte er lächelnd. „Du bist wohl schon süchtig nach Ullas Kochkünsten, wie?“

Hanna schmunzelte. „Schon möglich.“ Sie zuckte mit den Schultern. „Ich war gerade in der Nähe. Tja, und da ich für heute keine weiteren Patienten auf meiner Liste habe, wollte ich vorbeischauen und sehen, wie es meiner jüngsten Patientin hier geht.“ Lächelnd schaute sie zu Maja hinab. „Na, wie sieht's aus? Wollen wir das schöne Wetter nicht für einen kleinen Ausflug nutzen?"

„Oh ja!"

Hanna stand da wie vom Donner gerührt, und auch Lennart sah aus, als habe er gerade ein Gespenst gesehen.

Ungläubig schaute er seine Tochter an, ließ sich auf die Knie sinken und ergriff Majas Hände, die im Vergleich zu seinen eigenen so winzig und zart wirkten. „Kleines", stieß er heiser hervor. „Mein Gott ..."

Wirklich überrascht war Hanna nicht, dass er kaum in der Lage zu sein schien, einen ganzen Satz zu formulieren. Auch sie selbst konnte immer noch nicht recht glauben, dass sie gerade zum ersten Mal überhaupt Majas Stimme gehört hatte.

Die Kleine lächelte jedoch nur, umarmte ihren Vater und gab ihm einen Kuss. Fast begann Hanna zu zweifeln, ob sie das alles nicht nur geträumt hatte. Doch Lennarts Reaktion sprach Bände.

Als klar war, dass Maja nicht vorhatte, noch ein weiteres Wort zu sprechen, erhob er sich und wechselte einen kurzen Blick mit Hanna.

Die atmete tief durch. „Wir könnten nach Vaxholm fahren", schlug sie vor. „Ich würde euch gern auf Kaffee und Kuchen einladen. Und mein Vater würde sich sicher auch freuen, euch beide kennenzulernen." Fragend schaute Hanna das kleine Mädchen an. Maja nickte energisch. „Dann ist es also abgemacht?"

„Abgemacht", sagte Lennart. „Ich sage nur eben Ulla Bescheid."

„Warum nehmen wir sie nicht ebenfalls mit?", fragte Hanna. „Ich finde, sie hat sich eine kleine Belohnung dafür verdient, dass sie uns nun schon zwei Mal so wunderbar bekocht hat."

„Das ist eine gute Idee“, stimmte Lennart ihr zu. „Ich gehe fragen, ob sie Lust hat.“

Es dauerte keine fünf Minuten, bis er zusammen mit Ulla zurückkehrte. Die ältere Frau redete leise auf ihn ein und verstummte abrupt, als er ihr einen warnenden Blick zuwarf. Es war offensichtlich, über was die beiden sich unterhalten hatten.

„Komm, Kleines“, sagte Hanna und nahm Maja bei der Hand. „Wir beide machen die *Havshäxä* zum Ablegen bereit. Dein Vater und deine Oma kommen sicher gleich nach.“

Sie ließen die beiden allein und gingen zum Steg. Viel gab es nicht zu tun. Hanna löste rasch die Leinen, danach zeigte sie dem kleinen Mädchen, wie man ein Motorboot steuerte. Nicht, dass Maja mit diesem Wissen in den nächsten Jahren etwas würde anfangen können. Doch sie sog jede Information wie ein Schwamm in sich auf.

Es dauerte nicht lange, bis auch Lennart und Ulla erschienen. Die ältere Frau strahlte übers ganze Gesicht, als sie an Bord kletterte. „Na, mein Mädchen.“ Zärtlich streichelte sie Maja das Haar. „Ist es nicht schön, dass wir mal wieder unter Menschen kommen?“

Die Kleine nickte energisch, schwieg aber. Nichts deutete mehr darauf hin, dass sie vor nicht einmal einer Viertelstunde das erste Mal seit über einem Jahr wieder gesprochen hatte.

Fragend schaute Lennart sie an, und Hanna schüttelte den Kopf. Er wirkte inzwischen nicht mehr ganz so überschwänglich. Offenbar war ihm klar geworden, dass seine Tochter ihr selbst gewähltes Schweigen noch immer nicht aufgegeben hatte.

Trotzdem – es mochte nur ein kleiner Schritt sein, doch er ging ganz eindeutig in die richtige Richtung. Und er zeigte deutlich, dass Maja durchaus noch in der Lage war zu sprechen. Sie *wollte* es ganz einfach nicht. Aber das war etwas, das sich jederzeit ändern konnte.

Ulla saß zusammen mit Maja hinten auf der hinteren Sitzbank, während Lennart vorne bei Hanna am Steuer der *Havshäxä* stand.

„Ich kann immer noch nicht fassen, dass sie gesprochen hat", sagte er so leise, dass nur sie es hören konnte. „Nach all der Zeit habe ich kaum noch gewusst, wie sich ihre Stimme anhört."

Sie legte ihm eine Hand auf die Schulter. „Ich kann mir vorstellen, wie das für dich gewesen ist. Ich war auch vollkommen perplex."

„Aber seitdem hat sie kein Wort mehr gesagt", fuhr er nachdenklich fort.

„Hast du wirklich damit gerechnet?"

Er zuckte mit den Schultern. „Gerechnet nicht, nein. Aber vermutlich gehofft."

„Das ist ja auch absolut nachvollziehbar. Aber es ist doch ein gutes Zeichen, findest du nicht? Wenn sie einmal gesprochen hat, dann wird sie es auch wieder tun. Es ist alles nur eine Frage der Zeit."

Sie erreichten Vaxholm, und Hanna legte mit der *Havshäxä* am Privatsteg ihres Elternhauses an. „Hier bin ich groß geworden", erklärte sie ihren Gästen.

Ulla deutete auf die alte Schaukel, die unter dem knorrigen Birnbaum hing. „Schau mal, was wir dort haben, Maja. Möchtest du vielleicht eine Runde schaukeln? Ich schubse dich auch an."

Lennart schaute sich neugierig um, während seine Tochter und seine Schwiegermutter mit der Schaukel beschäftigt waren. „In diesem Haus bist du also aufgewachsen", sagte er nach einer Weile und drehte sich lächelnd zu Hanna um. „Es ist hübsch. Gemütlich. Ich kann mir vorstellen, wie du als kleines Mädchen mit geflochtenen Zöpfen durch den Garten getollt bist und Blumen für deine *Mamma* gepflückt hast."

Hanna schluckte. „Genau so ist es wohl gewesen", sagte sie. „Ich war sehr glücklich hier – zumindest bis zu dem Tag, an dem meine Mutter starb."

Betroffen senkte Lennart den Blick. „Du hast sie sehr vermisst, nicht wahr?"

„Natürlich." Hanna zuckte mit den Schultern. „Ich meine, es war ja nicht so, als ob wir keine Zeit gehabt hätten, uns darauf vorzubereiten. Obwohl der Krebs erst sehr spät diagnostiziert worden ist." Nachdenklich runzelte sie die Stirn. „Heute frage ich mich manchmal, warum das so war. Sie muss Schmerzen gehabt haben. Damals, als junges Mädchen, war mir das noch nicht klar. Aber später …" Sie schüttelte den Kopf. „Wie auch immer. Komm, ich stelle euch meinem Vater und Malin vor."

Er ließ es zu, dass sie seine Hand ergriff. Und es fühlte sich so gut, so richtig an, ihm nah zu sein. Vielleicht war Lennart wirklich der Mann, nach dem sie sich ihr ganzes Leben lang gesehnt hatte.

Auf jeden Fall war er vollkommen anders als Jan-Fredrik.

Der Gedanke an ihren Freund in Göteborg – ihrem *Ex*freund, denn genau das war er in ihren Augen bereits – erinnerte sie daran, dass sie noch immer ein düsteres Geheimnis in sich bewahrte.

Ein Geheimnis, für dessen Aufklärung Lennart mehr als er ein Jahr lang gekämpft hatte.

Anspannung machte sich in ihr breit. Sie bekam ein beklommenes Gefühl in der Magengegend, und ihre Kehle war mit einem Mal wie zugeschnürt.

Sie fühlte sich Jan-Fredrik nicht mehr verpflichtet. Er hatte von Anfang an nur versucht, sie zu manipulieren. Dennoch ließ sich nicht verleugnen, dass sie die ganze Zeit über für ihn geschwiegen hatte.

Wie würde Lennart reagieren, wenn er die ganze Wahrheit erfuhr?

Zu ihrem eigenen Entsetzen stellte sie fest, dass sie sich jetzt keine Gedanken um Jan-Fredrik oder um ihren Job mehr machte. Wenn die Klinik ihr kündigte, bedeutete das vielleicht nicht das Ende für sie, sondern einen neuen Anfang.

Wenn sie ehrlich zu sich selbst sein wollte, dann spielte sie schon länger mit dem Gedanken, aus Göteborg fortzugehen. Und nun, nachdem ihre Beziehung in die Brüche gegangen war, hielt sie erst recht nichts mehr in der Großstadt.

Ulla und Maja folgten ihnen neugierig zum Haus. Als sie die Veranda erreichten, trat Malin heraus und blinzelte erstaunt. „Ach du liebe Güte, was haben wir denn hier für einen Menschenauflauf?"

„Tut mir leid, ich hätte dich vorwarnen sollen", erklärte Hanna lachend. „Das sind Lennart und Maja Eckström. Und das ist Ulla, Lennarts Schwiegermutter."

„Ach ja, ich erinnere mich." Sie wandte sich an Maja und beugte sich zu ihr hinunter. „Du bist also die mutige junge Dame, die zu weit mit ihrer Luftmatratze rausgerudert ist, ja?"

Maja nickte ernst.

„Sie spricht nicht viel", erklärte Ulla. „Und entschuldigen Sie bitte den Überfall. Hanna hat uns zu einem kleinen Ausflug überredet, und bei der Gelegenheit wollte sie uns ihr Elternhaus zeigen."

„Aber das macht doch überhaupt nichts", sagte Malin. „Ganz im Gegenteil sogar. Es ist doch immer schön, wenn einmal wieder ein bisschen Leben in die Bude kommt." Sie öffnete die Tür und hielt sie auf. „Immer hereinspaziert. Die Küche ist geradeaus und dann links. Macht es euch bequem. Ich hole den Herrn Doktor – es wird ihm ganz bestimmt guttun, mal wieder unter Menschen zu kommen."

Hanna führte ihre Gäste und setzte, als alle Platz genommen hatten, schon einmal Kaffee auf.

„Hm …" Sie öffnete den Kühlschrank und musterte den Inhalt. „Ich fürchte, dass wir nicht viel dahaben, was ich dir anbieten könnte, Kleines", sagte sie schließlich.

In dem Moment betrat Malin, gefolgt von einem mürrisch dreinblickenden Kristoffer Winterberg, die Küche. „Natürlich haben wir etwas für unseren kleinen Gast. Was hältst du davon, wenn ich dir eine heiße Schokolade mache, hm?"

Majas begeistertem Nicken zufolge hatte sie mit ihrem Vorschlag genau ins Schwarze getroffen. Das Mädchen schob seinen Stuhl zurück und trat zu Malin an den Herd, während Hannas Vater auf den Tisch zuhumpelte.

„Setz dich doch, *Pappa*", sagte Hanna und rückte ihm einen Stuhl zurecht. „Darf ich vorstellen? Das sind Lennart, seine Schwiegermutter Ulla – und das entzückende Mädchen ist Lennarts Tochter Maja."

Kristoffer Winterberg ließ sich auf den freien Platz fallen und murmelte etwas Unverständliches. Hanna sank das Herz. Offenbar hatten sie ihn in einer wirklich schlechten Stimmung erwischt. Etwas, das in letzter Zeit leider immer häufiger vorzukommen schien.

Sie sah, wie Lennart leicht die Stirn runzelte. Offenbar irritierte ihn Kristoffers unfreundliches Verhalten. Ulla indes ließ sich davon kein bisschen beeindrucken.

„Freut mich, dass wir uns endlich einmal persönlich kennenlernen", sagte sie strahlend. „Ich habe schon sehr viel von Ihnen gehört."

Er hob eine Braue, entgegnete aber nichts. Schweigend starrte er auf seine Hände, die er auf der Tischplatte abgelegt hatte.

„Ihre Tochter ist eine ganz hervorragende Ärztin", fuhr Ulla ungerührt fort. „Sie müssen sehr stolz auf sie sein."

Ihre Worte entlockten Hannas Vater lediglich ein mürrisches Schnauben. Mühsam unterdrückte Hanna ein Aufstöhnen. Was mussten Lennart und Ulla jetzt von ihm denken? Kristoffer Winterberg benahm sich ihnen gegenüber wirklich ganz abscheulich.

Malin schien zu merken, was am Tisch vor sich ging, denn Hanna sah, wie die ältere Frau ihrem Vater einen leichten Tritt gegen den gesunden Knöchel versetzte, als sie eine Tasse Kaffee vor ihn auf den Tisch stellte. Bald schon waren sie alle mit heißen Getränken versorgt – doch die Stimmung am Tisch konnte man leider nur als eisig bezeichnen. Einzig Maja, die selig an ihrer heißen Schokolade mit Sahne nippte, schien von der Anspannung im Raum nichts mitzubekommen.

Die Minuten krochen nur so dahin, und Hanna war froh, als sie dem Elend endlich ein Ende bereiten konnte. „Was haltet ihr davon, wenn ich euch den Garten zeige?", wandte sie sich an Lennart, Maja und Ulla.

Lennart ging sofort auf ihren Vorschlag ein, und auch Maja nickte. Zu Hannas Überraschung schien Ulla aber noch bleiben zu wollen. „Geht ihr nur. Ich glaube, ich lege noch ein kurzes Päuschen ein, wenn ihr nichts dagegen habt. Ihr könnt mich ja dann abholen, wenn ihr zum Eisessen aufbrechen wollt."

Hanna zuckte mit den Schultern. Natürlich hatte sie nichts dagegen – was ihren Vater betraf, war sie da allerdings nicht so sicher. Doch er war ein erwachsener Mann und konnte sehr gut für sich selbst sprechen.

Malin begleitete Lennart, Maja und sie nach draußen.

„Was ist denn heute bloß mit *Pappa* los?“, erkundigte sich Hanna. „Ist ihm eine Laus über die Leber gelaufen?“

Seufzend zuckte Malin mit den Schultern. „Um ehrlich zu sein, ich weiß es nicht, aber er ist schon den ganzen Tag so. Ich hatte gehofft, dass er sich wenigstens in Gegenwart von Besuchern ein wenig zusammenreißen würde, aber offenbar habe ich da zu viel erwartet.“

„Arme Ulla“, seufzte Hanna an Lennart gewandt.

Der grinste. „Mach dir keine Sorgen um sie. Ulla weiß sich sehr gut zu helfen. Und ich glaube außerdem, dass sie sich ganz genau darüber im Klaren ist, worauf sie sich eingelassen hat.“ Er schüttelte den Kopf. „Ganz offensichtlich mag sie deinen Vater.“

Ungläubig schaute Hanna ihn an. „Ich meine, nicht, dass ich *Pappa* nicht mögen würde – aber er hat sich gerade nicht unbedingt von seiner Schokoladenseite gezeigt.“

„Und genau das ist es, was ihr Interesse geweckt haben dürfte.“ Er lächelte. „Schwierige Fälle sind genau nach Ullas Geschmack. Mein Schwiegervater war auch so ein Kandidat. Als ich Lena kennenlernte, war er bereits lammfromm. Aber Ulla hat mir irgendwann mal erzählt, wie er gewesen ist, als sie sich zum ersten Mal begegneten …“ Er lachte leise. „Offenbar hat er alles getan, um sie vor den Kopf zu stoßen. Doch das machte Ulla nur noch entschlossener.“

Hanna war überrascht. „So habe ich sie überhaupt nicht eingeschätzt.“

„Das tun die wenigsten“, entgegnete er. „Aber Ulla ist eine sehr zielstrebige Frau. Und wenn sie sich einmal etwas in den Kopf gesetzt hat, dann lässt sie sich nicht so leicht wieder davon abbringen.“

Malin lachte. „Na, dann kann ich nur hoffen, dass es keine

Toten oder Verletzten gibt, wenn wir nachher wiederkommen. Der Herr Doktor kann nämlich auch ein ziemlicher Dickschädel sein."

Etwa zwanzig Minuten später saßen sie alle zusammen in dem Café, das früher einmal die Eisdiele von Petter Jöndal gewesen war. Während Malin zusammen mit Maja an der Theke stand, um sich die angebotenen Torten und Kuchen anzusehen, musste Hanna unwillkürlich an ihren Patienten denken.

Ob er stark sein und bei seinem einmal getroffenen Entschluss bleiben würde? Sie konnte es nur hoffen. Es war die einzige Chance, die die kleine Familie noch hatte. Wenn Petter so weitermachte wie bisher, dann würden sie alle früher oder später daran zugrunde gehen.

„Was bedrückt dich?", fragte Lennart und musterte sie eindringlich.

Sie seufzte. „Sieht man mir das so deutlich an?"

„Allerdings." Er lachte leise. „Also? Es hat etwas mit dem Mann zu tun, dem dieses Café hier früher gehört hat, nicht wahr? Du hast beim letzten Mal schon so etwas angedeutet. Er ist dein Patient, richtig?"

Hanna nickte. „Ich darf dir natürlich keine Einzelheiten erzählen, aber Petter Jöndal hatte in der Vergangenheit einige schwere Rückschläge zu verkraften. Und er hat sie nicht besonders gut verarbeitet." Mit beiden Händen fuhr sie sich durchs Haar. „Ich glaube, er hat jetzt endlich verstanden, dass er etwas ändern muss."

„Aber das ist doch wunderbar – oder nicht?"

„Doch, im Grunde schon. Ich bin nur besorgt, ob er wirklich noch die Kraft und den Willen besitzt, eine solche Veränderung wirklich durchzuziehen." Schulterzuckend schaute sie ihn an. „Als ich vorhin mit ihm sprach, wirkte er fest entschlossen. Aber er ist ein Trinker, und es ist ja allgemein bekannt, wie schwer es ist, vom Alkohol loszukommen."

„Wenn er bereit ist, Hilfe anzunehmen, dann wird er es bestimmt schaffen", versuchte Lennart sie aufzumuntern. „Und mit einer Ärztin wie dir an seiner Seite kann ihm doch eigentlich nichts passieren."

Erneut hob sie die Schultern. „Das sagst du so einfach. Aber mir liegt das Schicksal dieser Menschen wirklich sehr am Herzen. Ich kann nicht einfach so tun, als würde es mich nicht interessieren."

Er streckte den Arm aus und legte seine Hand auf ihre. „Das würde ich auch nie von dir erwarten", sagte er. „Genau das macht dich nämlich zu dem Menschen, der du bist, Hanna. Dein Mitgefühl, deine Herzenswärme, dein Engagement."

Verlegen senkte sie den Blick. Mit einem solchen Kompliment hatte sie nicht gerechnet – schon gar nicht von ihm.

Erneut musste sie an ihr schmutziges kleines Geheimnis denken. War es nicht an der Zeit, endlich alles aufzuklären? Auch auf die Gefahr hin, dass Lennart sie danach womöglich verabscheuen würde?

Sie grübelte gerade über diese Frage nach, als sie fühlte, wie etwas in ihrer Hosentasche vibrierte. Kurz war sie irritiert, ehe ihr einfiel, dass sie ihr Handy nach der Auseinandersetzung mit Jan-Fredrik auf lautlos gestellt hatte.

Fast schon befürchtete sie, seinen Namen auf dem Display zu sehen, doch das war nicht der Fall. Es war eine Nummer hier aus der Gegend, die ihr aber nicht bekannt vorkam.

Ein Patient vielleicht?

„Hanna Winterberg, *Hej*", meldete sie sich.

Das Erste, was sie hörte, war ein langgezogenes Schluchzen, dann heftiges Atmen. Sie runzelte die Stirn. Entweder war jemand verletzt, oder aber der Anrufer weinte – sie konnte es nicht genau erkennen.

„Hallo, wer ist denn da?“, fragte sie. „Ist alles in Ordnung bei Ihnen?“

„Ich … es tut mir leid, dass ich Sie behellige, aber …“

Hanna hatte die Stimme der Frau am anderen Ende der Leitung sofort erkannt. „Rike“, stieß sie erschrocken hervor. „Das sind Sie doch, oder? Rike Jöndal?“

„Ja, ich bin’s. Ich …“ Sie atmete tief durch, ehe sie weitersprach. „Ich weiß nicht, was ich machen soll. Petter …“

Alarmiert richtete Hanna sich auf. „Was?“, fragte sie und wechselte das Telefon vom linken ans rechte Ohr. „Was ist mit Ihrem Mann? Geht es ihm nicht gut?“

Rike fing wieder an zu schluchzen, und dieses Mal brauchte sie einen Moment, um sich wieder zu beruhigen. „Er … ist verschwunden. Anders und ich haben die ganze Insel nach ihm abgesucht – vergeblich. Ich weiß mir nicht mehr zu helfen. Können Sie herkommen?“

„Natürlich“, sagte Hanna, schnappte sich ihre Jacke und stand auf. „Ich bin, so schnell es geht, bei Ihnen.“

13. KAPITEL

Was ist geschehen?", fragte Lennart alarmiert. „Rike Jöndal – ist das die Frau von deinem Patienten?"

Sie nickte. „Sie ist vollkommen außer sich. Wie es aussieht, ist Petter spurlos verschwunden. Ich muss sofort hinfahren und ihr bei der Suche helfen. Ich ... Was machst du da?"

Lennart war ebenfalls aufgestanden und hatte seine Jacke von der Stuhllehne genommen. „Dich begleiten, was denn sonst?"

„Das ist nicht nötig", entgegnete sie. „Und außerdem – was ist mit Maja? Du kannst sie doch nicht einfach hier allein lassen. Und ich glaube nicht, dass es eine gute Idee wäre, sie mitzunehmen."

Er hob eine Braue. „Sie ist ja wohl kaum allein, nicht wahr? Eure Haushälterin scheint mir eine sehr patente Frau zu sein. Und außerdem ist Ulla da. Ich gehe nur rasch zu ihnen rüber und sage Bescheid. Danach können wir sofort aufbrechen."

Was blieb ihr anderes übrig, als sich zu fügen? Eigentlich war es ja gar keine schlechte Idee; vier Augen sahen mehr als zwei. Und wenn Lennart unbedingt helfen wollte, gab es keinen Grund, ihn zurückzuweisen.

Sie wartete, bis er zurückgekehrt war, dann machten sie sich auf den Weg zurück zum Haus, wo die *Havshäxä* am Steg lag. Es dauerte nicht lange, das Boot startklar zu machen, dann waren sie auch schon unterwegs.

Es hätte ein schöner, romantischer Ausflug sein können. Die Sonne strahlte vom makellos blauen Himmel, das Wasser glitzerte und funkelte wie Edelsteine, und die Schären wirkten wie grüne Oasen in der Weite der Ostsee. Doch wirklich genießen konnte Hanna die Schönheit ihrer Umgebung nicht. Ihre Gedanken kreisten die ganze Zeit um Petter.

Wo steckte er bloß? Die Insel, auf der er mit seinem Sohn und seiner Frau lebte, war nicht besonders groß. Es gab nicht viele Orte, an denen er sich verstecken konnte. Und wenn sie ehrlich war, wusste sie auch nicht, was der Grund für sein Verschwinden war.

Vorhin, als sie von ihm weggefahren war, hatte sie geglaubt, dass alles in Ordnung sei. Er hatte so geläutert, so aufgeräumt gewirkt. Was war bloß geschehen?

Sie atmete tief durch und zwang sich, Ruhe zu bewahren. Niemandem war damit geholfen, wenn sie die *Havshäxä* auf den nächsten Felsen setzte.

Lennart schien ihre Anspannung zu spüren. Von hinten legte er ihr beruhigend die Hand auf die Schulter. „Mach dir keine Sorgen", sagte er. „Wir werden diesen Petter schon finden. So groß kann die Insel ja schließlich nicht sein."

„Das ist es ja eben", gab Hanna zurück. „Und seine Frau sagte, dass sie bereits alles abgesucht haben. Ich … mache mir Sorgen, dass er eine Dummheit begangen haben könnte."

„Du meinst, er würde sich etwas antun?"

„Ich weiß es nicht." Hanna zuckte mit den Achseln. „Eigentlich halte ich das nicht für sehr wahrscheinlich. Ich kann mir eher vorstellen, dass irgendein Unfall passiert ist, aber …" Sie fuhr sich durchs Haar. „Am besten ist es wohl, wenn wir abwarten, bis wir dort sind. Dann können wir immer noch weitersehen."

Rike erwartete sie schon am Anleger, als sie die Insel endlich erreichten. Die ältere Frau wirkte vollkommen aufgelöst. Ihre Augen waren rot vom Weinen, einige Strähnen hatten sich aus ihrem Zopf gelöst und hingen ihr wirr ins Gesicht. Sie war kreidebleich, nur ihre Wangen schienen zu brennen.

„Gott sei Dank, Sie sind endlich da", rief sie und fiel Hanna beinahe in die Arme, als Lennart und sie von Bord kletterten. „Ich werde noch verrückt! Wo kann Petter bloß stecken?"

Es war Lennart, der die Sache in die Hand nahm, worüber Hanna mehr als froh war. Sie selbst machte sich zu große Sorgen um Petter, um Rike wirklich beruhigen zu können. Lennart aber gelang es beinahe mühelos.

„Jetzt sind wir ja hier", sagte er und legte der älteren Frau einen Arm um die Schulter. „Wir werden Ihren Mann so lange suchen, bis wir ihn gefunden haben. Machen Sie sich keine Gedanken. Irgendwo muss er ja stecken."

Gemeinsam gingen sie zum Haus hinauf. Natürlich hatten Rike und Anders das gesamte Gebäude schon mehrfach abgesucht. Trotzdem beschlossen Hanna und Lennart, hier zu beginnen. Wie schon beinahe zu erwarten gewesen war, fanden sie keine Spur von Petter. Dafür fiel Hanna auf, dass etwas fehlte, was bei ihrem letzten Besuch ein paar Stunden zuvor noch da gewesen war.

„Haben Sie die Flasche entsorgt, mit der sich Petter heute Morgen betrunken hat?"

Rike schüttelte den Kopf. „Ich wollte es", sagte sie. „Aber er bestand darauf, sich selbst darum zu kümmern. Er sagte, dass es für ihn so etwas wie ein Symbol sei. Wenn er es schafft, diese Flasche loszuwerden, dann wird er auch vom Alkohol loskommen."

Hanna drehte sich zu Lennart um. „Das bedeutet, er hat sie mitgenommen, wohin auch immer er gegangen ist."

Er kam zu ihr herüber und senkte die Stimme, sodass nur Hanna ihn hören konnte. „Wäre es nicht möglich, dass er rückfällig geworden ist und nun irgendwo volltrunken im Unterholz liegt?"

Die Erklärung klang logisch, doch irgendwie konnte Hanna nicht so recht daran glauben. Sie fühlte einfach, dass etwas anderes dahintersteckte. Petter war ihr zu entschlossen vorgekommen, als dass sie sich vorstellen konnte, dass er gleich wieder schwach geworden war.

Aber was war dann passiert?

„Kommt“, sagte sie entschlossen. „Wir teilen uns auf und suchen noch einmal die Insel ab. Lennart, du kommst mit mir, Rike geht mit ihrem Sohn.“

Niemand stellte Hannas Anweisungen infrage. Wie von selbst hatte sie die Führung des kleinen Suchtrupps übernommen. Selbst Lennart folgte ihr widerspruchslos.

Sie überprüften wirklich jeden Winkel, doch es war nicht die geringste Spur von Petter zu finden. Das Boot der Familie war am Steg angeleint gewesen, als Lennart und sie die Insel erreichten. Er war also nicht weggefahren und musste demnach irgendwo hier sein.

„Petter!“, rief sie, wobei sie die Hände als Schalltrichter um den Mund legte. „Petter, wo bist du? Wenn du mich hören kannst, dann melde dich!“

Eine Antwort erhielt sie nicht.

„Vielleicht sollten wir uns auch noch trennen“, schlug Lennart vor. „Wir könnten so einen größeren Radius abdecken.“

Hanna nickte. Die Idee war nicht schlecht, auch wenn ein Teil von ihr nur ungern ohne Lennart sein wollte. Aber sie waren schließlich nicht zu ihrem Vergnügen hier. Es ging darum, Petter zu finden.

Während Lennart tiefer in das kleine Wäldchen eindrang, ging Hanna in Richtung Ufer. Bald schon hörte sie das Plätschern des Wassers, das gegen die rund geschliffenen Findlinge rollte. Alles wirkte so friedlich. Ein paar Wolken zogen am strahlend blauen Himmel entlang, in der Ferne konnte sie einige Boote ausmachen, die zwischen den Schären umherfuhren. Die nächste Insel war nicht allzu weit entfernt, aber unbewohnt. Nur ein paar Bäume und Sträucher befanden sich darauf.

„Petter!", rief sie erneut, ziemlich sicher, dass sie erneut keine Antwort erhalten würde. Doch dann glaubte sie, in der Nähe ein leises Stöhnen zu hören.

Rasch eilte sie in die Richtung, aus der sie das Geräusch vernommen hatte. Zuerst konnte sie nichts sehen, doch dann entdeckte sie etwas zwischen zwei Felsen, das wie ein menschlicher Umriss aussah, und hörte erneut dieses Seufzen.

„Petter!", stieß sie alarmiert hervor und kletterte zwischen den Felsen hindurch, vorsichtig, um nicht abzurutschen und sich sämtliche Knochen zu brechen.

Ein schwaches Husten erklang, dann ein ersticktes Keuchen. „Oh, verdammt ...!"

Und dann hatte Hanna ihn endlich erreicht. Es war Petter – wer sonst? Offenbar war er auf die Felsen geklettert, um seine letzte Wodkaflasche von dort aus ins Meer zu werfen. Dabei musste er gestürzt sein und das Bewusstsein verloren haben.

So versteckt, wie er lag, war es kein Wunder, dass seine Frau und sein Sohn ihn nicht gefunden hatten.

„Um Himmels willen, Petter, was haben Sie denn bloß gemacht?"

Er rang sich ein Lächeln ab, das zu einer verzerrten Maske des Schmerzes wurde, als er versuchte sich aufzurichten. „Ich wollte tun, was Sie mir geraten haben", stieß er zwischen zusammengebissenen Zähnen hervor. „Aber ich fürchte, ich habe mich dabei alles andere als geschickt angestellt."

Beruhigend legte sie ihm die Hand auf die Schulter. „Lassen Sie mich mal sehen. Wo tut es denn am meisten weh?“

„Ich habe mir den Kopf angestoßen“, erklärte er. „Deshalb war ich wohl auch eine Weile lang ziemlich benebelt. Aber wirklich weh tut mir vor allem mein schlimmer Fuß.“

„Wie konnten Sie auch so unvernünftig sein?“, fragte Hanna kopfschüttelnd. Sie versuchte, sein rechtes Hosenbein hochzukrempeln, doch das allein reichte schon, um ihm ein gequältes Stöhnen zu entlocken. Er war kreidebleich, und ihm stand der kalte Schweiß auf der Stirn.

Da Hanna befürchten musste, dass ihm der Schmerz gleich wieder die Besinnung rauben würde, beschloss sie, dass sie Petter zunächst einmal hier herausbekommen mussten. Doch sie allein würde das niemals schaffen.

Sie brauchte Hilfe.

„Einen Moment“, sagte sie und tätschelte den Arm ihres Patienten. „Ich bin gleich wieder bei Ihnen.“

Sie kletterte über die Felsen zurück. Den letzten Meter brachte sie mit einem Sprung hinter sich, ehe sie sich suchend nach Lennart umblickte.

Allzu weit konnte er nicht gekommen sein. Es war gerade einmal ein paar Minuten her, dass sie sich getrennt hatten.

„Lennart? Lennart, ich habe ihn gefunden!“

Es dauerte keine dreißig Sekunden, da kam er auch schon aus dem Unterholz hervor. „Du hast ihn gefunden? Wo?“

Sie deutete in die entsprechende Richtung. „Er ist in einen Spalt zwischen zwei Felsen gestürzt“, sagte sie. „Wir müssen ihn irgendwie da rausholen, damit ich ihn behandeln kann.“

Er nickte. „Komm, sehen wir uns das Malheur mal an.“ Gemeinsam kehrten sie zu Petter zurück, der jetzt etwas klarer wirkte. Dafür schienen aber auch seine Schmerzen stärker geworden zu sein.

Nachdenklich kaute Lennart auf seiner Unterlippe. „Also, entweder wir rufen die Küstenwache zu Hilfe, oder ich versuche selbst, Sie zu tragen.“ Er bedachte den älteren Mann mit einem eindringlichen Blick. „Aber Sie sollten sich darüber im Klaren sein, dass es wehtun wird.“

Petter biss die Zähne zusammen und nickte. „Bringen wir's hinter uns.“

„Was kann ich tun?“, fragte Hanna, doch Lennart schüttelte den Kopf. „Im Augenblick gar nichts. Lauf los, und sieh zu, dass du seine Frau und seinen Sohn findest. Sie sollten wissen, dass er zwar verletzt, aber so weit in Ordnung ist.“

Sie nickte, obwohl sie sich bei dem Gedanken, die beiden allein zu lassen, alles andere als wohlfühlte. Umso mehr, als sie kurz darauf einen heiseren Schrei vernahm.

Sofort beschleunigte sie ihre Schritte. Wenn Rike und ihr Sohn den Schrei ebenfalls gehört hatten, würden sie sich jetzt erst recht schreckliche Sorgen machen. Und tatsächlich – sie war nicht weit gekommen, als die beiden ihr auch schon entgegenkamen.

Beruhigend hob Hanna die Arme. „Keine Sorge, es ist nicht so dramatisch, wie es sich vielleicht angehört hat. Petter ist auf ein paar Felsen geklettert, abgerutscht und gestürzt. Leider ist er dabei auf sein schlimmes Bein gefallen. Ich werde mir die Sache gleich ansehen – aber zuerst mal musste Lennart ihn aus seiner misslichen Lage befreien.“

Rike war deutlich anzusehen, dass sie mit den Tränen kämpfte. Sie nahm ihren Sohn bei der Hand. „Gehen wir zu ihm.“

Lennart hatte Petter am Ufer abgesetzt. Der ältere Mann hatte das Bewusstsein nicht verloren, wirkte aber sehr zittrig. So sehr, dass Hanna beschloss, ihn auf jeden Fall ins Krankenhaus zu bringen, nachdem sie ihn sich angesehen hatte.

Hier draußen auf der Insel gab es einfach nicht die nötige Ausrüstung, um ihn richtig zu untersuchen.

Trotzdem kniete sie sich vor ihn, während seine Frau ihm von hinten die Hand auf die Schulter legte. „Ich muss Ihnen den Schuh ausziehen“, kündigte sie an. „Das könnte jetzt wieder ein bisschen wehtun.“

„Schlimmer als das, was ich gerade durchgemacht habe, kann es auch nicht sein“, stieß er halb lachend, halb stöhnend hervor. „Ich kann nur hoffen, dass es für Sie etwas angenehmer sein wird, wenn Ihr Liebster hier Sie eines Tages über die Schwelle trägt.“

Kurz war Hanna irritiert, dann spürte sie, wir ihr das Blut in die Wangen schoss. Sie hüstelte. „Lennart und ich, wir … Es ist nicht so, wie es vielleicht aussieht, ich …“ Sie atmete tief durch und zwang sich, den Mund zu halten. Es war schrecklich, wie sie stammelte, wenn sie nervös wurde. Und Lennart war nun einmal ein Thema, das sie leicht aus der Ruhe brachte, so ungern sie es auch zugab.

Sie biss also die Zähne zusammen und schnürte vorsichtig Petters Schuhe auf. Dieser hielt sich gut, auch wenn er hin und wieder gequält aufstöhnte.

Der Rest lief dann auch sehr viel besser als erwartet. Der Knöchel ihres Patienten war nicht so schlimm angeschwollen, wie sie befürchtet hatte.

„Okay, ich glaube, das ist noch mal glimpflich ausgegangen“, sagte sie, nachdem sie noch einige weitere Untersuchungen durchgeführt hatte. „Der Fuß scheint nicht gebrochen zu sein, aber zur Sicherheit sollten wir doch lieber nach Stockholm ins Krankenhaus fahren.“ Sofort setzte Petter zum Protest an, doch Hanna duldete keinen Widerspruch. „Wollen Sie Ihrer Familie etwa schon wieder Kummer machen?“, fragte sie.

Der ältere Mann senkte den Blick. Glücklich wirkte er zwar nicht angesichts der Tatsache, dass er ins Hospital gebracht werden sollte, doch er fügte sich. Und so waren Hanna, Lennart und er schon ein paar Minuten später mit der *Havshäxä* erneut nach Stockholm unterwegs. Rike und ihr Sohn fuhren in ihrem eigenen Boot hinterher. Sie blieben auch bei Petter, als dieser später untersucht wurde.

Hanna und Lennart nutzten die Gunst der Stunde, um Lisbet einen Besuch abzustatten. Für Petter konnten sie im Augenblick ohnehin nichts tun. Er war bei den Ärzten der Klinik in den besten Händen.

Lisbet strahlte vor Freude, als die beiden ihr Zimmer betraten. Im Vergleich zu dem Tag, an dem Hanna und Lennart sie eingeliefert hatten, sah sie um einiges frischer und gesünder aus. Ihre Wangen waren leicht gerötet, und ihre Haut war ganz rosig.

„Du liebe Güte, Lisbet!“ Lächelnd trat Lennart an das Bett der alten Dame. „Sie sehen ja aus wie das blühende Leben! Ihnen scheint es hier wirklich gut ergangen zu sein. Erzählen Sie doch mal – was haben die Untersuchungen ergeben?“

„Die Ärzte sind sehr zufrieden mit mir“, erklärte Lisbet. „Zwar haben sie mich zuerst ausgeschimpft, weil ich so lange gezögert habe, mir helfen zu lassen. Aber sonst sind alle hier sehr nett und zuvorkommend.“ Sie lachte. „Ich bin selbst überrascht, aber bisher hatte ich noch gar kein Heimweh.“

Hanna lächelte. Sie war froh, dass ihr ältester Schützling sich so gut machte. In ein paar Tagen würde sie noch einmal vorbeischauen und mit einem der behandelnden Ärzte sprechen. Doch jetzt wollte sie erst einmal nach Hause. Sie hatte ein schlechtes Gewissen, dass sie Ulla allein mit ihrem Vater zurückgelassen hatte.

Sie verabschiedeten sich und gingen danach noch einmal in die Notaufnahme hinunter, wo sie sich davon überzeugten, dass Rike und ihr Sohn allein zurechtkommen würden. Nachdem das geklärt war, machten sie sich auf den Rückweg zur *Havshäxä*.

„Tut mir leid", sagte sie, während sie im Taxi saßen. „Der Nachmittag ist nicht ganz so verlaufen, wie ich es mir vorgestellt hatte."

Er lächelte. „Du brauchst dich nicht zu entschuldigen. Du hast Menschen geholfen, die in Not waren. Wie könnte ich dir daraus einen Vorwurf machen?"

„Ich …" Sie zuckte mit den Schultern und blickte zum Fenster hinaus, um nicht ihn ansehen zu müssen. Ihr lag noch immer die Frage auf der Seele, ob und wie sie ihm sagen sollte, was ein Jahr zuvor im OP geschehen war.

Es war seltsam. Ihr ganzes Leben hatte sie geglaubt, zu wissen, was richtig und was falsch war. Nun war sie sich ihrer Sache plötzlich nicht mehr so sicher.

Was, wenn sie einen nicht wiedergutzumachenden Fehler beging, indem sie die Vergangenheit ans Tageslicht zerrte? Lennart hatte ihr selbst gesagt, dass er das Gefühl hatte, über den Tod seiner Frau hinweg zu sein. Aber galt das auch noch, wenn sich herausstellte, dass er die ganze Zeit über recht gehabt hatte?

Sie atmete tief durch. War es also richtig, nichts zu sagen? Weiterhin zu schweigen, und den Verantwortlichen für Lenas Tod zu decken? Würde sie auf Dauer damit leben und ihren Anblick im Spiegel ertragen können?

Wann war es so verflixt schwer geworden, Richtig von Falsch zu unterscheiden?

„Was wolltest du sagen?", hakte er nach.

Sie schüttelte den Kopf und zwang sich zu einem Lächeln,

ehe sie sich ihm zuwandte. „Nichts. Ich danke dir, dass du mir geholfen hast. Ich weiß nicht, ob ich es ohne dich geschafft hätte."

Amüsiert hob er eine Braue. „Na ja, es wäre vermutlich schwierig geworden, deinen Patienten zwischen den Felsen hervorzubekommen, aber davon abgesehen …" Er legte ihr die Hand auf den Arm. „Du bist eine großartige Ärztin. Dieses Engagement, das du an den Tag legst, ist absolut nicht selbstverständlich."

Sie spürte, wie sie vor Verlegenheit errötete. Es war nicht so, dass sie seine Komplimente nicht zu schätzen wusste. Sie war einfach nicht daran gewöhnt.

Zum Glück erreichten sie in diesem Moment den Hafen, sodass sie nichts zu erwidern brauchte. Doch ihr Herz klopfte noch immer heftig, als sie aus dem Wagen stiegen.

Die Sonne stand bereits tief am Himmel, als sie die *Havshäxä* bestiegen. Wie ein glutroter Feuerball tauchte sie den Horizont und die Wasseroberfläche in ein loderndes Orangerot.

„Wunderschön, nicht wahr?" Lennart stand am Bug des Motorboots und schaute versonnen in die Ferne. Dann blickte er sich zu Hanna um und winkte sie heran. „Komm", sagte er, „das können wir auch gleich noch erledigen. Hin und wieder muss man auch einfach mal den Augenblick genießen."

Hanna trat zu ihm und ließ es zu, dass er ihr den Arm um die Taille legte. Es war vermutlich nicht besonders vernünftig, aber es fühlte sich gut an.

Gut – und richtig.

Als ob du im Moment in der Lage wärst, Richtig und Falsch zu unterscheiden …

Sie verdrängte den störenden Gedanken und schmiegte

sich noch ein Stück dichter an Lennart. Sie konnte seine Körperwärme spüren. Sein männlicher Duft hüllte sie ein.

Eine Ewigkeit hätte sie einfach so dastehen können.

In seinen Armen.

Doch es gab noch immer zu viele Dinge zu klären. Dinge, die sie erledigt haben wollte, ehe sie sich auf irgendetwas einließ.

Auf irgend*jemanden.*

Sie wusste, wenn sie die Gefühle, die sie allmählich für Lennart entwickelte, zuließ, gab es keinen Weg mehr zurück.

Als ob du den Punkt, an dem du noch umkehren konntest, nicht schon längst überschritten hättest …

Hanna atmete scharf ein, dann löste sie sich von Lennart und trat ans Steuer der *Havshäxä*. „Wir sollten jetzt wirklich los“, sagte sie, als er sie fragend anschaute. „Es ist schon spät, und ich will nicht im Stockdunkeln ankommen.“

Die Überfahrt nach Vaxholm verlief schweigend. Lennart saß auf der seitlichen Bank und schaute aufs Wasser hinaus, während Hanna sich darauf konzentrierte, das Boot zu lenken. Denn das fiel ihr sehr viel schwerer, als es sollte.

Noch nie hatte sie bei einem Mann so empfunden wie bei Lennart. Noch nie derart die Kontrolle verloren. Sie verstand selbst nicht, was mit ihr los war. Fest stand, dass sie sich in seiner Gegenwart mehr als nur wohlfühlte.

Darüber, was das zu bedeuten hatte, wollte sie lieber nicht nachdenken.

Sie erreichten das Haus ihres Vaters und legten an. Ihre Ankunft war offenbar nicht unbemerkt geblieben, denn Maja kam sofort aus dem Haus gelaufen und umarmte zunächst ihren Vater und dann Hanna.

Kurz nach ihr folgte Ulla. „Na, ihr zwei", grüßte sie. „Ihr wart ja ganz schön lange fort. War eure Mission wenigstens erfolgreich?"

Hanna nickte. „Wir haben meinen Patienten zwar nach Stockholm ins Krankenhaus bringen müssen, aber sein Zustand war nicht besonders dramatisch. Im schlimmsten Fall hat er sich seinen ohnehin schon angeknacksten Knöchel jetzt ganz gebrochen." Seufzend musterte sie Ulla. „Und hier? Ich hoffe, mein Vater hat sich einigermaßen zivilisiert benommen."

Die ältere Frau lachte auf. „Wie man's nimmt", antwortete sie, noch immer schmunzelnd. „Am Anfang war es ein bisschen schwierig, aber nach einer Weile ist er dann doch aufgetaut."

Überrascht schaute Hanna sie an. „Was hat das nun wieder zu bedeuten?"

„Na ja, wir haben uns ein bisschen unterhalten, und Ihr Vater ist eigentlich ein ziemlich netter Mann – man muss nur wissen, wie man ihn zu nehmen hat."

In dem Moment trat auch Kristoffer Winterberg aus dem Haus, und Hanna war überrascht über die Wandlung, die mit ihrem Vater vorgegangen war. Als sie die beiden verlassen hatten, war der Schärenarzt noch übellaunig und mürrisch gewesen. Nun wirkte er richtiggehend aufgeräumt. So hatte Hanna ihn schon lange nicht mehr erlebt.

„Habt ihr Petter gefunden?", wandte er sich an Hanna, nachdem er Ulla ein strahlendes Lächeln geschenkt hatte. „Er ist doch hoffentlich in Ordnung."

Sie nickte. „Zum Glück ist nichts Schlimmes passiert. Er ist böse gestürzt und hat seine Verletzung damit wieder verschlimmert. Aber er ist noch immer fest entschlossen, vom Alkohol loszukommen."

Kristoffer nickte. „Es ist gut, das zu hören. Ich bin froh, dass der alte Sturkopf doch noch die Kurve zu bekommen scheint. Er ist wirklich ein feiner Kerl, aber das Schicksal hat es in letzter Zeit nicht gut mit ihm gemeint."

„Wahrscheinlich ist es ganz normal, dass er versucht hat, der Realität zu entfliehen", entgegnete Hanna. „Aber irgendwo auf dem Weg ist er falsch abgebogen." Sie seufzte. „Na ja, Hauptsache ist, dass er das endlich auch begriffen zu haben scheint. Ich bin sicher, dass er es packen wird."

„Maja ist müde", meldete sich Lennart zu Wort. Er hatte seine Tochter auf den Arm genommen, die schläfrig ihren Kopf an seine Schulter schmiegte. „Ich störe das traute Zusammensein nur ungern, aber wir sollten jetzt wirklich langsam aufbrechen."

Ulla lächelte. „Fahrt ihr ruhig", sagte sie. „Es gibt im Augenblick wohl einen kleinen Jahrmarkt auf der Insel. Kristoffer hat mir versprochen, dass er mich ein bisschen rumführt."

„Du willst hierbleiben?" Überrascht hob Lennart eine Braue. „Aber wie willst du heute Abend zurück zur Insel kommen?"

„Ich kann doch einfach ein Zimmer in einer Pension hier im Ort nehmen", erwiderte Ulla.

Gleichzeitig sagte Kristoffer: „Sie kann doch einfach in einem der Gästezimmer hier im Haus übernachten."

Die beiden schauten sich an, dann lachten sie.

Schmunzelnd zuckte Hanna mit den Schultern. „Ich denke, wir werden hier nicht länger gebraucht, Lennart. Komm, ich bringe dich und deine Tochter zurück zur Insel."

14. KAPITEL

Als sie etwas später die *Havshäxä* erreichten, hatte Lennart sich wieder ein wenig von dem Schock erholt. Er lächelte amüsiert. „Ich glaube fast, Ulla hat es erwischt."

„Meinst du?" Auch Hanna konnte sich ein Grinsen nicht verkneifen. „Um ehrlich zu sein, mein Vater verhält sich auch ziemlich ungewöhnlich. Was mich wirklich wundert, denn er hat sich seit dem Tod meiner Mutter für keine Frau mehr interessiert. Zumindest nicht, soweit ich es mitbekommen hätte. Und Ulla kennt er doch gerade erst ein paar Stunden."

Lennart zuckte mit den Achseln. „Wo die Liebe hinfällt ..."

Hanna breitete die Decke, die sie immer an Bord hatte, auf der Sitzbank aus, sodass Lennart seine Tochter darauflegen konnte.

„Sie sieht so friedlich aus, wenn sie schläft", sagte er leise. „Man könnte glatt vergessen, was sie durchgemacht hat."

Hanna nickte. „Die arme kleine Maus."

„Glaubst du, dass sie irgendwann wieder anfangen wird zu sprechen?" Fragend schaute er sie an. „Ich vermisse es so, ihre Stimme zu hören."

Seufzend fuhr sie sich durchs Haar. „Das kann ich mir gut vorstellen. Und, ja, ich denke, dass sie wieder sprechen wird. Es ist nur eine Frage der Zeit. Aber du musst Geduld haben, Lennart. Ein solches Trauma überwindet man nicht einfach so über Nacht."

„Ich weiß", sagte er und rieb sich die Augen. „Aber es fällt verdammt schwer. Ich fühle mich einfach so hilflos, weil ich nichts tun kann, um ihr zu helfen."

„Aber du hilfst ihr doch! Du bist immer für sie da. Lennart, ich liebe meinen Vater. Ich liebe ihn wirklich sehr, aber … Nachdem meine Mutter gestorben war, vergrub er sich in seiner Arbeit. Er hat furchtbar unter ihrem Tod gelitten, das weiß ich. Aber ich hatte manchmal das Gefühl, dass er mich über seinem Schmerz vollkommen vergessen hat. Wäre Malin nicht gewesen …"

Sie schaute ihn an, und er wirkte so verletzlich, wie sie ihn noch nie zuvor gesehen hatte. Er war ein starker Mann, aber seine kleine Tochter war sein schwacher Punkt. Und irgendwie machte ihn das in Hannas Augen noch anziehender.

Ihr Herz klopfte heftig, und sie schluckte hart, um den Kloß, der sich in ihrer Kehle gebildet hatte, loszuwerden. Doch es war vergeblich. All die Gefühle, die sie in erstaunlich kurzer Zeit für Lennart entwickelt hatte, brachen sich plötzlich Bahn. Am liebsten wäre sie ihm in die Arme gefallen und hätte alles vergessen, was zwischen ihnen stand und eine Beziehung zu ihm unmöglich machte.

Die Tatsache, dass sie wusste, was damals im OP wirklich mit seiner Frau geschehen war – und dass sie es ihm immer noch nicht gesagt hatte …

Sie zwang sich, den Blick nach vorn aufs Wasser zu richten. Sie musste stark sein … Doch als er ihr von hinten die Hände auf die Schultern legte, vergaß sie den Rest des Gedankens. Die Wärme, die er ausstrahlte, umfing sie, und sie musste dem drängenden Impuls widerstehen, die Augen zu schließen und sich an ihn zu schmiegen.

Es war so verführerisch.

Und falsch.

Erleichtert atmete Hanna auf, als sie die Insel erreichten. Lennart hob die noch immer tief und fest schlafende Maja von der Bank und kletterte mit ihr auf den Steg.

„Gute Nacht“, sagte Hanna, ohne ihn anzusehen. Sie hatte nicht einmal den Motor der *Havshäxä* abgestellt, um deutlich zu machen, dass sie gleich wieder aufbrechen wollte.

Doch er schien andere Pläne zu haben. „Willst du nicht noch auf einen Sprung mit reinkommen? Auf einen Kaffee vielleicht?“ Er lächelte. „Dein Vater und Ulla freuen sich sicher, wenn sie noch ein bisschen länger unter sich sein können.“

Daran zweifelte Hanna keine Sekunde. Und sie selbst sehnte sich auch mit jeder Faser ihres Herzens danach, bei ihm zu bleiben.

Aber war es auch richtig?

Was kümmert dich das? Du willst es genauso sehr wie er. Warum lässt du es nicht einfach geschehen?

Ihre Finger zitterten leicht, als sie den Motor ausschaltete. Die sonst so geübten Griffe beim Vertäuen am Steg erschienen ihr plötzlich schrecklich kompliziert. Kurz kniff sie die Augen zusammen. *Reiß dich zusammen, Hanna!*

Als sie etwas später das Haus betraten, brachte Lennart zuerst seine Tochter nach oben in ihr Bettchen.

„Sie schläft noch immer wie ein Murmeltier“, verkündete er lächelnd, als er die Treppe hinunterkam.

„Es war ein aufregender Tag für sie“, entgegnete Hanna.

Lennart trat einen Schritt auf sie zu. „Es war ein aufregender Tag für *mich*.“

Seine Lippen lagen auf ihren, ehe sie überhaupt begriff, was geschah. Und dann schlang sie ihm auch schon die Arme um den Nacken, vertiefte den Kuss und gab sich ganz den köstlichen Gefühlen hin, die er in ihr weckte.

Irgendwie gelangten sie ins Wohnzimmer, und Lennart schloss die Tür, ohne sich von Hanna zu lösen. Sie landeten auf der Couch. Lennart über ihr, so nah, aber doch längst nicht nah genug.

Als sie glaubte, nicht mehr atmen zu können, unterbrach er ihren Kuss und ließ seine Lippen nun ihren Hals hinunterwandern.

Hanna bäumte sich unter ihm auf. Sie hatte das Gefühl, in Flammen zu stehen. Heißes Verlangen pulsierte durch ihren Körper, sehr viel stärker, als sie es je zuvor empfunden hatte.

Sie war keine Frau für eine schnelle Affäre. War es nie gewesen. Doch obwohl sie Lennart erst so kurze Zeit kannte, vermochte sie der Leidenschaft, die sie für ihn empfand, nichts entgegenzusetzen.

Ungeduldig zerrte sie an seinem Hemd, zog es aus dem Bund seiner Hose und nestelte an den Knöpfen. Als ihre Finger schließlich seine glatte, muskulöse Brust berührten, raubte es ihr fast den Atem. Sie konnte nicht fassen, wie sehr sie sich zu ihm hingezogen fühlte. Es war fast wie eine Sucht. Etwas, von dem sie einfach nicht genug bekommen konnte.

Und ihm schien es nicht viel anders zu ergehen. Er zog eine Spur brennender Küsse über ihr Dekolleté, und ihr stockte der Atem. Ungeduldig knöpfte er ihre Bluse auf und liebkoste ihre Brüste durch den schlichten weißen Stoff des BHs. Einen Moment lang schämte sie sich, weil er sicher an etwas anderes gewöhnt war als schlichte Baumwollunterwäsche. Doch seine bewundernden Blicke ließen diesen Gedanken verschwinden, und als er den Verschluss ihres BHs öffnete und ihre Knospen abwechselnd mit den Lippen umschloss und genüsslich mit der Zunge umkreiste, war ohnehin jeder klare Gedanke vergessen.

Wie von Sinnen vergrub sie ihre Finger in seinem Haar und presste seinen Kopf an ihre Brüste. Währenddessen ließ er die Hände tiefer wandern und schob sie zwischen ihre Schenkel.

Er fand ihren sensibelsten Punkt, und Hanna stöhnte erstickt auf. Mit weit aufgerissenen Augen legte sie den Kopf in den Nacken. Ihr Atem kam gepresst und stoßweise. Willig drängte sie sich ihm entgegen und schlang ihm die Beine um die Hüften.

Nie zuvor in ihrem Leben war sie von so brennender Lust erfüllt gewesen wie in diesem Moment.

„Lennart, bitte ...", stieß sie heiser hervor, und er quittierte ihre Worte mit einem Keuchen.

Innerhalb von Sekunden hatten sie sich sämtlicher störender Kleidungsstücke entledigt, sodass Hanna nun seine brennende Haut auf ihrer spürte. Es raubte ihr schier den Verstand, ihm so nah zu sein.

Sie wollte ihn. Wollte ihn ganz und ohne Vorbehalte.

In diesem Moment kümmerte es sie nicht, was morgen geschehen würde. Einzig und allein dieser Augenblick zählte. Und den wollte sie gemeinsam mit Lennart bis zum Letzten auskosten.

Als er endlich zu ihr kam, erfüllt es sie mit einem unglaublichen Glücksgefühl. Sie klammerte sich an ihn, flüsterte immer wieder seinen Namen, bis er ihr ganzes Denken auszufüllen schien.

Doch auch er schien vollkommen die Kontrolle über sich verloren zu haben. Immer schneller und machtvoller drang er in sie ein, und mit jedem Stoß fühlte Hanna sich der endgültigen Erfüllung näher.

Sie war wie entfesselt. Ihr Herz raste, flüssige Lava schien durch ihre Adern zu pulsieren. Voller Leidenschaft passte sie sich seinem Rhythmus an, bis sie wirklich eins miteinander waren und mit einem heiseren Aufschrei gleichzeitig zum Höhepunkt kamen. In warmen Wellen rollte er durch ihren Körper, und die ganze Zeit über hielt sie Lennarts Blick gefangen.

Es war, als würde sie in seinen blauen Augen ertrinken – und sie genoss jede einzelne Sekunde, so als gäbe es nur sie beide auf der Welt.

Etwas später lagen sie aneinandergekuschelt auf der Couch. Lennart hatte eine Decke über ihre nackten Körper ausgebreitet. Hanna lag halb neben, halb auf ihm, hatte ein Bein über ihn gelegt, das Gesicht an seinen Nacken geschmiegt, sodass er ihren warmen Atem spüren konnte.

Noch immer genoss er die Nachwirkungen dessen, was soeben zwischen ihnen geschehen war. Er hatte keinen Namen dafür, denn es ließ sich mit nichts vergleichen, was er in der Vergangenheit erlebt hatte.

Zwischen Lena und ihm war es im Bett immer recht gut gelaufen – zumindest hatte er das geglaubt. Er war zufrieden gewesen, ebenso wie sie. Doch erst jetzt erkannte er, was wahre Leidenschaft bedeutete.

Wenn er die Augen schloss, konnte er noch immer Hannas verzücktes Gesicht vor sich sehen. Sie hatte sich ihm vollkommen geöffnet, alle Barrikaden niedergerissen und ihn bis ins Innerste ihrer Seele blicken lassen. Und ganz von selbst war er ihrem Beispiel gefolgt. Er hatte nicht einmal geahnt, dass so etwas überhaupt möglich war.

Sanft strich er mit den Fingerspitzen über die weiche helle Haut ihrer Schultern. Was war bloß mit ihm los? Er schien einfach nicht genug von ihr bekommen zu können. Gleichzeitig verspürte er erste Gewissenbisse.

Vor dem Traualtar hatte er Lena einst geschworen, sie ewig zu lieben und zu ehren. Gerade einmal ein Jahr war sie jetzt tot. Wie konnte es sein, dass er sich so schnell über sie hinwegtröstete?

Durfte er nach so kurzer Zeit überhaupt schon wieder glücklich sein?

„Was beschäftigt dich?“, fragte Hanna, so als hätte sie seine Gedanken gelesen. „Du denkst an deine Frau, nicht wahr?“

Seufzend fuhr er sich durchs Haar, dann nickte er. „Es tut mir leid. Ich kann mir vorstellen, dass sich das ziemlich merkwürdig für dich anfühlt.“ Er zuckte mit den Schultern. „Ich … Es tut mir leid.“ Sanft, aber bestimmt löste er sich von ihr und stand auf. „Ich gehe kurz duschen – es sei denn, du …“

„Nein, nein“, sagte sie. „Geh ruhig. Ich muss mich auch langsam auf den Weg machen. Mein Vater und Malin werden sich schon fragen, wo ich bleibe.“

Hanna hörte das Prasseln der Dusche aus dem Badezimmer, während sie ihre Kleidung zusammensammelte und sich anzog. Ihre Gedanken wirbelten wild durcheinander. Was hatte sie bloß getan? Wie war sie nur in diese merkwürdige Situation geraten?

Keine Frage, sie empfand sehr viel für Lennart. Sehr viel mehr, als es angesichts der Tatsache, dass sie einander erst so kurze Zeit kannten, normal erschien. Doch sie hätte auch wissen müssen, dass er seine Frau noch immer liebte.

Verflixt!

Tränen stiegen ihr in die Augen, doch sie drängte sie zurück. Sie war ja selbst schuld an dem Dilemma, in dem sie steckte. Was hatte sie sich nur dabei gedacht, mit ihm zu schlafen?

Gedacht? Ich glaube kaum, dass Denken bei dem, was du getan hast, eine große Rolle gespielt hat …

Sie setzte sich auf die Couch und zog sich die Schuhe an. Mitten in der Bewegung hielt sie inne und atmete tief durch. Erneut kämpfte sie gegen die Tränen an.

Nun reiß dich endlich zusammen, Hanna Winterberg! Du bist eine erwachsene Frau. Fang endlich an, dich auch wie eine zu benehmen!

Als sie hörte, wie die Dusche abgestellt wurde, beeilte sie sich, die Schuhe zuzubinden. Sie streifte ihr Shirt über und schaute sich noch einmal um. Hatte sie irgendetwas vergessen?

„Du willst wirklich schon gehen?"

Sie hatte nicht damit gerechnet, dass Lennart so bald wieder bei ihr sein würde. Er trug ein Handtuch, das er sich um die Hüften geschlungen hatte – sein Oberkörper war nackt. Unwillkürlich spürte Hanna, wie ihr Mund trocken wurde. Verlegen räusperte sie sich.

„Ich ... denke, es ist besser. Und ..." Sie seufzte. „Vielleicht sollten wir uns in der nächsten Zeit erst einmal nicht sehen."

Als er ihren Blick suchte, schlug sie die Augen nieder. „Hör zu, ich weiß, dass du deine Frau noch liebst, Lennart. Und du sollst wissen, dass ich auch nie erwartet habe, ihren Platz einnehmen zu können." Sie schüttelte den Kopf. „Ich weiß auch nicht, was in mich gefahren ist."

Er trat auf sie zu. Instinktiv wollte sie zurückweichen. Wenn sie ihn nicht haben konnte, dann wollte sie sich auch nicht der Qual aussetzen, ihn noch einmal so nah an sich heranzulassen.

Weit kam sie nicht. Schon stieß sie gegen das Sofa und stolperte beinahe. Lennart konnte sie gerade noch festhalten, ehe sie fiel. Und so fand sie sich erneut in seinen Armen wieder.

„Lennart, bitte ..." Sie versuchte, sich von ihm loszumachen, doch er hielt sie fest.

„Nein", sagte er. „Du läufst jetzt nicht einfach weg. Gib mir wenigstens die Chance, die Dinge in Ordnung zu bringen, okay?"

Sie atmete tief durch, nickte aber schließlich. „Wenn du meinst, dass das Sinn macht …“

„Ich weiß nicht – aber ich hoffe es.“ Er ergriff ihre Hand. „Komm …“

Hanna folgte ihm nach draußen auf die Veranda. Es war inzwischen dunkel geworden. Wie schwarzer Samt, an dem Diamantsplitter funkelten, spannte sich der Himmel über ihnen.

„In der Stadt sieht man nie so viele Sterne“, sagte sie und blickte versonnen zum Firmament hinauf. „Der Nachthimmel ist eines der Dinge, die ich in Göteborg schmerzlich vermisst habe.“

Er nickte und legte ihr einen Arm um die Schulter. „Das verstehe ich. Er verzaubert mich auch jedes Mal aufs Neue.“

Seufzend stützte sie sich mit den Ellbogen auf die Balustrade der Veranda. „Hör zu, Lennart, wir müssen das nicht tun. Wir haben miteinander geschlafen – na und? Als erwachsene Menschen sollten wir damit umgehen können. *Ich* kann damit umgehen und …“

„Ich aber nicht“, fiel er ihr ins Wort. Als sie ihn überrascht anschaute, lächelte er. „Und ehrlich gesagt glaube ich auch nicht, dass du es so auf die leichte Schulter nimmst. Zwischen uns ist etwas. Ich weiß nicht genau, was, Hanna. Aber eines weiß ich dafür ganz sicher: Ich will nicht, dass es aufhört. Ich bin gern mit dir zusammen.“

„Aber deine Frau …“

„Lena ist tot“, sagte er. „Sicher, ihr wird immer ein Platz in meinem Herzen gehören. Aber das bedeutet nicht, dass mein Leben zusammen mit ihrem aufgehört hat.“ Er fuhr sich mit der Hand durchs Haar. „Ich weiß, dass sie mich gern glücklich gesehen hätte. Sie war kein Mensch, der sich an die Vergangenheit klammerte. Und egal, was ich tue, sie wird nicht wieder lebendig.“

Hanna senkte den Blick. Ihr Herz hämmerte wie verrückt. Überdeutlich fühlte sie seinen Arm, der noch immer auf ihren Schultern lag.

Meinte er es wirklich ernst? *Konnte* es ihm ernst sein?

Sie schloss die Augen und zwang sich, ihre Gedanken zu sortieren. Ein Teil von ihr – der eindeutig größere Teil, wie sie sich eingestehen musste – wollte bei ihm sein. Auch wenn die Stimme der Vernunft ihr sagte, dass sie einen Fehler beging.

Einen schwerwiegenden Fehler.

Wenn sie jetzt ging, dann bestand vielleicht noch eine winzige Hoffnung für sie, sich aus der Affäre ziehen zu können, ohne dass ihr das Herz gebrochen wurde. Blieb sie aber …

Sie holte tief Luft, dann drehte sie sich zu Lennart um und küsste ihn.

Leidenschaftlich erwiderte er ihren Kuss.

Doch es war anders als zuvor. Sanfter. Liebevoller.

Hanna spürte, wie ihr das Herz aufging. Und in diesem Moment wurde ihr klar, dass es längst zu spät war, um noch umzukehren.

Sie liebte Lennart. Liebte ihn mit jeder Faser ihres Herzens.

Und wenn das ihren Untergang bedeutete, dann war es eben so.

Es gab nichts, was sie dagegen tun konnte.

Am nächsten Morgen machte sich Hanna nach einem gemeinsamen Frühstück mit Maja und Lennart, das sich irgendwie merkwürdig, aber auch wunderbar angefühlt hatte, auf den Weg nach Hause.

Sie strahlte, als sie die *Havshäxä* zwischen den Schären hindurchsteuerte. Sie konnte noch immer nicht glauben, dass das alles nicht einfach nur ein schöner Traum war. Denn genau so fühlte es sich an; viel zu schön, um wahr zu sein.

Ihr Lächeln verblasste abrupt, als ihr Handy klingelte und sie aufs Display blickte.

Jan-Fredrik.

Sie unterdrückte ein Seufzen. Er hatte in den vergangenen Tagen immer wieder versucht, sie zu erreichen, und abwechselnd wütende und versöhnliche Nachrichten auf ihrer Mailbox hinterlassen.

Früher oder später, das wusste sie selbst, würde sie sich ihm und ihren Problemen stellen müssen. Offiziell hatte sie sich bisher nicht von ihm getrennt – etwas, das sie dringend nachholen wollte, obwohl es sich im Grunde nur um eine Formsache handelte. Emotional hatten sie sich schon vor langer Zeit distanziert. Sofern sie einander wirklich einmal nah gewesen waren, was Hanna inzwischen auch schon bezweifelte.

Sie drückte den Anruf weg und steckte das Handy zurück in ihre Tasche. Nicht jetzt, dachte sie. Der Tag hatte zu schön begonnen, um ihn sich von Jan-Fredrik vermiesen zu lassen.

Als sie Vaxholm erreichte, war sie schon ganz neugierig darauf, wie es ihrem Vater und Ulla ergangen war. Ob Lennart recht hatte, und zwischen den beiden bahnte sich tatsächlich etwas an?

Hanna hätte auf jeden Fall nichts dagegen einzuwenden. Ihr Vater war schon viel zu lange allein. Er verdiente es, endlich mal wieder glücklich zu sein. Und Ulla schien genau die richtige Frau für ihn zu sein. Sie ließ sich von seinem brummigen Gehabe nicht einschüchtern, und ihre Frohnatur wirkte offenbar ansteckend auf ihn.

Warum eigentlich nicht? dachte Hanna und lächelte versonnen. Schließlich war sie ebenfalls glücklich.

Unwillkürlich musste sie wieder an Lennart denken. An ihn und an ihre gemeinsame Nacht.

Es war so schön mit ihm gewesen. Er hatte ihr eine neue Seite an ihr gezeigt, von deren Existenz sie nicht einmal selbst etwas geahnt hatte.

Sie vertäute das Boot am Steg und ging den steilen Weg zum Haus hinauf. Mit ihren Gedanken war sie ganz woanders, und so bemerkte sie die Person, die draußen auf der Veranda saß, auch erst, als diese das Wort an sie richtete.

„Wen haben wir denn da? Na, hast du mich vermisst, *min älskling*?“

15. KAPITEL

Wie vom Donner gerührt stand Hanna da.

„Jan-Fredrik!“, stieß sie entgeistert hervor. „Was, zum Teufel, willst du hier?“

Er lächelte. Früher einmal hatte sie sein Lächeln anziehend gefunden – heute erinnerte es sie eher an das Zähnefletschen eines Raubtiers.

Sie erschauderte.

„Freust du dich überhaupt nicht, mich zu sehen?“, fragte er und hob eine Braue. „Ich bin extra aus Göteborg hergekommen. Ein bisschen mehr Begeisterung hätte ich da schon erwartet.“

„Begeisterung?“, wiederholte sie ungläubig. „Was soll das? Glaubst du wirklich, du tauchst hier auf, und alles ist wieder in Ordnung? Aber vielleicht ist es trotzdem gut, dass du hier bist, wir müssen miteinander reden.“ Sie atmete tief durch. „Jan-Fredrik, das mit uns funktioniert einfach nicht mehr.“

Er kniff die Augen zusammen. „Du willst dich von mir trennen? Einfach so?“

„Von einfach so kann überhaupt nicht die Rede sein“, entgegnete sie aufgebracht. „Sei doch ehrlich, du liebst mich schon lange nicht mehr. Manchmal glaube ich, du bist nur noch mit mir zusammen, weil du fürchtest, ich könnte dich wegen der Sache damals ans Messer liefern.“

„Jetzt fang nicht schon wieder damit an“, stieß er aufgebracht hervor. „Kannst du nicht endlich damit abschließen? Aber es ist wegen Lennart Eckström, stimmt’s? Er hat dir irgendwie den Kopf verdreht, sodass du jetzt nicht mehr weißt, was richtig ist und was falsch!“

„Aber du weißt das, wie?“ Wütend funkelte sie ihn an. „Es war ein Fehler, so lange zu schweigen, das ist mir inzwischen klar. Du hast nur Glück, dass ich beinahe sicher bin, dass ich mehr Schaden anrichten würde als alles andere, wenn ich jetzt mit der Wahrheit rausrücke."

Er lachte auf. „Komm schon, Hanna, ich kenne dich. Seit einem Jahr liegst du mir mit diesem Thema in den Ohren. Als ob du so einfach Ruhe geben wirst. Dein schlechtes Gewissen steht dir doch förmlich ins Gesicht geschrieben." Schlagartig wurde er ernst. „Aber ich warne dich – ich werde nicht zulassen, dass du mir meine Karriere ruinierst. Es mag sein, dass ich einen Fehler gemacht habe. Aber ich denke nicht daran, für den Rest meines Lebens dafür zu bezahlen, verstanden?"

Hanna stemmte die Hände in die Hüften. Sie war so wütend, dass sie sich nur mit Mühe beherrschen konnte. „Drohst du mir etwa schon wieder?" Sie schüttelte den Kopf. „Das hat doch alles keinen Sinn mehr. Verschwinde, Jan-Fredrik. Geh, und lass mich in Ruhe. Ich werde meine Sachen in den nächsten Tagen abholen lassen. Du und ich, wir sind ab sofort geschiedene Leute."

„Das wirst du noch bereuen!" Zornig kniff er die Augen zusammen. „Ich lass mich nicht einfach so abservieren!"

„Ich glaube nicht, dass du eine Wahl hast", entgegnete sie kühl. „Und nun geh, Jan-Fredrik. Oder muss ich erst die Polizei rufen?"

Er bedachte sie mit einem eisigen Blick, straffte aber schließlich die Schultern und stieg mit steifen Schritten die Stufen der Veranda hinunter. Noch immer ungläubig schaute Hanna ihm nach. Sie atmete erst auf, als er in seinen Wagen gestiegen und mit quietschenden Reifen davongebraust war.

„Hanna, Liebes, bist du das?" Malin trat hinter ihr aus der Tür. „Ich habe aufgebrachte Stimmen gehört. Ist alles in Ordnung?"

„Ja." Sie nickte. Ihr war nicht danach, über das zu sprechen, was gerade geschehen war. Obwohl Jan-Fredrik ihre harten Worte mit Sicherheit verdient hatte, tat es ihr jetzt schon wieder leid. Sie waren immerhin eine lange Zeit zusammen gewesen, und sie hatte nie gewollt, dass es so zwischen ihnen zu Ende ging. Bis vor ein paar Wochen hatte sie ja sogar noch geglaubt, dass sie ihn heiraten wollte.

Wie blind sie doch gewesen war!

Sie zwang sich zu einem Lächeln. „Na, wie haben Ulla und *Pappa* sich vertragen?"

„Überraschend gut", entgegnete Malin schmunzelnd. „Dein Vater ist plötzlich wie ausgewechselt. Kaum zu glauben, dass er gestern um diese Zeit noch völlig deprimiert rumgehockt und sich selbst bemitleidet hat."

„Das ist doch wunderbar", sagte Hanna, doch wirklich freuen konnte sie sich nicht.

Das Gespräch mit Jan-Fredrik hatte sie ziemlich mitgenommen. Doch immerhin war die Sache nun beendet – ein für alle Mal. Endlich konnte sie nach vorne blicken – vielleicht sogar auf eine gemeinsame Zukunft mit Lennart?

Malin musterte sie stirnrunzelnd. „Was ist mit dir? Du siehst traurig aus. Stimmt was nicht?"

Sie zuckte mit den Schultern. „Ich weiß nicht ... Nein, eigentlich geht es mir gut. Ich bin nur ein bisschen angespannt."

„Hat es was mit dem jungen Mann zu tun, der heute Morgen hier aufgetaucht ist und nach dir gefragt hat?" Als Hannas Miene sich verfinsterte, zuckte sie mit den Achseln. „Er hat sich nicht vorgestellt, und irgendwie kam er mir nicht besonders sympathisch vor."

„Das war Jan-Fredrik", entgegnete Hanna seufzend.

„*Der* Jan-Fredrik aus Göteborg? *Der* Jan-Fredrik, mit dem du so gut wie verlobt bist?"

„Warst", stellte Hanna richtig. „Und um ehrlich zu sein, weiß ich selbst nicht mehr so genau, warum. Er ist wirklich kein besonders netter Mensch – aber das habe ich aus irgendeinem Grund erst jetzt erkannt. Ich muss blind gewesen sein …"

Malin schmunzelte. „Ich finde auch, dass Lennart viel besser zu dir passt. Er ist wirklich nett – und seine kleine Tochter ist einfach herzig. Reden tut sie allerdings nicht viel."

„Nein", erwiderte Hanna. „Sie hat seit dem Tod ihrer Mutter nicht mehr gesprochen. Maja ist noch immer traumatisiert. Und auch wenn sie meist wie ein fröhliches Mädchen wirkt, scheint der Eindruck zu täuschen. Obwohl – kürzlich hat sie etwas gesagt. Genau genommen waren es nur zwei Worte, aber …" Sie zuckte mit den Schultern. „Es könnte ein Anfang sein."

„Ich würde mich sehr darüber freuen", meinte Malin. „Aber selbst wenn sie jetzt noch nicht so weit sein sollte – solche Dinge brauchen Zeit. Ich weiß noch, wie verstört du damals gewesen bist, als deine Mutter starb."

Hanna senkte den Blick. Ja, der Tod ihrer Mutter war ein schwerer Schlag für sie gewesen. Vor allem aber hatte sie darunter gelitten, dass ihr Vater sie in ihrer Trauer vollkommen alleingelassen hatte. Das war es, womit sie lange Zeit zu kämpfen gehabt hatte. Und wer weiß, dachte sie, vielleicht tut ein Teil von mir es auch heute noch.

Sie war ihrem Vater nicht mehr böse deswegen. Keineswegs. Er hatte einfach nicht anders gekonnt, und das wusste sie heute. Kristoffer Winterberg gehörte nicht zu den Menschen, die ihr Herz auf der Zunge trugen. Es fiel ihm schwer, Gefühle zu zeigen – selbst seiner Tochter gegenüber. Und der Schmerz damals hatte ihm fast den Verstand geraubt.

Tröstend legte Malin ihr eine Hand auf die Schulter. „Ich weiß, er war damals nicht so für dich da, wie ein Vater es eigentlich sein sollte. Aber dein Lennart scheint ein anderes Kaliber zu sein."

„Er liebt Maja wirklich abgöttisch", entgegnete Hanna. „Ich glaube, er würde einfach alles für sie tun." Sie lächelte. „Er ist ein guter Vater."

„Ist hier gerade die Rede von mir?", erklang da eine Stimme hinter Malin. Kurz darauf trat Kristoffer Winterberg mit Ulla am Arm hinaus auf die Veranda.

„Ausnahmsweise einmal nicht, *Pappa*." Hanna lachte. „Obwohl dieses Kompliment sicher auch auf dich zutreffen würde."

Seine Miene verfinsterte sich schlagartig. „Verspotte mich nicht, mein Kind", sagte er. „Du weißt ebenso gut wie ich, dass ich es dir nicht immer leicht gemacht habe. Als junges Mädchen nicht – und als junge Frau noch viel weniger."

Hanna schluckte hart. Es war das erste Mal, dass sie solch offene Worte aus dem Mund ihres Vaters hörte.

Offenbar hatte Malin recht, und Ullas Gegenwart war ihm wirklich gut bekommen. Mehr als das. Er schien regelrecht aufgeblüht zu sein.

„Sag so was nicht, *Pappa*", entgegnete sie. „Es mag sein, dass wir uns nicht immer ganz einig gewesen sind. Aber du bist und bleibst mein Vater, und ich liebe dich."

Sie trat auf ihn zu und umarmte ihn. Und nach kurzem Zögern erwiderte er ihre Umarmung. „Ich liebe dich auch, *min älskling*. Ich habe es dir vermutlich nicht oft genug gesagt, aber so ist es. Du warst immer mein kleiner Engel – selbst, als ich wütend auf dich war, weil du mich verlassen hast."

Hanna unterdrückte ein Schluchzen. Tränen brannten in ihren Augen, während sie verzweifelt um Fassung rang.

„Du ahnst ja nicht, wie viel mir das bedeutet", stieß sie heiser hervor. „Ich wollte dich nie im Stich lassen, *Pappa.* Aber ich war einfach nicht bereit dazu, mein Leben so zu leben, wie du es von mir erwartet hast."

„Und ich weiß inzwischen, dass es ein Fehler war, überhaupt etwas von dir zu verlangen. Ich hätte nicht von dir erwarten dürfen, dass du meinem Beispiel folgst. Verdammt, ich habe doch selbst oft genug gesehen, wohin ein solches Verhalten führt. Doch anstatt aus den Fehlern anderer zu lernen, habe ich sie selbst wiederholt. Ich war ein selbstsüchtiger Narr. Kannst du mir verzeihen?"

„Das habe ich doch schon längst", beschwichtigte sie ihn. „Und außerdem habe ich mich entschlossen, nicht wieder nach Göteborg zurückzukehren, wenn du wieder auf dem Damm bist. Ich weiß zwar noch nicht so genau, was ich mit meinem Leben anfangen will, aber die Arbeit in der Klinik füllt mich schon lange nicht mehr aus. Ich würde gern bleiben und dich ein wenig unterstützen, bis ich mich entschieden habe." Sie lächelte schüchtern. „Nur wenn du nichts dagegen hast natürlich."

Ihr Vater zog sie an sich und umarmte sie innig. „Ach, *min älskling,* selbstverständlich habe ich nichts dagegen. Ganz im Gegenteil sogar – ich würde mich sogar sehr freuen."

Erst jetzt bemerkte Hanna, dass sich die beiden Frauen diskret ins Haus zurückgezogen hatten. „Du und Ulla, ihr versteht euch gut, nicht wahr?"

„Du hast doch nichts dagegen, oder?" Er wirkte ein wenig unsicher.

Hanna schüttelte den Kopf. „*Nej,* ganz und gar nicht. Ich bin doch froh, wenn du endlich wieder glücklich bist." Sie lächelte. „In letzter Zeit war deine Laune aber auch wirklich kaum auszuhalten."

„War es so schlimm?", fragte er zerknirscht.

„Noch viel schlimmer", antwortete sie ehrlich. „Manchmal habe ich mir richtig Sorgen um dich gemacht. Du schienst richtig deprimiert zu sein, und ich wusste nicht, was ich dagegen machen konnte. Ulla scheint in der Hinsicht erfolgreicher gewesen zu sein."

„Sie ist eine tolle Frau." Er lachte auf. „Schon komisch, dass ich erst gestern ihre Bekanntschaft gemacht hab. Mir kommt es vor, als würden wir uns schon eine Ewigkeit kennen."

„Weißt du, ich glaube inzwischen, es ist ganz egal, wie lange man sich kennt. Hauptsache ist, dass die Chemie stimmt. Ihr versteht euch, und ich finde, das solltet ihr genießen." Sie zwinkerte ihm zu. „Schließlich seid ihr beide nicht mehr die Jüngsten."

Kristoffer stieß einen empörten Laut aus. „Nun werd mal nicht frech, mein Fräulein."

„Was heißt hier frech – ich bin nur realistisch."

„Bloß weil du und dein Lennart ein paar Jahre jünger seid als wir, heißt das noch lange nicht, dass wir zum alten Eisen gehören", entgegnete er mit einem nachsichtigen Lächeln. „Apropos – wie läuft es eigentlich zwischen euch? Ihr versteht euch auch ziemlich gut, nicht wahr?"

Hanna nickte. „Ich mag ihn sehr, und ich glaube, es beruht auf Gegenseitigkeit."

„Das finde ich gut." Er klopfte ihr auf die Schulter. „Ich wünsche dir, dass du endlich einen Mann gefunden hast, der zu dir passt." Dann blickte er auf die Uhr. „Aber sag mal, wird es für dich nicht langsam Zeit?"

Erschrocken schaute sie ihn an. „Wieso? Um Himmels willen, wie spät ist es denn?" Sie warf einen Blick auf die Armbanduhr und keuchte auf. „Ach du liebe Güte, du hast recht! Ich muss dringend los!"

Am selben Vormittag saß Lennart auf der alten Hollywoodschaukel auf der Veranda und schaute versonnen ins Leere. Er hörte Maja im Haus herumtollen. Ulla war noch nicht wieder zu Hause – offenbar hatte sie sich mit Hannas Vater gut verstanden. Er gönnte es ihr. Sie war ihm in den zwölf Monaten seit Lenas Tod eine große Stütze gewesen. Er wusste nicht, ob er es ohne sie geschafft hätte. Vermutlich ja – aber es wäre ihm mit Sicherheit sehr viel schwerer gefallen.

Wenn man vom Teufel spricht, dachte er lächelnd, als er das Tuckern eines Motorbootes hörte, das sich der Insel näherte. Entweder war das das Wassertaxi, das Ulla zurückbrachte – oder es war Hanna.

Bei dem Gedanken an die junge Frau machte sein Herz einen erfreuten Hüpfer. Er wusste selbst nicht, was genau mit ihm los war. Fest stand nur, dass er sie am liebsten immerzu um sich haben wollte.

Er empfand sehr viel für sie. Ausgerechnet für sie, die Frau, der er zuerst nur mit Abneigung und Unverständnis begegnet war. Doch irgendwann im Laufe der vergangenen Wochen hatten sich seine Gefühle für sie komplett verändert.

Kurz dachte er an Lena. Was würde sie wohl von all dem halten?

Das weißt du doch ganz genau! Es ist, wie du gestern zu Hanna gesagt hast: Lena wollte immer nur, dass du glücklich bist. Sie wäre froh gewesen, dich endlich einmal wieder lachen zu sehen.

Er atmete tief durch. Trotzdem – es gab so vieles zu bedenken. Maja zum Beispiel. Sicher, sie mochte Hanna. Sehr sogar. Aber wie würde sie reagieren, wenn eine andere Frau versuchte, ihr die Mutter zu ersetzen?

Nicht, dass sie so etwas versuchen würde.

Hanna würde niemals ein Ersatz für Lena sein. Es war auch nicht das, was er von ihr wollte. Sie war eine eigenständige Persönlichkeit, die er respektierte und schätzte.

Nein, die er *liebte*.

Trotz allem, was geschehen war, fiel es ihm noch immer schwer, sich die Wahrheit einzugestehen.

Trotz allem – oder gerade deswegen.

Er fuhr sich mit der Hand durchs Haar. Es wurde Zeit, dass er ein paar Dinge klarstellte. Nicht nur sich selbst, sondern auch Hanna gegenüber. Schon viel zu lange hatte er sie hingehalten. Sie verdiente es nicht, so behandelt zu werden. Dazu respektierte er sie viel zu sehr.

„*Hej*, Lennart", rief Ulla und riss ihn damit aus seinen Gedanken. Sie strahlte und wirkte unglaublich glücklich. „Ach, ich hatte so einen wunderbaren Abend. Und wie war es bei dir?" Sie zwinkerte ihm zu. „Hanna ist ja erst heute früh nach Hause gekommen. Ich nehme an, sie hat die Nacht hier auf der Insel verbracht?"

Er nickte. „Sie war hier, aber …"

Ulla winkte ab. „Du musst mir nichts erklären, Junge. Du bist ein erwachsener Mann, und Hanna ist eine tolle Frau. Ich finde, sie passt sehr gut zu dir, und Maja vergöttert sie." Sie zuckte mit den Achseln. „Vielleicht ist es für dich an der Zeit für einen neuen Anfang, was meinst du?"

„Ich schätze, ich sollte mit ihr reden", sagte er seufzend.

„Ja." Sie lächelte. „Das solltest du wohl. Also, worauf wartest du noch?"

Lennart stand auf. „Maja ist drin."

„Ich kümmere mich schon um sie – mach, dass du wegkommst!"

Das musste sie ihm nicht zweimal sagen. In Windeseile war er unten beim Steg. Er hatte zwar keine Ahnung, was genau er Hanna sagen wollte, doch er wusste, was er für sie empfand. Alles andere würde sich schon von selbst ergeben.

Zumindest hoffte er das.

Als er etwa eine halbe Stunde später das Haus des Schärendoktors erreichte, klopfte ihm das Herz bis zum Hals. Von dem Gespräch, das er nun führen würde, hing eine Menge für ihn ab.

Nein, nicht nur eine Menge – alles.

Hastig vertäute er das Boot und eilte den steilen Pfad hinauf. Zwei Stufen auf einmal nehmend, hastete er die Verandatreppe hinauf und klopfte an die Tür. Doch niemand öffnete.

Lennart unterdrückte einen Fluch. Natürlich war niemand da! Er hatte ja gesehen, dass die *Havshäxä* nicht am Steg lag. Kristoffer und Malin waren sicher unterwegs, und Hanna machte ihre übliche Runde.

„Wenn Sie zu den Winterbergs wollen", erklang da eine Stimme vom Garten her, „die sind nicht da."

Lennart drehte sich um und musterte den unbekannten Mann verwirrt. Obwohl – jetzt, wo er ihn sich genauer anschaute, kam er ihm irgendwie vertraut vor. Doch woher, wusste er nicht.

„Sie sind Lennart Eckström, nicht wahr?"

Nun war er wirklich überrascht. Der Fremde schien ihn zu kennen.

Er nickte. „Der bin ich. Und mit wem habe ich das Vergnügen?"

„Mein Name ist Jan-Fredrik Göranson", erwiderte der andere. „Doktor Jan-Fredrik Göranson, um es ganz genau zu sagen."

Der Name brachte irgendwo in Lennart etwas zum Klingen. Hatte Hanna vielleicht einmal von ihm gesprochen? War er ein befreundeter Arzt oder ein Kollege?

„Wie ich sehe, ist der Groschen bei Ihnen immer noch nicht gefallen", sagte Göranson nun. Sein Lächeln wirkte falsch. „Dann muss ich wohl etwas deutlicher werden. Ich arbeite in der Pilgatan-Klinik in Göteborg. An dem Tag, an dem Ihre Frau eingeliefert wurde, hatte ich zusammen mit Hanna Dienst. Ich war mit im OP, als das Unglück geschah."

Ungläubig schaute Lennart ihn an. Worauf wollte dieser Mann hinaus? Er spürte, wie sich tief in seinem Inneren etwas zusammenzog. So als ob er bereits ahnte, dass ihm das, was er nun zu hören bekam, nicht gefallen würde.

„Und?" Er schüttelte den Kopf. „Was wollen Sie jetzt von mir?"

„Es geht weniger darum, was ich von *Ihnen* will, als vielmehr darum, was Sie von *mir* wollen."

„Hören Sie auf, in Rätseln zu sprechen, Mann", brachte Lennart ungehalten hervor. Göransons seltsames Verhalten fing an, ihm gegen den Strich zu gehen. „Worauf wollen Sie hinaus?"

„Liegt das nicht auf der Hand?", entgegnete der andere Mann und lächelte herablassend. „Ich war dabei, als Ihre Frau starb, und habe alles mitbekommen. Und ich kann nur bestätigen, dass Sie recht hatten mit dem Verdacht, dass jemandem ein schicksalhafter Fehler unterlaufen ist."

Lennart runzelte die Stirn. Er spürte, wie eine altbekannte Wut in ihm hochkochte, doch noch hielt er sie unter Kontrolle. „Das ist lange her, und nichts und niemand kann Lena wieder lebendig machen. Ich habe mich entschlossen, die Vergangenheit ruhen zu lassen. Sie können sich Ihre Andeutungen also sparen, hören Sie?"

„Ach, ist das so?", hakte Göranson nach. „Würden Sie auch noch so reden, wenn ich Ihnen sagte, dass Hanna Ihre Frau auf dem Gewissen hat?"

Wie vom Donner gerührt starrte Lennart den anderen Mann an. In seinem Kopf herrschte ein furchtbares Chaos. Konnte das wirklich wahr sein? War tatsächlich Hanna für Lenas Tod verantwortlich?

Er ließ die vergangenen Wochen Revue passieren. Es stimmte schon, dass Hanna immer ein wenig traurig, ja beinahe schuldbewusst gewirkt hatte. Weil sie etwas wusste, das sie ihm nicht anvertrauen konnte? Oder weil sie etwas getan hatte, von dem sie fürchten musste, dass er es ihr niemals verzeihen würde?

Unwillig schüttelte Lennart den Kopf. Es gefiel ihm nicht, dass er an Hanna zweifelte. Doch Göranson hatte die Saat des Misstrauens gesät, und ob Lennart nun wollte oder nicht – er konnte den Gedanken einfach nicht abschütteln.

„Sie lügen“, stieß er heiser hervor. „Ich weiß nicht, warum Sie Hanna diffamieren wollen, aber ich glaube Ihnen kein Wort.“

Der Göteborger Arzt lachte. „Sie hat Ihnen ganz schön den Kopf verdreht, was? Das kann ich Ihnen nicht verübeln. Mir ist es lange Zeit ganz genauso gegangen wie Ihnen jetzt. Ich war übrigens so gut wie verlobt mit Hanna, wussten Sie das? Ich Narr glaubte doch tatsächlich, dass sie wirklich etwas für mich empfindet. Inzwischen weiß ich, dass sie sich auf diese Weise nur mein Schweigen erkaufen wollte.“ Seine Miene wurde hart. „Nun, damit ist jetzt jedenfalls Schluss. Ich denke nicht daran, auch nur einen Tag länger für sie zu lügen, nachdem sie mich heute Morgen eiskalt abserviert hat.“

Lennart blinzelte. Was er da hörte, war ihm völlig neu.

Hanna hatte nie einen Beinahe-Verlobten in Göteborg erwähnt. Und obwohl er es nicht glauben wollte, fiel ihm doch kein Grund ein, warum der andere Mann ihn belügen sollte. Göranson kannte ihn im Grunde überhaupt nicht. Offenbar wollte er sich lediglich an Hanna dafür rächen, dass sie sich von ihm getrennt hatte.

Bedeutete das, dass er die Wahrheit sagte?

Je länger Lennart darüber nachdachte, desto wahrscheinlicher erschien es ihm. Deshalb hatte Hanna versucht, Maja zu helfen – weil sie der Kleinen gegenüber ein schlechtes Gewissen hatte.

Aber wenn dem wirklich so war – warum hatte sie ihm dann nicht schon längst alles gestanden? Er konnte ja verstehen, dass sie zu Anfang gezögert hatte. Immerhin war er nicht gerade sanft mit ihr umgesprungen.

Doch in der Zwischenzeit hatte es unzählige Möglichkeiten gegeben, ihm endlich reinen Wein einzuschenken. Vor allem, nachdem er ihr gesagt hatte, dass er mit der Vergangenheit abgeschlossen hatte.

Vertraute sie ihm so wenig?

Allerdings musste er sich fragen, wie er auf eine solche Eröffnung reagiert hätte. Er wusste es nicht. Vermutlich wäre er zunächst einmal furchtbar wütend geworden. Aber nachdem er Hanna nun besser kennengelernt hatte, konnte er nicht den kaltherzigen Menschen in ihr sehen, für den er den Verantwortlichen an Lenas Tod immer gehalten hatte.

Erst recht nicht mehr, seit ihr Verhältnis immer intimer geworden war …

„Ich sehe schon“, unterbrach Göranson seine Gedanken. „So langsam dämmert es Ihnen, auf was für eine Frau Sie sich da eingelassen haben. Tja, tut mir leid, Kumpel, aber wenigstens öffnet dir jemand die Augen, bevor sie dir ihr wahres Gesicht zeigt.“ Er grinste. „Du solltest mir dankbar sein, aber ich schätze, das ist im Augenblick wohl ein bisschen zu viel verlangt.“ Verschwörerisch zwinkerte er Lennart zu. „Alles Gute – und grüß Hanna schön von mir.“

Mit diesen Worten wandte er sich ab und folgte dem Weg zum Gartentor. Als er zur Straße gelangt war, stieg er in einen silbernen Sportwagen und raste davon.

Zurück blieb Lennart, aufgewühlt und völlig durcheinander.

Er wusste einfach nicht mehr, was er denken sollte.

Hatte Hanna ihn die ganze Zeit angelogen?

Es gab nur einen Weg, das herauszufinden: Er musste mit ihr sprechen – und zwar so schnell wie möglich.

16. KAPITEL

Als Hanna am Steg unterhalb von Lennarts Haus anlegte, hatte sie einen recht ereignislosen Tag hinter sich. Es hatte weder Notfälle noch andere dramatische Ereignisse gegeben. Ihre Mittagspause hatte sie auf Rikes Einladung hin bei den Jöndals verbracht. Petter war noch im Krankenhaus, aber es ging ihm schon sehr viel besser. Hanna hatte sich gefreut, zu erfahren, dass er sich bereits um einen Therapieplatz gekümmert hatte.

Es schien ihm tatsächlich ernst damit zu sein, vom Alkohol loszukommen. Umso mehr freute sie sich darauf, Lennart zu sehen und ihm die frohe Botschaft mitzuteilen. Sie hatte, als sie nach ihrer Runde nach Hause kam, eine Nachricht von ihm an der Haustür vorgefunden, in der er sie bat, zu ihm zu kommen. Nur zu gern war sie dieser Einladung gefolgt. Sie eilte den Weg zum Haus hinauf und strahlte, als sie ihn auf der Veranda stehen sah.

Fröhlich winkte sie ihm zu. „Lennart, *hej*!"

Er rührte sich nicht, starrte sie einfach nur an, und ein mulmiges Gefühl machte sich in ihr breit. Irgendetwas stimmte nicht. Aber was? Sie überlegte hin und her, aber ihr fiel einfach nichts ein, was sie verbrochen haben könnte.

Mit heftig klopfendem Herzen eilte sie zur Veranda und stieg die Stufen hinauf. „Was ist los?", fragte sie. „Du schaust so ernst – ist was passiert?"

„Sag du es mir", entgegnete er kühl. „Ich habe heute einen Bekannten von dir aus Göteborg getroffen."

Hanna erbleichte.

Ihr fiel nur eine Person ein, von der die Rede sein konnte. „Ich nehme an, du sprichst von Jan-Fredrik", entgegnete sie heiser. „Er ist heute Morgen vor dem Haus meines Vaters aufgetaucht, aber ich dachte eigentlich, ich hätte ihm klargemacht, dass ich ihn nicht mehr sehen will." Zerknirscht senkte sie den Blick. „Es tut mir leid, dass er dich jetzt in unseren Streit mit hineingezogen hat."

„Oh, es war eigentlich ganz interessant." Er verschränkte die Arme vor der Brust und bedachte Hanna mit einem forschenden Blick. „Dein Jan-Fredrik hat mir nämlich gesteckt, dass er am Tag von Lenas Tod mit dir zusammen im OP war."

Überrascht schaute Hanna ihn an. Sollte Jan-Fredrik ihm wirklich die Wahrheit gesagt haben? Das erschien ihr doch ziemlich unwahrscheinlich – vor allem da er am Morgen noch versuchte hatte, sie mit Drohungen zum Schweigen zu bringen.

Aber was dann? Und warum war Lennart so wütend auf sie?

„Hör zu", sagte sie. „Es stimmt, wir waren an jenem Tag die diensthabenden Ärzte für die Notaufnahme, Jan-Fredrik als Chirurg, ich als Assistenzärztin. Aber du wusstest doch bereits, dass ich damals dort war." Fragend schaute sie ihn an. „Was hat Jan-Fredrik zu dir gesagt?"

„Unter anderem, dass ihr bis vor Kurzem noch so gut wie verlobt gewesen seid."

Hanna stockte der Atem. „Ich … Es stimmt, das waren wir. Aber zwischen uns lief es schon lange nicht mehr richtig rund. Mit uns hat das nicht das Geringste zu tun, Lennart."

„Und du findest nicht, dass du mir etwas davon hättest sagen müssen, bevor du mit mir geschlafen hast? Ich hätte mich niemals auf dich eingelassen, wenn ich davon gewusst hätte, Hanna. Und ganz sicher auch nicht, wenn ich geahnt hätte, dass *du* für den Tod meiner Frau verantwortlich bist!"

Ungläubig starrte Hanna ihn an. „Wie bitte?"

„Da bist du überrascht, was? Dein Exverlobter hat mir alles erzählt. Offenbar hatte er keine Lust mehr, dich zu decken, nachdem du dich von ihm getrennt hast."

„Aber …" Hanna stockte. Sie konnte immer noch nicht glauben, was sie da hörte. Es wunderte sie nicht einmal, dass Jan-Fredrik versuchte, sie vor Lennart schlechtzumachen. Dass er aber so weit gehen würde, ihr seinen eigenen Kunstfehler anlasten zu wollen, damit hatte sie dann doch nicht gerechnet.

Sie trat auf Lennart zu und griff nach seinen Händen, doch er schüttelte sie ab. Sein hasserfüllter Blick ließ sie erschaudern. Tränen traten ihr in die Augen, doch sie blinzelte sie fort. Sie musste jetzt stark sein, wenn sie noch eine Chance haben wollte, die Situation aufzuklären.

„Es stimmt, dass ich weiß, was damals passiert ist. Aber ich schwöre dir, dass ich den Tod deiner Frau nicht zu verantworten habe."

„Und wer dann?" Wütend starrte er sie an. „Lass mich raten – gleich erzählst du mir, dass in Wahrheit dein Beinahe-Verlobter an allem schuld ist."

„Aber es ist wahr!" Hannas Kehle wurde eng. Was war bloß geschehen? Ein paar Minuten zuvor war sie doch noch so glücklich gewesen, und nun drohte alles über ihr zusammenzubrechen.

Und das nur wegen Jan-Fredrik.

Nein – deinetwegen. Du bist doch selbst schuld, dass Lennart dir nun nicht mehr glaubt. Hättest du ihm von Anfang an reinen Wein eingeschenkt, dann würdest du dich jetzt nicht in dieser Situation befinden!

„Lennart, bitte …!"

Traurig schüttelte er den Kopf. „Du hast mich die ganze Zeit über angelogen. Was hast du dir davon versprochen?

Dass die Wahrheit niemals herauskommt?" Er lachte bitter auf. „Weißt du was? Du hast gewonnen. Es war mir ernst, als ich sagte, dass ich mit der Vergangenheit abgeschlossen habe. Lena ist tot, und daran wird nichts und niemand etwas ändern. Das bedeutet allerdings nicht, dass ich dir dein Schweigen verzeihen würde. Du hättest wirklich offen zu mir sein sollen. Wir hätten eine Lösung gefunden, davon bin ich überzeugt." Er musterte sie düster. „Aber dafür ist es nun zu spät."

Hanna schluckte hart. „Du ... schickst mich fort?"

„Ich sehe keine Chance mehr für uns. Ich will keine Frau, die das Blaue vom Himmel lügt. Tut mir leid, Hanna – für mich, für dich –, aber vor allem für Maja. Sie wird wirklich traurig sein, dass sie dich nun nicht mehr sehen kann."

„Aber ..."

„Nein, kein Aber. Ich habe eine Entscheidung getroffen, und ich bitte dich, sie zu respektieren. Du brauchst dir keine Sorgen zu machen, ich werde dein kleines Geheimnis für mich behalten. Aber ich kann es meiner Tochter nicht zumuten, mit der Frau an ihrer Seite aufzuwachsen, die ihre Mutter auf dem Gewissen hat."

Hanna brannten die Augen. Ihre Kehle war wie zugeschnürt.

Sie wollte ihm widersprechen, ihm erklären, was damals wirklich passiert war. Doch es würde nichts ändern. Sie hatte gelogen, und er hatte ihr unmissverständlich zu verstehen gegeben, dass er nichts mehr mit ihr zu tun haben wollte.

Stumm nickte sie. In ihrer Kehle hatte sich ein Kloß gebildet, der sich auch durch heftiges Schlucken nicht vertreiben ließ.

Am ganzen Körper zitternd wandte sie sich ab. Sie fühlte sich wie betäubt, als sie zum Bootssteg hinunterging. Tränen verschleierten ihr den Blick, doch sie blieb nicht stehen.

Erst als sie die *Havshäxä* wieder aufs Wasser hinaussteuerte, wurde ihr klar, was das bedeutete.

Sie würde Lennart niemals wiedersehen.

Sie würde Maja niemals wiedersehen.

Der Gedanke schmerzte sie so, dass sie sich aufstöhnend zusammenkrümmte.

Sie wusste nicht, wann die beiden ihr so ans Herz gewachsen waren. Fest stand nur, dass sie sie liebte. Und es brach ihr das Herz, dass sie von nun an für immer aus ihrem Leben ausgeschlossen sein würde.

Durch deine Schuld, Hanna. Deine eigene Schuld …

Natürlich könnte sie Jan-Fredrik dafür verfluchen, dass er Lennart belogen hatte. Doch wäre sie von Anfang an ehrlich zu Lennart gewesen, hätte er ihrem ehemaligen Verlobten keinen Glauben geschenkt.

So aber hatten seine Worte Zweifel in Lennarts Herz gesät. Und es gab nichts, was Hanna tun konnte, um ihn von ihrer Unschuld zu überzeugen.

Wenn er ihr nicht glauben wollte, dann blieb ihr nichts anderes übrig, als es zu akzeptieren.

Er war es, der jetzt alle Fäden in der Hand hielt.

Er allein.

„Meinst du nicht, du warst vielleicht ein bisschen hart zu ihr?“

Lennart unterdrückte ein Seufzen, als er die Stimme seiner Schwiegermutter hinter sich vernahm. Er drehte sich um. „Ich nehme an, du hast alles mit angehört?“

„Ich wollte wirklich nicht lauschen, Lennart, aber es ließ sich kaum vermeiden.“

„Und dann stellst du mir so eine Frage?"

„Du meinst, weil dieser Mann behauptet, dass sie Lena auf dem Gewissen hat?"

Er hob eine Braue. „Sie hat es doch praktisch zugegeben …"

„Tut mir leid, aber da habe ich etwas ganz anderes gehört. Sie sagte, dass ihr Beinahe-Verlobter verantwortlich gewesen sei. Und dass sie ihn aus falsch verstandener Loyalität gedeckt hat."

„Natürlich sagt sie das! Sie versucht, ihren eigenen Kopf aus der Schlinge zu ziehen. Aber du kaufst ihr diesen Unsinn doch nicht ab, oder?"

Eindringlich musterte Ulla ihn. „Ich für meinen Teil neige sehr viel eher dazu, Hanna zu glauben als irgendeinem dahergelaufenen Kerl, den ich nicht kenne. Und davon mal abgesehen: Ganz gleich, was damals auch geschehen ist – es lässt sich nicht mehr ändern. Selbst wenn Hanna wirklich ein folgenschwerer Fehler unterlaufen wäre; solche Dinge passieren. Und es macht sie nicht zu einem schlechteren Menschen."

„Aber sie hat mich angelogen!"

„Ja, das hat sie wohl – allerdings weiß ich nicht, ob ich in ihrer Situation nicht ganz ähnlich gehandelt hätte." Sie zuckte mit den Achseln. „Schau nur, wie wunderbar sie mit Maja umgeht. Die Kleine ist wie ausgewechselt, seit sie Hanna kennt."

Er winkte ab. „Sie hatte ein schlechtes Gewissen ihr gegenüber."

„Ach ja? Und was ist mit all den anderen Menschen, denen sie geholfen hat? Dieser alten Frau, die nicht ins Krankenhaus gehen wollte? Dem Mann, der versucht hat, seine Schuldgefühle im Alkohol zu ertränken? Hatte sie denen gegenüber deiner Meinung nach auch ein schlechtes Gewissen?"

Lennart senkte den Blick. Noch vor Kurzem hatte er Hanna eine gute Ärztin genannt, und an dieser Meinung hielt er noch immer fest. Aber musste ein guter Arzt im Umkehrschluss auch immer ein guter Mensch sein?

„Das macht keinen Unterschied für mich, Ulla. Ich könnte ihr niemals wieder in die Augen sehen, ohne daran zu denken, dass sie mich die ganze Zeit belogen hat."

„Hört, hört", sagte Ulla stirnrunzelnd. „Dann hast du wohl in deinem ganzen Leben noch nie die Unwahrheit gesagt, wie? Sei es aus Feigheit oder Bequemlichkeit? Ich weiß, du hast dich nie sehr für solche Dinge interessiert, aber in der Bibel steht ein sehr interessanter Spruch zu diesem Thema: Wer ohne Fehl ist, der werfe den ersten Stein."

Einen Moment lang dachte Lennart darüber nach, dann schüttelte er den Kopf. „Das ist nicht dasselbe", sagte er. „Und jetzt lass uns das Thema wechseln. Ich habe keine Lust, mich länger damit zu beschäftigen. Wo ist Maja? Ich denke, es ist besser, wenn ich ihr die Neuigkeiten selbst mitteile."

„Zuletzt habe ich sie in der Küche gesehen. Das war, kurz bevor Hanna auftauchte." Sie ging ins Haus, Lennart folgte ihr. „Maja? Schätzchen, wo steckst du?"

Sie erhielt keine Antwort.

Lennart runzelte die Stirn. „Maja?", versuchte er es nun seinerseits – mit demselben Ergebnis. Während Ulla in die Küche ging, eilte Lennart die Treppe in den ersten Stock hinauf, wo sich Majas Zimmer befand. Doch dort war sie nicht.

Er schaute in jeden Raum, ohne eine Spur von seiner Tochter zu entdecken. Als er wieder nach unten kam, wartete Ulla bereits auf ihn. Fragend schaute sie ihn an, doch er schüttelte den Kopf. „Vermutlich ist sie draußen", sagte er und stürmte aus dem Haus.

„Maja?", rief er. „Maja!"

Gemeinsam mit Ulla suchte er die ganze Insel ab. Erfolglos. Maja schien wie vom Erdboden verschluckt zu sein.

Aber das war nicht möglich! Irgendwo *musste* sie doch sein!

„Was machen wir jetzt?" Ulla war deutlich anzusehen, dass sie kurz vor einem Nervenzusammenbruch stand. In ihren Augen schimmerten Tränen, doch sie kämpfte sie tapfer zurück. „Wo kann sie denn noch sein?"

Lennart musste zugeben, dass er es nicht wusste. Er war mit seinem Latein am Ende – und er konnte sich auch nicht erklären, warum Maja verschwunden war. Es sei denn …

„Meinst du, sie hat meinen Streit mit Hanna vielleicht auch mit angehört?", fragte er beklommen.

Ulla schlug sich die Hand vor den Mund. „Oh Gott …! Aber das würde zumindest erklären, warum sie weggelaufen ist. Sie mochte Hanna doch so gern."

Lennart nickte düster. „Ich kann nur hoffen, dass es ihr gut geht", sagte er. „Irgendwo hier auf der Insel muss sie doch sein. Aber es ist wohl besser, wenn wir Hilfe hinzuziehen. Ich könnte mir niemals verzeihen, wenn ihr was zustößt."

„Hanna? Hanna, da bist du ja endlich." Malin kam ihr entgegengelaufen, als sie gerade mit der *Havshäxä* anlegte.

Hanna wischte die Tränen weg, die ihr über die Wangen liefen, und zwang sich zu einem Lächeln. „Malin, was ist denn? Ist irgendetwas mit *Pappa*?"

„Nein, mit deinem Vater ist alles in Ordnung. Es geht um das kleine Mädchen, Maja. Kristoffer hat vorhin einen Anruf von Lennart bekommen. Wie es aussieht, ist die Kleine weggelaufen."

„Weggelaufen?“ Entsetzt schnappte Hanna nach Luft. Sofort löste sie die Leine wieder, mit der sie das Motorboot am Steg festgebunden hatte. „Ich muss sofort zurück. Vielleicht kann ich ja irgendwie helfen!“

„Tu das“, sagte Malin. „Dein Vater ist bereits dabei, einen Suchtrupp zusammenzutrommeln.“ Sie legte Hanna die Hand auf den Arm. „Mach dir keine Sorgen, wir werden Maja schon finden. Die Kleine kann sich ja schlecht in Luft aufgelöst haben.“

Hanna nickte, doch sie konnte trotzdem nicht damit aufhören, sich Gedanken zu machen. Immerhin befürchtete sie, zu wissen, warum Maja weggelaufen war. Es konnte einfach kein Zufall sein, dass es ausgerechnet nach ihrem Streit mit Lennart geschehen war.

Maja hatte vermutlich alles mitbekommen.

Es musste schrecklich für sie gewesen sein, zu erfahren, dass Hanna in den Tod ihrer Mutter verwickelt war.

Ihr Herz zog sich schmerzhaft zusammen, doch sie zwang sich, die Ruhe zu bewahren. Es ging hier nicht um sie. Wenn sie Maja gefunden hatte, konnte sie sich immer noch Gedanken darüber machen, wie sie ihren Fehler wiedergutmachen konnte. Falls das überhaupt möglich war.

Sie startete den Motor der *Havshäxä* und lenkte das Boot zurück aufs offene Wasser. Während sie es zwischen den Schären hindurchsteuerte, rasten ihre Gedanken wie verrückt. Sie überlegte hin und her, wo Maja sich versteckt haben könnte.

Hoffentlich geht es ihr gut, dachte sie besorgt. Sie würde sich auf ewig Vorwürfe machen, wenn dem Mädchen irgendetwas zustieß.

Lennart würde ganz sicher nicht erfreut sein, wenn sie noch einmal auf der Insel auftauchte. Immerhin hatte er ihr klar und deutlich zu verstehen gegeben, dass er nichts mehr mit ihr zu tun haben wollte. Doch wenn es um seine Tochter ging, würde er sicher jede Hilfe willkommen heißen, die er bekommen konnte.

Sie konzentrierte sich wieder darauf, das Boot sicher durch die Untiefen zu lenken, als sie ein leises Wimmern zu hören glaubte.

Irritiert runzelte Hanna die Stirn. Es wäre nicht das erste Mal, dass sich ein Tier unbemerkt an Bord der *Havshäxä* geschlichen und versteckt hätte. Doch das Geräusch klang nicht nach einem Kätzchen oder einem Waschbär, sondern vielmehr nach …

Maja?

Sie stellte den Motor ab und wartete, bis das Boot zum Stehen kam. Dann ging sie zum Heck, wo noch immer die Decke lag, auf der Lennart seine Tochter nach ihrem gemeinsamen Ausflug nach Vaxholm abgelegt hatte. Und unter dieser Decke bewegte sich etwas.

Hanna zog den Stoff beiseite und atmete erleichtert auf, als sie das kleine Mädchen erblickte. „Um Himmels willen, Maja", stieß sie hervor, kniete sich hin und zog das Kind in die Arme. „Großer Gott, was hast du dir bloß dabei gedacht, einfach so wegzulaufen? Dein Vater und deine Großmutter sind völlig außer sich vor Sorge!"

Maja schaute aus großen Augen zu ihr auf. „Bist du wirklich schuld daran, dass Mami gestorben ist?"

Hanna schluckte hart. Es war der erste richtige Satz, den sie das Mädchen sprechen hörte, und er versetzte ihr einen schmerzhaften Stich.

Kurz schloss sie die Augen. Als sie sie wieder öffnete, sah sie nur Wissbegierde, keinen Hass in Majas Miene.

Sie schüttelte den Kopf. „Nein", sagte sie. „Ich bin nicht

schuld an dem, was passiert ist. Aber ich war dabei und habe geschwiegen, um den zu beschützen, der dafür verantwortlich ist."

„Ist *Pappa* deshalb so böse auf dich?"

Seufzend streichelte Hanna ihr übers Haar. „Er ist wütend, weil ich ihm nicht die Wahrheit gesagt habe. Und weil er jetzt nicht mehr weiß, was er noch glauben soll." Sie lächelte. „Es ist kompliziert, aber … Bist du deshalb weggelaufen? Weil du unseren Streit mit angehört hast?"

Das Mädchen nickte energisch. Dann senkte es den Blick. „Ich wollte *Pappa* und *Mormor* keine Angst einjagen. Ich war nur so durcheinander, weil …"

Fragend schaute Hanna sie an. „Wie kommt es, dass du plötzlich wieder sprichst, Maja? Was ist passiert?"

„Als *Pappa* sagte, dass Mami deinetwegen gestorben ist … war ich erschrocken, aber auch erleichtert."

„Erleichtert? Wieso?"

Als das Mädchen aufschaute, schimmerten Tränen in seinen Augen. „Weil das hieß, dass ich nicht schuld sein konnte."

„Du? Aber …" Sie beugte sich vor und schloss Maja in die Arme. „Du kleines Dummerchen, wie kommst du nur darauf, dass du schuld sein könntest?"

„Ich … ich …" Schluchzend barg das Mädchen sein Gesicht an Hannas Schulter. „An dem Tag, an dem sie starb, habe ich etwas sehr Böses zu Mami gesagt. Ich … war so wütend, weil sie mir verboten hat, meine beste Freundin Lina zu besuchen, dass ich …" Sie schluchzte nun heftiger. „Ich habe zu ihr gesagt, dass ich wünschte, sie wäre tot …"

Lange Zeit saßen Hanna und Maja einfach so da. Hanna hielt das Mädchen und wiegte es sanft in den Armen, bis es sich wieder ein wenig beruhigt hatte.

„Hast du deshalb nicht mehr gesprochen?", fragte sie dann. „Weil du Angst hattest, dass das, was du sagst, wirklich passieren könnte?"

Maja nickte.

„Ach Kleines, was hast du bloß all die Zeit für eine Last mit dir herumgeschleppt." Sie lächelte traurig. „Du bist nicht schuld an dem, was mit deiner Mutter passiert ist. Ebenso wenig wie dein Vater oder ich. Es war ein Unglücksfall, der vielleicht zu verhindern gewesen wäre, hätte mein Kollege schneller reagiert. Aber ich glaube, in Wirklichkeit ist niemand richtig schuld. Der liebe Gott hatte einfach entschieden, dass er deine Mutter bei sich haben wollte."

Das Mädchen atmete zittrig ein. Dann blickte es zu Hanna auf. „Kannst du mich bitte zu meinem *Pappa* bringen?"

„Aber natürlich", sagte Hanna. Sie stand auf und zog auch Maja auf die Füße. „Komm, wir sollten jetzt wirklich los."

„Meinst du, ihr könntet vielleicht aufhören, euch zu streiten, *Pappa* und du?"

Hanna atmete tief durch. Es gab nichts, was sie sich sehnlicher wünschte als das. „Ich weiß es nicht, Liebes", entgegnete sie und seufzte. „Ich weiß es wirklich nicht ..."

Als Lennart etwas später hörte, wie sich ein Motorboot der Insel näherte, eilte er sofort zum Anlegesteg. Er hatte jeden alarmiert, den er in der Umgebung kannte, und nicht wenige wollten kommen, um ihm bei der Suche nach seiner Tochter zu helfen.

Doch als er die *Havshäxä* erblickte, verfinsterte sich seine Miene.

Zumindest bis zu dem Augenblick, in dem er bemerkte, dass Hanna sich nicht allein an Bord des Bootes befand.

„Maja“, stieß er heiser hervor, und für einen Moment stockte ihm der Atem vor Erleichterung. „Maja!“

Seine Tochter winkte ihm zu, und als er sie dann auch noch „*Hej, Pappa!*“ rufen hörte, traten ihm Tränen in die Augen, die er beim besten Willen nicht zurückhalten konnte.

Zum Glück dauerte es nicht lange, bis er Maja endlich wieder in die Arme schließen konnte. „Wo hast du bloß gesteckt, Käferchen? Deine Großmutter und ich sind halb umgekommen vor Sorge.“

Sie senkte den Blick. „Tut mir leid, *Pappa*“, sagte sie, und Lennart wurde klar, dass es tatsächlich stimmte. Er hatte nicht geträumt.

Maja sprach wieder. Sie sprach!

„Ich habe sie erst entdeckt, als ich schon auf halbem Weg hierher war“, erklärte Hanna, die nun ebenfalls von Bord gestiegen war. „Sonst hätte ich euch selbstverständlich schon eher informiert.“

Er blickte zu ihr auf. Seine Wut war verflogen. Er war so froh darüber, seine Tochter zurückzuhaben, dass er nicht in der Lage war, an seinem Groll festzuhalten – sosehr Hanna es auch verdient haben mochte. Inzwischen glaubte er zwar nicht mehr, dass tatsächlich stimmte, was dieser Jan-Fredrik gesagt hatte, aber auch wenn sie nicht für Lenas Tod verantwortlich war – sie hatte geschwiegen.

Und machte sie das nicht zu einem gewissen Teil mitschuldig an dem, was passiert war?

„Ich danke dir, dass du sie mir gebracht hast“, sagte er.

Sie wirkte verlegen. „Ich … gehe jetzt wohl besser wieder.“

Als sie ihm den Rücken zuwandte, verspürte Lennart den plötzlichen Drang, sie zurückzuhalten. Aber warum? Zwischen ihnen war alles gesagt, was es zu sagen gab.

Da zupfte Maja an seinem Ärmel. „Könnt ihr euch nicht wieder vertragen?“, bat sie. „Bitte, *Pappa*. Bitte.“

Ihr Blick war so eindringlich, ihre Stimme, die er so lange nicht gehört hatte, so flehentlich, dass Lennart einfach einlenken musste. Und es fiel ihm nicht einmal besonders schwer. Ein Teil von ihm sehnte sich schmerzlich danach.

„Hanna?“

Sie blieb stehen, drehte sich aber nicht um.

„Es tut mir leid, dass ich vorhin so wütend reagiert habe“, sagte er. „Ich war nur so enttäuscht, weil du mir all die Zeit verheimlicht hast, was geschehen ist. Aber vermutlich bin ich selbst nicht ganz unschuldig daran.“ Seufzend fuhr er sich durchs Haar. „Ich habe dich ziemlich unter Druck gesetzt.“

Hanna verharrte nach wie vor bewegungslos, nur ihre Schultern bebten leicht. Erst als Maja zu ihr trat und sie sanft bei der Hand nahm, schien sich irgendetwas in ihr zu lösen. Langsam drehte sie sich um, und Lennart sah Tränen in ihren Augen schimmern.

„Bist du so lieb und gehst zu deiner Großmutter ins Haus, Kleines?“, wandte er sich an seine Tochter. „Sie wird schrecklich froh sein, dich zu sehen.“

Maja warf noch einen unsicheren Blick zwischen ihm und Hanna hin und her, dann nickte sie und ließ die beiden Erwachsenen allein.

Er machte einen Schritt auf Hanna zu, dann noch einen und noch einen, bis er direkt vor ihr stand. Sein Herz hämmerte wie wild, und er wusste nicht recht, was er davon zu halten hatte.

Konnte es sein, dass er sie nach allem, was vorgefallen war, noch immer liebte?

„Es tut mir leid“, stieß sie heiser hervor. „Ich kann verstehen, dass du wütend auf mich bist. Wie solltest du es nicht sein, nachdem ich dir so lange die Wahrheit verschwiegen habe. Aber ich schwöre dir, dass Jan-Fredrik gelogen hat. Ich hätte nichts tun können, um den Tod deiner Frau zu verhindern."

Lennart ergriff ihre Hände und drückte sie sanft. „Ich glaube dir."

In ihrem Blick lagen Hoffnung und Verletzlichkeit, als sie zu ihm aufblickte. „Wirklich?"

Er nickte. „Wirklich. Ich war ein Narr, dir Vorwürfe zu machen. Wer weiß, vielleicht hätte ich mich an deiner Stelle nicht anders verhalten. Doch was auch immer deine Gründe gewesen sein mögen – das alles ändert nichts an meinen Gefühlen für dich." Er schaute ihr tief in die Augen und ließ sein Herz sprechen. „Ich liebe dich, Hanna. Denkst du, du könntest mir noch eine Chance geben?"

Hanna begann zu strahlen. „Ob ich … Aber ja! Ja, natürlich!"

Sie schlang ihm die Arme um den Nacken, und er zog sie an sich und versiegelte ihre Lippen mit einem nicht enden wollenden Kuss.

Was immer die Zukunft bringen, welche Überraschungen sie auch für sie bereithalten mochte, eines wusste Lennart in diesem Augenblick ganz sicher: Mit Hanna an seiner Seite konnte er allen Herausforderungen des Lebens trotzen.

Sie gehörten zusammen. Eine ganze Zeit lang war er zu blind gewesen, diese Wahrheit zu erkennen. Doch nun, endlich, konnte auch er es sehen.

EPILOG

Ein Jahr später

Es war ein strahlender Sommertag, an dem Hanna ihrem Lennart das Jawort gab.

Die Hochzeit fand im Garten von Hannas Elternhaus statt. Dort, wo Lennart, Maja und sie nun schon seit mehr als einem halben Jahr gemeinsam mit Hannas Vater und Ulla lebten.

Maja, die ein hübsches zartrosafarbenes Kleid trug, streute Rosenblüten auf den Weg, der zum Pavillon unten am Ufer führte. Dort, wo Lennart sie bereits erwartete.

Es war Kristoffer, der Hanna an seinem Arm zum Altar führte. Tränen schimmerten in seinen Augen, doch er strahlte glücklich.

Dank Ulla war er zu einem völlig anderen Mann geworden. Keine Spur mehr von Niedergeschlagenheit oder Selbstmitleid. Durch die neue Frau in seinem Leben fühlte er sich nicht länger alt oder gar nutzlos. Und dass Hanna sich entschieden hatte, seine Nachfolge als Schärenärztin anzutreten, war für ihn die Erfüllung all seiner Träume gewesen.

Alle Freunde der Familie waren versammelt. Darunter auch Lisbet, die nach einer langwierigen, aber erfolgreichen Therapie im Krankenhaus inzwischen wieder auf ihrer geliebten Schäreninsel wohnte.

Petter Jöndal, seine Frau und sein Sohn saßen in einer der hinteren Reihen. Petter strahlte, als er Hanna erblickte. Seit nunmehr zwölf Monaten hatte er keinen Tropfen Alkohol mehr angerührt und war endlich auch seine anderen Probleme angegangen. Die Familie wohnte zwar noch immer in dem ehemaligen Sommerhaus, doch Petter hatte Arbeit gefunden und stand nun wieder mit beiden Beinen fest im Leben. Es ging aufwärts für ihn und seine kleine Familie. Sie mochten nicht mehr in Wohlstand leben, doch Petter schien endlich eingesehen zu haben, dass die Liebe seiner Familie und deren Zusammenhalt viel wichtiger waren als alles Geld der Welt.

Natürlich hatte es sich auch Louisa nicht nehmen lassen, aus Göteborg anzureisen. Ganz im Gegensatz zu Jan-Fredrik – doch den vermisste Hanna keine Sekunde.

Lennart war bei seinem Entschluss geblieben, Jan-Fredrik nicht strafrechtlich zu verfolgen. Und obwohl der Arzt einen Denkzettel verdient hätte, war Hanna dennoch froh. Es hatte genug böses Blut gegeben. Gut, dass damit nun endlich Schluss war.

Das Herz ging ihr auf vor lauter Liebe, als sie neben Lennart vor den Geistlichen trat. Dies war der Tag, von dem sie schon so lange geträumt hatte. Lennart und sie gehörten zusammen. Und gemeinsam mit Maja waren sie eine Familie, die nichts und niemand mehr auseinanderreißen konnte.

Hanna war überglücklich. Die Entscheidung, Göteborg zu verlassen, war absolut richtig gewesen.

Sie hatte ihrem Leben eine neue Wende gegeben, und Hanna wusste endlich wieder, was sie wollte und was sie brauchte.

Ihre Familie, ihre gemeinsame Arbeit mit ihrem Vater und die Ruhe und den Frieden, wie es sie nur auf den Schären gab.

Ihrem Zuhause.

Dem Ort, an dem sie den Rest ihres Lebens verbringen wollte – gemeinsam mit ihrer kleinen Familie.

– ENDE –

Deutsche Originalausgabe

Ben Bennett

Wenn Ozeane weinen

Die Liebe ist ein unwiderstehlicher Sog. Das lernt Amber Wood als kleines Mädchen, als sie mit ihrer Mutter in das gläserne Haus am Pazifik zieht. Vom ersten Tag an hat sie nur Augen für Taylor, den Sohn der Familie Teagarden …

Band-Nr. 25837

9,99 € (D)

ISBN: 978-3-95649-180-1

eBook: 978-3-95649-473-4

304 Seiten

Danielle Stevens

Im Tal der Kolibris

Hamburg, 19. Jh.: Mit bangem Herzen umklammert die junge Charlotte das goldene Medaillon – das Einzige, was ihr von ihrer geliebten Mutter geblieben ist. In wenigen Minuten wird sie ins ferne Chile aufbrechen …

Band-Nr. 25829

9,99 € (D)

ISBN: 978-3-95649-170-2

eBook: 978-3-95649-434-5

304 Seiten

Deutsche Erstveröffentlichung